Die Webseite des Autors findet sich unter

www.hydorgol.de

In der Hydorgol-Reihe sind erschienen, bzw. in Vorbereitung:

1. Hydorgol – Der Alpha Centauri Aufstand

2. Hydorgol – Inquisition

3. Hydorgol – Die Hünenwelt – Exil

4. Hydorgol – Die Hünenwelt – Flucht

5. Hydorgol – Die Hünenwelt – Erwachen

Markus Gersting

Hydorgol – Exil

Teil 1 der Hünenwelt Trilogie

Science-Fiction

Impressum

Markus Gersting
Stromberger Str. 113 A
33378 Rheda-Wiedenbrück

markus@gersting.de
www.hydorgol.de

Bibliografische Information der Deutschen Nationalbibliothek:
Die Deutsche Nationalbibliothek verzeichnet diese Publikation in der Deutschen
Nationalbibliografie; detaillierte bibliografische Daten sind im Internet über
http://dnb.dnb.de abrufbar.

3. Auflage

© 2024 Markus Gersting

Lektorat: Uschi Zietsch-Jambor
Korrektorat: Uschi Zietsch-Jambor
Coverbild: Ralf Zeigermann

Herstellung und Verlag: BoD – Books on Demand, Norderstedt

ISBN: 978-3-7597-5165-2

Markus Gersting

Hydorgol – Exil

Teil 1 der Hünenwelt Trilogie

Science-Fiction

1. Schach mit einem Gott

Düsternis umhüllte das Nichts. Alofan Haragieri fühlte gleichermaßen nackte Panik und unbändigen Stolz. Der ehemalige Assassine vom Planeten Chamina aus dem Alpha-Centauri-System hatte seine Beute gestellt. Und nicht etwa irgendeine Beute, nein: Einen Gott! Für Götter hielten sich mittlerweile viele Menschen in den virtuellen Welten der Inneren Lande, aber dieses Wesen war kein Mensch. Es war ein echter Gott. Ein Vishnui, der in der Gestalt eines Zwerges seine Späße mit den Menschen trieb.

Dieser selbstgestellte Auftrag war das letzte echte Abenteuer, das Alofan Haragieri in der schier endlosen Vielfältigkeit seines Exils geblieben war. Der Tod hatte in der virtuellen Welt seinen Schrecken verloren. Wenn man nach einem Tod in der eigenen oder einer neuen virtuellen Welt wieder auferstand, nahm das der Jagd die Spitze. Alofan brauchte das echte Spiel auf Leben und Tod, um sich wahrhaft lebendig zu fühlen.

Wenn die Gralshüter der Inneren Lande Alofan bei diesen Unterfangen erwischen würden, dann stand ihm mehr als nur ein bisschen Ärger bevor. Er selbst hätte sich anstelle der Verantwortlichen für diese Welt umgehend endgültig aus den Gleichungen des Konstrukts entfernt. Aber die Gedanken an das große Ganze lenkten ab. Dieser Kampf fand auf der Spitze des Messers statt. Das Konglomerat mit seinen Inneren Landen und dem kargen äußeren Land war jetzt, in diesem Moment, nicht wichtig. Ebenso unwichtig wie die endlosen Weiten des Gasplaneten, in dem der empfindliche Luftballon mit dem gewichtigen Namen „Das Konglomerat" ziellos umhertrieb. Alofan hatte einen Termin bei einem wahren Gott.

Der ehemalige Assassine trat noch einen Schritt vor und fand sich plötzlich im hellen Scheinwerferlicht wieder.

„So kurz vor dem Ziel gescheitert, Assassine Alofan Haragieri. Ärgerst du dich oder wirst du dich in das Unvermeidliche fügen?"

„Weshalb gescheitert? Ein Gott spricht wahrhaftig mit mir. Mehr wollte ich nicht erreichen."

Die für seine Größe erstaunlich tiefe Stimme des Zwerges antwortete mit einem lauten und etwas spöttischen Lachen.

„Du wolltest Gott treffen, Mensch? Dann bist du noch sehr weit von deinem Ziel entfernt. Ich bin kein Gott. Ich bin der Schatten eines Gottes. Eines sehr kleinen und unbedeutenden Gottes in einem gewaltigen Misthaufen unzählbarer Götter. Wobei, ‚unzählbar' stimmt nicht ganz, aber die Anzahl ist für ein einfaches Gemüt nahe genug daran. Doch ich will kein schlechter Gastgeber sein. Komm näher, Mensch! Ich werde dir den Unterschied zwischen einer Sache und dem Schatten einer Sache erklären."

Das grelle Scheinwerferlicht dimmte herunter und damit wurden zwei gemütliche Sessel und ein niedriger Holo-Spieltisch erkennbar. Der Zwerg saß in einer der Sitzgelegenheiten, sehr breitschultrig und deutlich über vier Fuß groß. Seine Gestalt war nicht die eines kleinwüchsigen Menschen, er glich mehr einer Sagenfigur. In einem teuer aussehenden grünkarierten Anzug mit einem Seidenschal um den Hals gewandet, wirkten sein wildes Haupthaar und sein zu Zöpfen geflochtener Wikingerbart fehl am Platz. Wie ein Wolf im Schafspelz. Der Zwerg grinste auch wie ein Wolf, so als ob er die Gedanken des Menschen gelesen hätte.

„Nun setz dich schon, ich bekomme einen steifen Nacken, wenn ich die ganze Zeit zu dir hochstarren muss."

Alofan nickte und nahm im freien Sessel Platz.

„Wie soll ich dich anreden?"

„Zwerg wäre eine passende Bezeichnung."

„Ich würde dich gerne mit deinem richtigen Namen anreden, das wäre höflicher."

„Sagte der Drache zu seinem Opfer. Wahre Namen haben große Macht. Netter Versuch, Mensch. Wir sind hier nur zu zweit, da reichen ‚Mensch' und ‚Zwerg' vollkommen. Mein wahrer Name ist ohnehin nicht in die Vorstellungswelt eines Menschen transferierbar. Und selbst wenn doch, dann wäre es nicht mehr der Wahre Name, sondern der Schatten des Namens. Ding und Schatten des Dings."

„Wenn du der Schatten eines Vishnui bist, dann wäre doch der Schatten des Namens eines Vishnui angemessen, oder nicht?"

„Ah, gut aufgepasst. Analogien hinken immer etwas. Auf Lotus kennt man mich als Vamana. Benannt nach einer der Inkarnationen des Gottes Vishnu. Nun, kein schlechter Name, mehr ist für die dortige Aufgabe nicht notwendig. Du hingegen hattest dort einen passenden, aber nicht sonderlich schmeichelnden Namen. Die bluttrinkende Geißel von Lotus. Ein Schatten deines Wahren Namens, Alofan Haragieri vom Planeten Chamina, aus dem Sonnensystem Alpha Centauri an einer bestimmten, aber flüchtigen Stelle der Raum-Zeit-Varianz. Einer von unendlich vielen gleichzeitig möglichen Alofans im Modell der Paralleluniversen."

„Können die Vishnui zwischen diesen Paralleluniversen wechseln?"

„Können die Abbilder zwischen den einzelnen Welten der Inneren Lande wechseln? Genauso wenig wie die auf Eis liegenden, realen physikalischen Körper der Menschen. Nur der Geist geht in die jeweilige virtuelle Welt. Der Vergleich ist gar nicht schlecht. Diese Analogie mag ich. Die Außendienstklone der Wächter sind eine weitere Analogie. Das Modell ist auch nicht schlecht. Ich schweife ab. Nun, was ist das Universum und wie funktioniert es? Eine Frage, die auch die Vishnui nicht in letzter Instanz beantwortet haben. Sie wissen viel und können auch in den Fluss des Universums eingreifen. Die Frage ist nur: Warum? Der Beobachter verändert alleine mit seiner Anwesenheit das Geschehen. Je weniger Beobachter, desto weniger Veränderung. Aber Veränderung tritt immer auf. Das Raum-Zeit-Fluidum ist nicht statisch. Es ist ein wildes Gewächs, in dem alle Zustände vorhanden sind. Ist Schrödingers Katze tot oder lebt sie?"

„Ratsherr Schrödingers Katze?"

Der Zwerg stutzte für einen kurzen Augenblick. Alofans Einwurf hatte ihn aus dem Konzept gebracht, dann kicherte er, was sich zu einem lauten Lachen steigerte. Alofan erlaubte sich ein freundliches Lächeln. Etwas weniger ernst fuhr der Zwerg fort.

„Du hast Humor, das gefällt mir. Wichtig ist – ja, die Vishnui können einen Schatten an jede Stelle des Raum-Zeit-Fluidums entsenden. Aber der Beobachter spaltet einen neuen Zweig alleine durch seine Anwesenheit ab."

„Mehr Wildwuchs im Baum der Universen?"

„So schlimm ist es auch wieder nicht. Wenn man behutsam vorgeht, nähern sich die Stränge einander wieder an und können sogar verschmelzen. Ein Weg entsteht dadurch, indem man ihn geht. Was meinst du, Mensch, hättest du Lust auf ein Abenteuer?"

„Ein Spiel mit einem unendlich hohen Einsatz, Vamana?"

„Bleiben wir bei Zwerg, bitte. Das ist ein anderer Schatten. Selbes Ding, andere Lichtquelle. Kaum am Spieltisch, entwickelt der Mensch Größenwahn. Wir spielen um die Teilnahme. Gewinnst du einen Teil der Partie, dann wirst du den Beobachter wissend ein kleines Stück des Weges begleiten."

„Kannst du die Erinnerung an diesen Augenblick wieder entfernen, auch wenn sich ein neuer Zweig gebildet hat?"

„Das können selbst die Menschen. Auf etwas brutale Art und Weise, aber es funktioniert. Ein Zwerg, der etwas auf sich hält, hat natürlich eine Tarnkappe. Die Umgebung sieht nur das, was der Beobachter die Umgebung sehen lassen will. Die Wahrheit liegt im Auge des Betrachters. Und auch die lässt sich einfach wieder verwischen, bis sie sich unmerklich in ein stimmiges Bild ohne Beobachter fügt. Gib also nichts auf mein Äußeres, jeder sieht, was am besten in sein Weltbild passt."

„Was würde ich für einen Preis gewinnen?"

„Gehe in dich und wünsche dir, was du wirklich und wahrhaft aus tiefstem Herzen begehrst."

„Ich ..."

„Nicht so hastig. Alles verändert etwas. Spielen wir, bis du gewinnst, und dann machen wir zusammen einen Plan."

„Bis ich gewinne? Das hört sich einfach an, Zwerg. Das muss also eine Falle sein."

„Ha, in diese Falle tappen sie alle! Na ja, fast. Schau dir die Überreste der Narren an, die vorher an Altersschwäche gestorben sind. Einige haben es aber auch geschafft, die liegen natürlich nicht als Überrest hier herum."

Der Zwerg ließ das Licht mit einer Handbewegung aufflammen und aus der kleinen Insel mit zwei Stühlen und einem Tisch wurde ein unendliches Gräberfeld. Die Temperatur fiel schlagartig und Alofan konnte fühlen, wie die Kälte in seinen Körper kroch. Auf den Inschriften der Gräber, die er entziffern konnte, stand sein eigener Name. Ein feiner Nebel zog über die Gräber und verwaschenen Hologrammen gleich entstiegen Geister dem Boden. Bald hatten der Zwerg und Alofan ein Publikum aus Gespenstern. Unverlangte Ratschläge prasselten lauthals auf Alofan ein, bis der Zwerg Ruhe gebot. Einige der verblichenen Vorinstanzen Alofans ließen es sich aber trotzdem nicht nehmen, Ratschläge, Ermutigungen und spöttische Bemerkungen zu wispern. Das machte die Szenerie noch unheimlicher als der vorherige Lärm es getan hatte. Alofan fröstelte, als er den nun mit einem goldenen Zahnstocher zwischen seinen Zähnen prokelnden Zwerg ansah. Die Botschaft des Zwerges war klar: Alofan würde der nächste Gang werden, falls er versagen sollte.

Kalter Schweiß lief über Alofans Stirn und er zeigte dem Zwerg seine Version eines wölfischen Grinsens.

Das war es, wonach er gesucht hatte: der Weg über den Abgrund, nach Hause.

2. Das Innere nach außen gekrempelt

„Da hast du dir aber was Komisches eingefangen, Prüfling! Was zum Hydorgol soll das denn sein?"
Einer der Meister zu Hydor dem Zweiten.

„Der Anfang ist eine delikate Phase - der Anfang ist vorbei, bevor man überhaupt mitbekommen hat, dass etwas angefangen hat."
Ida von Querlitzenfalls „Versuch einer Erklärung"

„Es war ein schneller Tod. Und jetzt fragen wir uns, was wir mit unserem Leben nach dem Tod anfangen sollen. Verrückt, dabei glaube ich nicht einmal an ein Leben nach dem Tod - meine Frau und meine Kinder wären dann hier."
Alofan Haragieri

„Ihr fragt nach den Anfängen? Vergesst sie! Vergesst die große Schlacht bei Epsilon Eridani. Vergesst, ob ihr Wächter wart oder aus der Flotte der Verzweifelten. Wir sind nun alle verzweifelte Wächter über diesen Haufen Schrott. Das, was ihr wissen müsst, ist: Arbeiten wir nicht zusammen, sterben wir.
Schert einer aus, sterben wir.
Fallen die Maschinen aus, die diese fragile Blase „Leben" in dieser feindlichen Umwelt erhalten, sterben wir. Nicht jeder wird das Privileg erhalten, nützlich zu sein, wir können nur die Besten für die Aufrechterhaltung einsetzen. Jene, die über jeden Zweifel erhaben sind. Für die Meisten von uns wird das bedeuten, dass ihr euch eurem Inneren zuwenden müsst. Im Inneren könnt ihr sein, was immer ihr sein wollt. Der Krieg ist für uns vorbei. Wir alle haben verloren. Wir sind nun alle im Exil. Organisieren wir nun unser Überleben."
Tama Sündström, frisch gewählter Konstruktkapitän.

„Das Leben im Inneren hat seine Reize ..."
Zwerg Vamana

Der Endlose Sommer näherte sich mit großen Schritten seinem Ende. Und das, bevor es an der Zeit war. Meister Tod schritt ruhig den Weg zu seinem Ziel entlang. Ein Wildwechselpfad durch einen lichten Wald, in dem der Herbst die Bäume und den Boden rot und golden gefärbt hatte. Seine Schritte vermischten sich mit dem vom Wind verursachten Geraschel der Blätter. Langsam, aber stetig, näherte er sich seinem Ziel, einem offenen Zelt, das sich harmonisch in die herbstliche Landschaft fügte. Durch die geöffneten Seitenwände konnte er das Innere des Zeltes gut erkennen. In der Mitte des Zeltes ein breites Lager, über und über ausstaffiert mit Kissen und flauschigen Decken, davor ein großer, aber niedriger Tisch, der sich unter der Last der darauf drapierten Speisen und Getränke förmlich bog. Und dann natürlich die Krönung des ganzen Ensembles, die Herrin des Hauses, in wallendes Nichts gekleidet und in ein lebhaftes Gespräch mit einer vor ihr knienden Dienerin vertieft. Diese war schlichter als ihre Herrin gewandet und ließ ihre Finger über ein Stück Pergament fliegen oder schaute schnell und gewandt in einem der um sie aufgetürmten Folianten nach, was ihr die Herrin auftrug. Meister Tod passte nun seinen Rhythmus vollkommen dem des Windes an und glitt so unauffällig ins Zelt. Weder Herrin noch Dienerin bemerkten ihn, wurden aber unruhig, als ob sie spürten, dass sich etwas verändert hatte. Ein gehauchtes Wispern aus seinem Mund verfehlte seine beruhigende Wirkung nicht. Meister Tod war ein wahrer Meister seines Faches. Panik nützte niemandem, entspannt waren alle Lagen des Lebens leichter. Für alle Beteiligten. Zwei fließende Schritte und er tauchte hinter der Lehne der geflochtenen Liegeschale der Herrin auf. Er ließ seine Hand seitlich der kunstvoll hochgesteckten Haarpracht der Dame vorbeigleiten. Ein wohliges Schaudern durchfuhr die Frau, als seine Fingerspitzen am rechten Ohrläppchen vorbei den schmalen Kanal zwischen Kiefer und Hals entlangglitten, kurz das Schlüsselbein streiften und dann wieder einen Bogen nach links oben beschrieben. Mit sanftem Zug unterstützte er die Aufwärtsbewegung des Kopfes der Frau, die dadurch versuchte zu erkennen, wer denn da hinter ihr stand. Als sich ihre Blicke trafen, entspannte sich die Dame des Hauses und ließ die wallenden Stoffe etwas auseinander gleiten. Nicht zu viel, dass es etwas versprochen hätte, aber genug, um für einen kurzen Moment den Blick des Mannes entlang der Stoffbahnen über die etwas kühle, aber samtweiche Haut streifen zu lassen. Lange genug, um Meister Tod für einen Augenblick abzulenken. Die kniende Dienerin hatte sich in der Zwischenzeit mit unglaublicher Anmut und Kraft erhoben. Einen kurzen Hirschfänger in Händen, glitt die Frau, mit der für eine Gelehrte zu gut trainierten Figur, auf das Paar zu. Der Augenblick der Ablenkung war gut genutzt, aber die fließende Bewegung der Dienerin wurde durch einen Gegenstand in der vorschnellenden linken Hand des Mannes gestoppt. Einer Vorderladerpistole.

Die Leibwächterin verschwand kurz in einer Wolke aus Pulverdampf, umzuckt von dünnen Blitzen.

Während die Dienerin stürzte, nutzte die Herrin die Gelegenheit und griff zwischen ihre Kissen. Sie richtete eine kleinere Vorderladerpistole auf das Gesicht des Mannes. Er hatte die Bewegungen der Frau durch seinen festen Griff zwischen Hals und Unterkiefer gespürt und ließ seine leergeschossene Waffe in den Schoß der Frau fallen. Diese versuchte der offenbar heißen Waffe mit strampelnden Bewegungen ihre Beine zu entkommen und gleichzeitig den Hahn der eigenen Pistole zu spannen und die Waffe auf den hinter ihr stehenden Mann abzufeuern. Eines von beiden musste misslingen. Der herabfallenden Pistole konnte die Frau zwar ausweichen, aber der Schuss ihrer eigenen Pistole fand nicht das zugedachte Ziel. Zumal es auch für Meister Tod eine zweite Sache gleichzeitig zu tun gab. Umfallende Standleuchter und Schalen kündigten die zweite Leibwächterin der Herrin an, die sich nicht lange mit den Innendekorationen des Zeltes aufhielt. Durch den ersten Schuss auf den Kampf aufmerksam geworden, stürmte sie mit einer nach oben gerichteten Saufeder in das Zelt. Meister Tods rechte Hand löste sich vom Hals der Herrin und beschrieb einen schnellen Bogen, mit dem er der schon zündenden Vorderladepistole eine neue Richtung gab. Das

Rohr zeigte in dem Moment genau auf die zweite Leibwächterin, als sich der Schuss löste.

Die von langen dünnen Blitzen eingehüllte Gestalt ging gleichfalls zu Boden. Mit der linken Hand hatte der Mann noch einen Teil den Rückstoß der Waffe abfangen können, aber nicht alles.

„Ihr seid grob, Meister Alofan! Behandelt man so die Lady des Landes?", presste die Herrin des Zeltes hervor.

Meister Alofan entwand der Dame die Waffe und warf sie in eine Ecke des Raumes, bevor er sie zu sich zog.

„Waffen und Leibwächterinnen wären nicht nötig gewesen, oder, Frau Ida? Ihr selbst habt Meister Tod bestellt. Sollte es dieses Mal etwas anderes als die vorherigen Male sein?"

„Vielleicht. Vielleicht wollte ich etwas Abwechslung. Die Herrscherin dieses Landes langweilt sich womöglich." Frau Ida löste sich behutsam aus dem Griff Meister Alofans und ließ dabei ihr wallendes Gewand von ihren Schultern gleiten. Vollkommen nackt schlang sie dann ihre Arme um die Schultern des Mannes und drückte sich an ihn. „Willst du deine Sachen anlassen, böser großer Mann?" Idas Augen glühten und gieriger Spott lag in ihrem Blick.

„Nicht alles, großes böses Mädchen."

„Dann ist es ja gut. Ich helfe dir. Du übertreibst es immer, deine Kleidung ist nie für schnelles Ausziehen geeignet."

Idas Hände glitten unter Alofans Jacke und zogen sein Hemd aus der Hose.

„Wo bliebe da der Spaß bei der Sache?" Alofan grinste sie an. Ida grinste zurück und schlug ihm auf die Brust. „Verrate mir dein schmutzigstes Geheimnis."

„Später", sagte Alofan und entledigte sich seines Waffengürtels, bevor Lady Ida versuchen konnte, ihn mit seiner eigenen Reservepistole zu erschießen. „Später. Nutzen wir die Zeit und die Gelegenheit, meine wilde Dame. Exklusive Zeit mit Euch ist leider nicht unbegrenzt."

*

„Später, Meister Alofan?" Der Zwerg lachte, als Alofan im Nebel des frühen Morgens das nun geschlossene Zelt verließ und zu dem am Portal wartenden Herrn Zwerg eilte. „Hast du der Lady dein schmutzigstes Geheimnis verraten?"

Alofan blickte den Zwerg ernst an und deutete nur stumm auf das Portal.

„Du hast es ihr wirklich nicht verraten, Meister Alofan? Wenn du mich fragst, hättest du das tun sollen. Aber wer hört schon auf einen Zwerg? Willst du wirklich das besprochene Ziel ansteuern? Ich könnte dir viele andere Welten zeigen, viele neue Abenteuer. Neue und spannende Frauen ..."

Der Zwerg redete ununterbrochen, während er in den Innereien des normalerweise versiegelten Portals hantierte, bis es sich schließlich in eine rote Zone öffnete.

„Später, Zwerg!" Alofan war missgelaunt. „Der Endlose Sommer ist bald vorbei und der Winter ist viel zu kurz für meine Aufgabe."

„Aber sicher, mein Herr, kein Grund, verstimmt zu sein. Die Passage steht. Zwerg Vamana tut, was er kann, und hilft, wo es nötig ist. Gute Reise. Was soll ich mit Lady Ida machen?"

„Nichts, Zwerg, die Lady kümmert sich um dich!", erklang eine dritte Stimme. Nachdem sich der Pulverdampf verzogen hatte, lag der Zwerg am Boden und die Lady hielt Meister Alofans rauchenden Reservevorderlader in ihren Händen.

„War das nötig, Ida? Der Zwerg hat mir viele Türen und Tore geöffnet. Freiwillig." Alofan war äußerst schlechter Laune. „Man sollte nicht den Zwerg schlachten, der die goldenen Waffen legt. Du hast gerade mit seiner eigenen Gabe auf ihn geschossen."

„Du weißt genau, wer er ist, und dass man ihm nicht trauen kann. Ich habe meine Damen angewiesen, ihn für dieses Ungemach zu entschädigen. Wie, solange und so oft er will. Gehen wir, das Portal bleibt nicht ewig offen. Wir haben das doch nun oft genug besprochen!"

„Du könntest immer noch hier in Sicherheit bleiben, Ida. Im nach innen gekrempelten Äußeren erwartet uns der reale Tod. Du musst nicht mitkommen."

„Vier vergangene Zeitalter sind genug. Wir suchen uns unseren eigenen Weg heim. Egal, was die Virtuellen meinen. Gehen wir, bevor ich es mir wieder anders überlege!"

Ida winkte zum Wald und zog Alofan mit sich zum Portal. Ihre zwei Leibwächterinnen verließen die Deckung des Unterholzes und rannten über die Lichtung auf das Portal zu.

„Ich will die Realität sehen. Ich will wieder nach Hause. In das richtige Universum. Und wenn wir dafür den verdammten Hünen wecken müssen!"

„Gut, gehen wir. Der Winter ist kurz und heftig. Wenn wir im realen Land sind, dann gibt es kein Zurück mehr. Gib mir noch eine Sekunde. Ich folge dir auf dem Fuße."

Ida verdrehte kurz die Augen und verschwand dann mit einem energischen Schritt im Portal. Als sie vollständig darin verschwunden war, beugte sich Alofan über den Zwerg und bestreute ihn mit einem Pulver, das die Ladung der Waffe neutralisierte.

„Vergib mir, Herr Zwerg. Ich werde dich für dieses Ungemach gesondert entschädigen. Lass dir aufhelfen, das Portal seht uns noch offen."

Der Zwerg öffnete die Augen und drückte Alofan weg.

„Und ich soll die willigen Damen hier alleine lassen, bist du von Sinnen, Mensch? Los, verschwinde durch das Portal. Ich werde hier eine kleine Auszeit nehmen. Du kommst erstmal alleine zurecht. Ich finde dich, falls du Hilfe benötigen solltest."

Alofan lachte kurz und humorlos auf. „Bis später, Zwerg."

3. Das reale Land

Der beißende Geruch von Desinfektionsmitteln weckte Alofan. Ein Geruch, den er schon lange nicht mehr wahrgenommen hatte. Als er die Augen aufschlug, sah er die eintönig graue Decke der Medostation. Dann ließ er seinen Blick umherschweifen und entdeckte Ida, die erschöpft auf ihrer Pritsche saß.

„Langsam, junger Recke. Ich bin schon eine Stunde vor dir wach geworden und immer noch nicht auf dem Damm. Das System hat uns aus den Tanks geholt und hier auf der Medostation abgeladen. Es lief doch nicht so glatt, wie der Zwerg versprochen hat."

Alofan wurde schwindelig, als er sich erheben wollte. Erstmal liegenzubleiben war doch eine gute Idee.

„Wir leben, und keiner der Wartungsroboter will uns wieder in die Tiefschlafanlage stecken. Was willst du mehr? Der Zwerg hat geliefert, was er versprochen hat."

„Warum vertraust du dem Zwerg blind?" Ida sah man an, dass es ihr noch nicht gut ging, aber ihr Wille schien ungebrochen.

„Ich habe meine Gründe. Linias Botschaft", entgegnete Alofan wider besseren Wissens. Darauf würde eine weitere fruchtlose Unterhaltung folgen.

„Die kann auch ..." Ida unterbrach sich, als sie sah, dass Alofan die Augen wieder geschlossen hatte. „Hey, nicht einschlafen! Wir müssen hier raus sein, bevor das System mitbekommt, dass wir ausgebrochen sind. Die Anweisungen des Zwerges kennst du besser als ich."

Alofan öffnete die Augen und spannte probeweise einzelne Muskeln an. „Ich dachte, du vertraust dem Zwerg nicht? Gib mir ein paar Minuten und dann hilf mir auf. Zur Not nehmen wir eine dieser antiken Gehhilfen." Er deutete auf die an einer Wand aufgehängten Exoskelette.

„Ich vertraue nicht blind. Los jetzt. Einer geht, der andere sichert. Auf die Dinger würde ich lieber verzichten, machen die nicht unnötigen Lärm?" Ida war skeptisch.

„In unserem Zustand können wir jede Hilfe brauchen, die wir kriegen können. Hier gibt es keinen Realness-Regler, an dem wir drehen könnten. Wir müssen aus der Deus Ex raus und an den Perimeter des Konglomerats. Das ist eine ganz schöne Strecke, besonders in Körpern, die Jahre oder Jahrzehnte im Tiefschlaf waren."

„Mehr war nicht drin. Wir haben so viele Reallandschichten übernommen, wie wir kriegen konnten." Ida klang etwas frustriert. Sie hatte immer auf ihre Fitness geachtet und ihre aktuelle Schwäche setzte ihr zu. Alofan konnte das nachvollziehen. Er war weit davon entfernt, es mit irgendjemandem aufnehmen zu können.

„Wie lange sind wir aus den virtuellen Ländern heraus?"

„Nach meinem Medolog 48 Tage und 6 Stunden."

„48 Tage? Normalerweise dauert das nur ein paar Stunden, um überzuwechseln."

„Das ist noch nicht alles! Warte ab, bis du alles weißt, was uns der Herr Zwerg verheimlicht hat. Unsere Originalkörper liegen nämlich noch in den Tiefschlafkammern. Wir haben jeder einen Nanotransmitterklon bekommen."

„Das ist eher ein unverhoffter Bonus. Aber warum ging der Transfer so langsam? Ich werde mir den Zwerg bei nächster Gelegenheit zur Brust nehmen."

Alofan hatte diese Worte gerade ausgesprochen, als ihn das Aufgleiten des Hauptschotts der Medostation zusammenschrecken ließ. Zu seiner Erleichterung stand der Zwerg in der Tür.

„Ha, zur Brust nehmen möchte mich der Herr Alofan Haragieri. Na, dann werde ich euch mal in die Exoskelette helfen. Alleine schafft ihr beiden Helden es ja nicht mal, von euren Krankenlagern aufzustehen." Der Zwerg war wie immer unerträglich gut gelaunt. „Wenn ihr wissen wollt, warum ihr so lange für den Übergang gebraucht habt, nun, ich hätte da eine Antwort. Die bekommt ihr aber nicht hier. Also, wenn das kein Grund ist, aufzubrechen, dann weiß ich es nicht."

Ida war nicht überzeugt, hangelte sich aber an den Haltestangen zu den Exoskeletten durch. „Gehen wir, bevor der Zwerg uns noch totquatscht."

Alofan hörte sie eine Weile mit der primitiven Geh- und Stützhilfe kämpfen und versuchte in der Zwischenzeit, seine Muskulatur in Gang zu bekommen. Der Zwerg stand derweil an dem Hauptschott Schmiere und schloss es, wenn er der Meinung war, dass ein Wartungsroboter oder sonstiger Störenfried herannahte.

Alofan bekam langsam wieder ein Gefühl für seinen Körper und ließ sich von Ida in eines der Exoskelette hineinhelfen. Die Steuerung war primitiv, aber funktionierte erstaunlich gut. Sensoren lasen die Muskelbewegungen und führten das Exoskelett nach. Nach ein paar vorsichtigen Bewegungen wurde Alofan mutiger und versuchte sich mit einer Runde durch die Medostation. „Wie weit kommen wir mit den Dingern?"

Der Zwerg grinste und breitete die Arme aus. „Bis ans Ende der realen Lande und zurück. Die Brennstoffzellen halten eine ganze Weile. Kann es losgehen? In ein paar Minuten gibt es ein Zeitfenster zwischen den Wartungspatrouillen."

Ida war schon länger startklar und Alofan nickte, obwohl ihm noch flau war.

„Gut. Macht langsam, wir müssen nicht hetzen." Der Zwerg schloss das Schott, zählte leise einen Countdown herunter und öffnete es dann wieder. „Los! Nicht trödeln."

Der Zwerg winkte die Menschen in den Exoskeletten aus der Medostation und lotste sie im Zickzack durch Gänge und Wartungsröhren. Es ging stundenlang so, bis sie schließlich schweißgebadet in einer kleinen Nebenzentrale Halt machten. Ida und Alofan sanken vollkommen erschöpft in die verstellbaren Sessel und schlossen die Augen. Der Zwerg gönnte ihnen jedoch keine Ruhe. „Hey! Nicht einschlafen! Seht zu, dass ihr aus den Exoskeletten raus und in die Hygienezelle kommt. Ihr holt euch Druckstellen und eine Erkältung."

Dieses Mal half der Zwerg den beiden erschöpften Menschen. „Eine Dusche, was zu essen, und dann könnt ihr schlafen. Morgen früh geht es weiter. Wir haben es schon bis in die Nähe des Perimeters geschafft. Noch ein paar Tage, und wir sind da."

Ida klang nicht begeistert. „Es ginge schneller, wenn wir nicht in so engen Spiralen nach außen laufen würden. Wir sind jetzt zum zwölften Mal durch die Lanze von Windfall gelaufen. Jede Runde ein Deck höher. Wie sollen diese unnötigen Umwege uns helfen, den Wartungsrobotern auszuweichen?"

Der Zwerg sah zufrieden aus. „Wenigstens eine Person, die mitdenkt. Training! Nach Windfall wird es etwas schwieriger. Wir müssen durch ein Gebiet mit Nano-Nebeln. Ruht euch gut aus. Wir verlassen bald den rekonstruierten Bereich der realen Lande. Danach erwartet uns die Wrackwüste."

„Es gibt noch Bereiche, die nicht restauriert sind? Die Wartungsroboter und Nanoassembler-Nebel beackern die Wracks seit nun über 45 Jahren. Man sollte meinen, es gäbe kein Atom, was nicht schon mehrmals umgedreht worden wäre!" Alofan war nicht sonderlich erbaut. „Finde einen Weg um die Nebel herum, Zwerg!"

„Wenn das so einfach wäre, hätten wir einen anderen Weg eingeschlagen. Die Regeln ändern sich, je näher wir dem Perimeter kommen. Wenn wir die Nanonebel hinter uns lassen, dann haben wir auch die Zone hinter uns, in der diese kleinen Teufelchen funktionieren. Die größeren Roboter werden dümmer, bis zu dem Punkt, an dem Menschen die Arbeit verrichten müssen."

„Im Perimeter halten sich Menschen auf?" Ida klang entsetzt und entrüstet zugleich. Der Zwerg schaute grimmig drein. „Halte dich mit deiner Meinung zu dem Thema bedeckt, sobald wir den Perimeter erreichen. Es ist ein ganz eigener Menschenschlag. Viele haben das Leben außerhalb der Inneren Lande freiwillig gewählt. Andere sind geflohen, oder wurden dorthin abgeschoben. Das ist also ein Thema, das offene Wunden aufreißen kann."

„Der Weise hört erst zu, bevor er spricht. Red weiter, Zwerg. Wie soll uns der Perimeter weiterhelfen, wenn dort keine Technologie funktioniert?"

„Du hast eine spitze Zunge, Frau Ida. Was hattet ihr beide in den letzten 45 Jahren nicht an Technik? Und was hat sie euch wirklich genutzt? Seid ihr eurem Ziel auf diese Weise nähergekommen? Der Weise verteilt keine Spitzen, sie könnten auf ihn selbst zurückfallen. Ihr solltet deshalb jetzt alle beide ruhen und über eure eigenen Fragen nachdenken."

Ida setzte zu einer Entgegnung an, aber Alofan legte ihr seine Hand auf den Arm.

„Lass gut sein, Ida. Es war ein langer Tag. Hat man alles Unmögliche eliminiert, dann muss das, was übrigbleibt, die Lösung sein, so unwahrscheinlich sie auch sein mag."

„Aus welchem Glückskeks hast du denn diese Weisheit, Alofan? Gut, verschieben wir das auf morgen. Ich kann weder die Augen aufhalten, noch einen klaren Gedanken fassen. Ich wünsche eine gute Nacht." Ida schleppte sich zu einem der bequem aussehenden Liegesessel und kuschelte sich in eine Decke, die sie aus dem Rückenfach des Möbels gefischt hatte.

Alofan suchte sich einen Sessel, der nicht direkt vom Schott aus zu sehen war, und legte sich ebenfalls hin.

Der Zwerg dagegen schnappte sich eine Decke und setzte sich in die Ecke direkt gegenüber vom Schott, das in die Nebenzentrale führte.

„Schlaft und sammelt Kräfte. Ich halte hier so lange die Stellung. Morgen geht es in die Nebel."

4. Die Nebel

Die Nacht war kurz, denn der Zwerg weckte sie lange vor Beginn der offiziellen Frühschicht. Nach einer Katzenwäsche und Plünderung der Notrationen aus dem Vorrat der Nebenzentrale schlüpften sie wieder in ihre Exoskelette und machten sich auf dem Weg.

Die Gänge, durch die sie schlichen, veränderten sich langsam und unmerklich. Sie wirkten nicht mehr neu und wie frisch geölt. Die Oberflächen wurden stumpfer und die Farben wirkten blasser. Es war, als ob sich ein leichter Nebel über die Oberflächen gelegt hatte.

Dann wurde die Sicht schlechter, zuerst dünner, dann mit jedem Meter langsam stetig dichter werdender Nebel erfüllte die Luft.

„Sollten wir nicht Atemschutzmasken anlegen?" Ida wirkte zusehends nervöser, je dichter der Nebel wurde.

„Theoretisch ja, aber das hätten wir schon tun sollen, als wir aus dem Schott der Nebenzentrale geschlichen sind. Die Naniten sind überall. Man sieht sie im Innern nur nicht. Der Nebel ist kein Zeichen, das es mehr Naniten gibt, sondern dass sie schlechter funktionieren."

„Was wird mit uns passieren, sobald wir die Zone verlassen, in der die Naniten noch ordnungsgemäß funktionieren? Werden sie uns zersetzen?"

„Möglich, wenn wir uns in der Brandzone zu lange aufhalten. Wenn die Wände braun werden, müssen wir einen Zahn zulegen. Spart euch eure Puste bis dahin. Hinter dem Schott kommen wir in eine offene Zwischenzone. Da geht es eine Weile auf dem von Frau Ida gewünschten direkten Weg weiter. Macht euch bereit, die Füße in die Hände zu nehmen, sobald sich das Außenschott der Schleuse öffnet."

Der Zwerg führte die kleine Gruppe vor ein massives Schleusenschott, dem man ansah, dass hier die letzte Hürde vor dem Verlassen des Schiffes anfing, in dem sie sich gerade aufhielten. In besseren Zeiten, als es noch durch das All geflogen war, hatte sich auf der anderen Seite der Schleuse Vakuum und kosmische Strahlung befunden. Jetzt war nur ein weiter Übergang ins Konglomerat der gestrandeten Schiffe.

Das Innenschott schwang mit einem Ächzen auf. Innen im Schleusenraum hallten ihre Schritte vom Metall wieder. Das Innenschott schloss sich, nachdem sie hindurchgegangen waren, und verriegelte sich selbst mit dem Klang zufahrender massiver Bolzen. Röchelnd setzten Pumpen ein und verringerten den Luftdruck in der Kabine.

„Willst du uns umbringen, Zwerg?"

„Nutzt die Sauerstoffmasken der Exoskelette, wenn euch schwindelig wird. Das sind medizinische Modelle. Der Druckunterschied ist aber nicht so groß, wie ihr vermutet. Es ist gleich vorbei."

Wie aufs Stichwort meldete sich das Außenschott mit einem schlagenden Geräusch. Mit einem schrillen metallischen Quietschen öffnete sich das Schott nach außen.

Die Beleuchtung in der Schleusenkabine erlosch und trübes bräunliches Dämmerlicht sickerte in die Schleuse. Ida spähte in die vor ihnen liegende rostige Landschaft. Es war eine der Stellen im Konglomerat, an denen die Lücke zwischen mehreren weiter auseinanderliegenden Schiffshüllen durch mehr oder weniger kunstvoll eingefügtes Bruchmaterial nicht mehr zu rettender Schiffe überbrückt worden war. Schrägen und gerade Flächen wurden dabei von Laufwegen durchschnitten, die ein auf den ersten Blick labyrinthisch anmutendes Wegenetz bildeten. Während Alofan das Terrain aufmerksam studierte, wandte sich Ida direkt an ihren Führer.

„Wo müssen wir lang, Herr Zwerg? Ich möchte die Nebel hinter mir lassen."

Der Zwerg nickte und deutete in die Landschaft.

„Dort entlang, Frau Ida. Über die Shuttleaußenplattform und dann über den angeschweißten Steg mit der Bezeichnung B-Y-9. Das ist der direkte Weg aus dem Gebiet der Nanonebel. Wir treffen uns dann auf der anderen Seite der Nebelwand wieder."

„Wie kommst du rüber?" Alofan wurde misstrauisch.

„Durch ein Rohr, das für eure Exoskelette zu eng ist. Meine Beine sind zu kurz für einen Sprint und ich möchte nicht unnötig in das Blickfeld der Späher von der anderen Seite geraten."

„Späher? Details sind nicht deine Stärke, Zwerg! Was ist mit uns?"

„Euch sollen sie ja gerade sehen. Es kommt vor, dass ab und zu mal jemand aus dem Inneren ausbüxt. Habt ihr die abgesprochene Geschichte noch drauf?"

„Wir haben die so oft geübt, dass wir vergessen haben, warum wir wirklich hier sind. Und wenn? Wir wollen raus!"

„Gut, dann bis auf die andere Seite der Brücke. Los!"

Der Zwerg stürmte auf seinen kurzen Beinen aus der Schleuse und verschwand in einer in den Boden eingelassenen Luke für das Wartungspersonal.

Alofan rannte auf das Schild mit der Beschriftung B-Y-9 zu und Ida folgte ihm kurz darauf.

Die Luft wurde schaler und bald mussten sie auf den medizinischen Sauerstoff ihrer Exoskelette zurückgreifen. Ihre Schritte hallten gedämpft durch die große Höhle, die die aneinandergrenzenden Raumschiffe mit ihren Rundungen bildeten. Dann hatten sie die angeschweißte Brücke erreicht. Was vorher gedämpft geklungen hatte, hallte nun metallisch. Dünner brauner Staub wirbelte mit jedem Schritt und jeder Erschütterung, die sie verursachten, auf. Man merkte, dass der Naniten-Nebel versuchte, die Schäden zu reparieren, aber dabei mit jedem Meter, den die Brücke tiefer ins Dunkel reichte, an Wirkung verlor. Die Brücke an sich war dabei nicht einmal instabil. Etwas vom Rost angenagt, aber die Bleche waren dick genug, um die auf sie wirkenden Lasten zu tragen. Der Staub bestand hauptsächlich aus oxidierten Naniten. Oxidiert, aber nicht wirkungslos.

Alofan bemerkte, wie seine Bewegungen schwerfälliger wurden und das Exoskelett merkwürdige Geräusche von sich gab. Es gab einen Schlag, als Ida auf ihn prallte und ihn damit anschob. Ein großer Knall weiter hinten verlieh ihnen beiden die Motivation, sich zu beeilen. Eines der Sauerstoffreservoirs des Exoskeletts hatte sich aus seiner erodierten Halterung gelöst und der Aufprall hatte es leckgeschlagen. Der entweichende Sauerstoff reagierte sofort mit dem feinen Metallstaub. Die defekten Naniten entzündeten sich und es kam zur Explosion. Die letzten Meter der Brücke legten Ida und Alofan im unfreiwilligen Flug zurück. Die Druckwelle der Explosion schleuderte sie zur Shuttleplattform am Ende der Rampe. Alofan roch verbrannte Haare und versengtes Plastik.

Alofan und Ida krochen mit scheppernden Exoskeletten über die Plattform auf das offenstehende Schleusenschott zu. Dabei brachen Streben in der Konstruktion von Alofans Exoskelett. Ein stechender Schmerz durchzog Alofans Wirbelsäule, als sich die Sollbruchstellen des Exoskeletts aktivierten und das versagende Kraftverstärkungswerkzeug sich in ungefährliche Einzelteile zerlegte. Ida wollte Alofan stützen, doch auch ihr Exoskelett war beschädigt, einzelne Teile waren durch die Explosion miteinander verbacken und die Hitze schlug jetzt auf ihren Körper durch.

„Hilf mir aus diesem Ding raus, bevor ich verbrenne!", schrie sie. Alofan ignorierte den Schmerz in seinem Rücken, öffnete die Vorderabdeckung bei Idas Gestell und zog mit aller Gewalt an den Streben aus Metall und Plastik. Zusammen sanken sie zu Boden und hielten sich gegenseitig in den Armen. Nur kurz, sie hatten keine Zeit zur Erholung, und trotz der Schmerzen kämpften sie sich weiter voran.

Sich gegenseitig stützend, schafften sie es durch die offene Schleuse und bis vor die gegenüberliegende Wand des anschließenden Quergangs. Alofan stöhnte auf, mit den Beinen schob er sich an der Wand in eine halbwegs aufrechte Position. Sein Rücken schmerzte höllisch.

Ida schaute nach links und nach rechts den Gang entlang. „Fünfzig Meter links sehe ich eine Grüne-Kreuz-Station. Da sollten wir fündig werden, um uns beide zu verarzten. Schaffst du das?"

„Wenn du mir hilfst."

Gemeinsam bewegten sie sich unter Alofans unterdrücktem Gejammer an der Wand entlang auf das Ziel zu. Schweißgebadet erreichten sie die Medostation. Ida konnte einen Blick in den offenen Raum werfen.

„Zwei Liegen, und einer der Medokästen sieht intakt aus. Auf drei geht es ums Eck."

„Drei." Alofan rutschte an die Wand gelehnt an den Rand und drehte sich mit Idas Hilfe um die leicht abgerundete Kante. Etwas knackte in seinem Rücken. Tränen schossen in Alofans Augen. „Uh, da hat sich was bewegt. Die Schmerzen werden weniger."

„Dafür werden meine mehr. Du bist ganz schön schwer, mein Lieber. Die Liege ist noch einen Meter entfernt, dann haben wir es geschafft."

„Für heute muss das reichen. Der Zwerg wird uns hoffentlich finden und sich was einfallen lassen. In dem Zustand kommen wir im Perimeter nicht weit."

5. Der Perimeter

Der Zwerg tauchte nicht auf und nach zwei Tagen hatte sich Alofans Rücken wieder so weit beruhigt, dass sie langsam weitermarschieren konnten. Idas Verbrennungen hatten gut auf die Wundsalbe aus dem Medokit reagiert. Ihr explosiver Übertritt auf die andere Seite des Nanitennebels hatte bisher keine Auswirkungen gezeigt. Kein Bewohner des Perimeters hatte sich gezeigt. Die Umgebung wechselte von Gängen und Rampen, die lange nicht mehr benutzt, aber in Ordnung aussahen, zu zerfressenen und zerrissenen Schrottfeldern, durch die jemand mit primitiven Mitteln Wege und Stege angelegt hatte. Ab und zu fanden sie einige der obligatorischen Notnischen, in denen noch Vorräte an Wasser und Essen zu finden waren. Am dritten Tag machte Alofan eine Entdeckung.

„Ida, sei wachsam. Es muss jemand in der Nähe sein."

„Wie kommst darauf?", flüsterte Ida. „Ich kann niemanden sehen oder hören."

„Ich habe vorhin eine frische Schweißnaht gesehen. Das Metall war noch leicht warm. Es muss jemand hier sein, der sie angebracht hat."

„Warum sollte das ein Mensch gewesen sein? Das hätte genauso gut ein Roboter erledigen können, oder?"

„Die Schweißnaht war unregelmäßig und die Konstruktion sah so aus, als ob sie jemand vor etwas längerer Zeit irgendwie zusammengepfuscht hätte. Die Reparatur sah aber gekonnt aus."

„Seit wann bist du Experte für Schweißnähte?"

„Seit Secundus Al Catraz. Wenn wir weitere Reparaturen entdecken, finden wir vielleicht eine Spur zu der Person, die die Reparaturen ausgeführt hat."

„Hm, hier sind Markierungen mit einer Art dünnen Paste angebracht worden. Du scheinst recht zu haben. Roboter benötigen keine derartigen Zeichen. Hier sind noch ein paar, ich geh denen mal nach."

Alofan sah, wie Ida in einem dunklen Seitengang verschwand. Und dann ein kurzes Aufblitzen, gefolgt von Kampfgeräuschen. So schnell sein Rücken es zuließ, eilte Alofan Ida hinterher.

Zwei Gestalten rangen miteinander und beide schienen weiblich zu sein. Ida hatte zu kämpfen, schien aber die Oberhand zu gewinnen.

„Alofan, willst du da nur rumstehen? Hilf mir!"

„Mit meinem Rücken und bei einer Auseinandersetzung zwischen zwei Frauen? Vergiss es, ich werde dann wahrscheinlich von euch beiden verprügelt."

„Was?", kam es zweistimmig aus dem Knäuel der Körper. „Ich bin mir sicher, wir können diese Auseinandersetzung friedlich regeln, oder, meine Damen?"

„Ich ergebe mich nicht! Ihr seid hier eingedrungen, nicht ich." Die weibliche Person im Schweißeroverall schnaufte unter Idas Griff.

„Es braucht sich hier niemand ergeben. Wir sind froh, jemanden in dieser Metallwüste gefunden zu haben. Ida, ich glaube, du kannst sie loslassen. Mein Name ist übrigens Alofan."

Ida ließ von ihrer Gegnerin ab und rückte etwas zurück, versperrte zugleich den Fluchtweg der Frau.

„Man nennt mich Rena. Ihr habt mich bei einer Reparatur überrascht. Wer seid ihr und woher kommt ihr? Ich habe euch noch nie gesehen."

„Wir sind aus den Inneren Landen."

„Aus den Inneren Landen? Ist es wirklich so toll, wie man sich sagt? Erzählt mir davon!" Die rehbraunen Augen in dem von Metallstaub und Rost verdreckten Gesicht leuchteten plötzlich auf. Kindliche Neugierde ließ Rena plötzlich sehr jung wirken, obwohl sie nicht gerade klein war. Kräftig, aber nicht übermäßig muskulös. Und gut genährt.

Ida verzog das Gesicht und nickte Alofan zu, weiter zu erzählen. Er ließ sich nicht lange bitten.

„Es ist nicht alles Gold, was glänzt, sonst wären wir nicht hier, aber es hat seine Reize. Was möchtest du genau wissen?"

„Alles! Aber nicht sofort. Du scheinst nett zu sein. Was hat euch aus den Inneren Landen vertrieben?"

„Es ist ein goldener Käfig. Ein Gefängnis."

„Ah, das sagen die Meisten, die von dort gekommen sind. Na, hier ist es eher ein rostiger Käfig, aber es gibt noch unerschlossene Räume zu entdecken. Wenn man gewillt ist zu arbeiten."

„Das sind wir."

„Deine Freundin auch? Die schaut mich ganz schön grimmig an. Wenn ihr mir auf meiner Patrouille helft, lege ich ein gutes Wort beim Organisator ein. Ich bin spät dran und könnte ein paar zusätzliche Hände gebrauchen."

„Abgemacht. Ida?"

„Klar, warum nicht. Wie lange geht deine Schicht noch?"

„Bis der Gong zum Wechsel schlägt. Das kann nicht mehr allzu lange dauern, und es stehen noch einige schadhafte Stellen auf meiner Liste."

„Wie können wir helfen?"

„Sucht nach den nächsten Markierungen. Die Naht hier kriege ich gut alleine hin, aber bei ein paar anderen könnte jemand, der beim Halten hilft, nicht schaden. Dann werden die Nähte auch gerade." Rena zwinkerte Alofan zu und scheuchte Ida mit einer Handbewegung weiter in den Gang.

„Ihr kriegt was Ordentliches zu essen, wenn ihr euch gut anstellt. Im Perimeter gibt es nichts für nichts ..."

6. Nichts für Nichts

„Gut, deine neuen Freunde kriegen was Ordentliches zu essen, aber schlafen müssen die dann bei dir, Rena. Das war so nicht im Plan. Morgen sehen wir, ob wir die beiden irgendwo unterkriegen."

Der Organisator sah nicht übermäßig glücklich aus, zwei zusätzliche Seelen unter seinen Fittichen zu haben.

„Abendessen und Frühstück sind kein Problem. Ich höre mich um, wer noch ein oder zwei helfende Hände gebrauchen kann. Ich melde mich dann. Aber der Befrager wird vorher noch ein paar Worte mit euch wechseln wollen. Rena, du kennst den Weg, führ die beiden gleich zu ihm."

„Warum immer ich? Ich war die letzten drei Mal schon bei ihm."
Rena sah nicht sonderlich glücklich aus, diese Aufgabe aufgebrummt zu bekommen. Der Organisator war da anderer Meinung.

„Du hast ja auch die letzten drei Mal Neue angeschleppt. Du ziehst die an wie Möhren die Fruchtfliegen. Je eher du dich auf die Socken machst, desto eher hast du es hinter dir ..."

„Ja, ja. Ich geh schon. Folgt mir! Es ist nicht weit."

Rena drehte sich um und eilte mit zügigen Schritten in Richtung einer der rostigen Eingänge, die die Plaza umrahmten. Der Eingang unterschied sich nicht sonderlich von den Anderen, er war etwas heruntergekommen, sah aber stabil aus. Dort angekommen, klopfte Rena an die Außenwand neben der offenen Tür und rief nach dem Herrn Frager.

Ein mürrisches „Ja, komm ja schon, ein alter Mann ist kein Transmitter", antwortete ihnen jemand aus den Tiefen der Höhle dahinter. Ein älterer, verbraucht wirkender Mann schlurfte heran und blinzelte ihnen verschlafen entgegen.

„Oh, Rena, lass mich raten, du hast schon wieder Neue gefunden? Ich hab die Faxen für heute dicke und Hunger. Kommt morgen wieder."

„Vergiss das, alter Mann. Der Organisator schickt mich."

„Hätte mich auch gewundert, wenn nicht. Erledigen wir das beim Abendessen. Ich hab hier irgendwo noch die Anmeldeformulare herumliegen. Ihr füllt die rasch aus und dann gehen wir, bevor der Eintopf kalt wird. Ich habe aber nur zwei Kohlestifte. Name und Grund für euer Hiersein reichen. Wenn der Organisator mehr will, dann soll er mir ordentliches Schreibmaterial besorgen. Den Rest erledigen wir morgen gleich nach dem Frühstück. Für heute ist Feierabend!"

Nachdem Ida und Alofan ihre Namen und eine kurze Begründung in die Formulare gekritzelt hatten und der Befrager einen langen und gewichtigen Blick darauf geworfen hatte, ging es wieder zurück auf die Plaza, wo mit Klappbänken und Klapptischen für eine ganze Menge Menschen Platz zum Essen geschaffen wurde. Rena und der Befrager fassten mit an und Ida und Alofan halfen nach einem kurzen Schulterzucken ebenfalls mit.

Als die Töpfe mit Speisen aufgetragen wurden, war es so, als ob Ida und Alofan schon immer mit dazugehört hätten. Sie mussten ihre Geschichte ein paar mal zum Besten geben, erfuhren aber dafür wo genau sie gelandet waren und mehr über das Dorfleben, als sie eigentlich wissen wollten. Die Bewohner der Plaza de Fozillios hatten sie offenbar schon adoptiert.

7. Plaza de Fozillios

Alofans Rücken hatte ihn vor der Zeit geweckt. In Renas Hütte erfüllte leises Schnarchen den Raum. Rena und Ida sägten im Kanon Schrammen in die Balken. Die Lampen würden in nicht ganz einer Stunde auf Tagesschicht aufblenden, aber bis dahin lag noch alles in trübem Dämmerlicht.

Alofan verließ die enge Behausung und trat in die Mitte des weiten Platzes. Einzelne Bäumchen und Büsche in rollbaren Töpfen lockerten die Umgebung auf und weit über ihm erzeugten Positionslichter der zu einem Gewölbe zusammengestellter Raumschiffshüllen die Illusion eines Sternenhimmels. Es war kein Vergleich zu einer sternenklaren Nacht auf Secundus Al Catraz. Es war auch kein Vergleich zu Lotus, Chamina oder jedem anderen beliebigen Planeten. Es war kein Ort, um von Größerem zu träumen.

„Pst, komm her, ich habe frischen Tee. Die anderen brauchen das nicht mitzukriegen."

Alofan drehte sich um und sah den Befrager auffordernd zu sich winken. ‚Warum nicht?', dachte Alofan bei sich und ging auf die Behausung zu. Je näher er kam, desto intensiver wurde der Geruch nach frischem Tee.

„Woher habt ihr frischen Tee? Die jüngsten Vorräte der Schiffe sind nun auch schon mindestens 48 Jahre alt."

„Wer sagt, dass der Tee aus den Schiffvorräten stammt? Er schmeckt fast wie auf Lotus. Nun, die Zeit verklärt vieles, aber den Vergleich hat man dennoch. Hier, koste!"

Der Alte reichte Alofan einen doppelwandigen Thermobecher mit einer heißdampfenden Flüssigkeit. Nach ein paar vorsichtigen Schlucken wurde Alofan warm ums Herz.

„Der Tee ist wirklich ausgezeichnet. Ist es nicht ein bisschen früh für Frostschutzmittel als Zutat?"

Alofans überraschte Anmerkung tat der Befrager mit einem Wink ab.

„Eher etwas spät, man wird beim Frühstück riechen, dass wir etwas getrunken haben. Bei mir fällt das niemandem auf, aber bei dir? Der Organisator wird nicht besonders begeistert ein."

„Dann sollte ich die Tasse vielleicht nicht austrinken."

„Wäre schade um den Whiskey, der stammt noch von Lotus."

„Es ist so oder so schade um den Whiskey. Den sollte man pur trinken und nicht in Tee."

„Guten, ja, diesen Fusel kriegt man aber pur nicht herunter. Wo der Tee herkommt gibt es weit bessere Tropfen als das alte Schätzchen von Lotus."

„Warum teilst du den dann mit mir?"

„Weil du die Geste zu schätzen weißt, weil du weißt, dass auf einem Platz wie diesem richtige Sterne zu sehen sein sollten. Weil du weißt, dass in einer Nacht einem die Eier anfrieren könnten und man Fusel wie diesen braucht, um die wieder loszueisen."

„Wie alt warst du, als du nach Epsilon Eridani geflogen bist?"

„Ich? Weit über vierzig. Und dann hat mich der Hafer gestochen und ich habe mich zur Flotte der Verzweifelten gemeldet. Es war eine Schnapsidee. Nicht schlimmer als mit ansehen zu müssen, wie das eigene Leben den Bach runter geht, hatte ich mir gedacht. Von meinem letzten Geld habe ich mir eine Kiste von dem Whiskey gekauft, von dem wir gerade trinken. Er wiegt nicht den Anblick der Sterne von einem Planeten auf."

„Eine traurige Geschichte. Ich danke für die Ehre."

„Gern geschehen. Es hört mir sonst niemand mehr zu, mein Freund. Ich habe die Geschichte ein paar Mal zu oft erzählt. Die Alten, die Gestrandeten, haben jeder ihre eigene Geschichte von dem, was sie nach Epsilon Eridani machen wollten, und die Neuen, Perimetergeborenen, wollen lieber lustige Geschichten hören. Und die aus dem Inneren, tja, die leben in den Geschichten, die sie leben wollen. So sagt man, mein Freund, oder täusche ich mich?"

„So sagt man. Wenn man es mag, kann man in eiskalter Nacht auf einem freien Feld aufwachen und in den Himmel schauen und die Sterne sehen. Es sieht aus wie die richtigen Sterne, der Wind beißt wie richtiger kalter Wind, die Kälte kriecht wie richtige Kälte unter die Kleidung und der Tee mit Schuss wärmt wie richtiger Tee mit Schuss. Und dann wird einem klar, dass es zu richtig ist. Man macht Feuer. Riecht den Qualm, der wie richtiger Qualm riecht und die Klamotten stinken nachher wie bei einem richtigen Lagerfeuer. Und dennoch sehnt man sich jedes Mal mehr nach dem Richtigen, dem Realen, je öfter man solche Momente in den Inneren Landen erlebt."

„Seid ihr deshalb hergekommen? Du und deine ... Begleiterin."

„Ich bin aus dem Grund hier, meine Begleiterin ist hier, weil ich gegangen bin."

„Eine schwere Last, für zwei zu entscheiden."

„Sie hat ihre eigene Entscheidung für mich mitgetroffen. Das Neue lockt sie mehr als mich. Sie wird wunderbar klarkommen."

„Und du? Der Organisator wird zwei helfende Hände nicht einfach so gehen lassen. Es gibt viele Dinge, die getan werden müssen, damit alte Männer vor dem Morgengrauen Tee trinken können. Und neue Geschichten sind immer begehrt."

„Geschichten aus dem Inneren sind beliebig. So unmöglich sie sich auch anhören mögen, sie sind wahr und doch falsch zugleich. Köstlich und bitter."

„An dir ist ein Poet verloren gegangen. Nicht dass wir Bedarf an noch mehr Poeten hätten." Der alte Mann lachte auf und deutete entschuldigend auf seinen Becher, dann fuhr er ernster fort.

„Dir ist nicht klar, ob du das Richtige getan hast, aber dennoch gehst du deinen Weg bis zum bitteren Ende, weil du weißt, dass du nie irgendwo ankommen wirst, wenn du nicht weiterschreitest."

„Möglich, dumm wäre nur, wenn man dann die falsche Richtung einschlagen würde."

„Auch wieder wahr. Na, ich werde dem Organisator vorschlagen, dass ihr erstmal mit Rena die Trümmer eurer Flucht bergt und dann sehen wir, wofür ihr Talent habt."

„Das klingt nach einem vernünftigen Vorgehen." Alofan neigte seinen Kopf zum Zeichen des Einverständnisses. „Was ist, wenn jemand irgendwann feststellen sollte, dass er oder sie im Perimeter weiterziehen möchte?"

„Ha, eine ehrliche Frage! Nun, so groß ist der Perimeter nicht, wie er auf den ersten Blick erscheinen mag. Irgendwann ist man wieder da angekommen, wo man losgelaufen ist. Seht euch um und bleibt da, wo es euch gefällt. Kein Problem. Mache Orte sind allerdings weniger gastlich als andere. Sprecht mit Rena, die kommt weit herum und ist meistens auf dem neusten Stand."

„Machen wir. Und wie kommt ihr nun an den Tee?"

„Das ist eine gute Frage, weißt du. Guten Tee anzubauen ist eine Kunst. Dafür braucht man genau die richtigen Wachstums- und Umweltbedingungen. Ich habe hier eine kleine Miniplantage, mit Bonsaibüschen, willst du sie sehen?"

„Bonsai Teebüsche? Klar will ich die sehen!" Alofan beschlich die Vermutung, dass es heute ein langer Morgen mit vielen und gut verpackten Fragen werden könnte. Beim Gedanken daran, dass Ida Tee pflückte, schlich sich ein Grinsen in sein Gesicht. Nach einem halben Jahr würde sie die Plantage leiten. Unterordnung lag nicht in ihrem Naturell, Alofan mochte es da eher unauffälliger. Aber seine Talente würden früher oder später ans Licht finden. Und Alofan graute vor der Vorstellung. Ein schnelles, präzises Messer wurde irgendwann immer benötigt.

8. Ein schnelles Messer

„He, Alofan, ich habe einen Job für dich." Fischmeister Harmji deutete auf einen dicken Fisch im Becken unter den Tomaten.

„Der entwischt mir schon seit Monaten. Ich kann machen, was ich will. Ich will die Fischzucht nicht wegen dem einen lahmlegen, aber der frisst den anderen das Futter weg, wenn er die Jungen nicht gleich selbst verschlingt. Und das Fleisch wird nicht besser ..."

Wie in seinem früheren Leben als Assassine hatte sich Alofan schnell in seine Umgebung eingefügt, alles an Fachwissen über seine neue Rolle aufgesaugt und darin eine gewisse Virtuosität entwickelt, die ihn zu einem geschätzten Mitglied der Gemeinschaft werden ließ. Die fundierte Ausbildung auf Chamina hatte zudem viel mit Anatomie, Einwirkung auf lebende biologische Systeme und besonders deren Beendigung zu tun. Alofan war also in seinem Element.

„Ich sehe mir das mal an. Wie sieht es mit einer Zugabe zum Abendessen aus?"

„Klar, du kriegst ein großes Stück, wenn der große Fisch erledigt ist."

„Ich habe zwei Frauen in meiner WG."

„He, zwei hübsche Frauen und dann noch extra Fisch? Für eines von beiden würden die Meisten schon töten."

„Du kannst den Fisch auch selber fangen, ich verlange ja keinen Fisch für jeden."

„Ja, geht klar, ich rede mit der Küche, wenn du mir beim Fangen hilfst. Für einen Fisch heizen die die Pfannen eh nicht auf ..."

*

Das Gespräch hatte vor Stunden stattgefunden. Alofan hatte schon leichtere menschliche Ziele gehabt. Der Fisch war vorsichtig und schnell. Und er wusste offenbar genau, was um ihn herum passierte. Bei der Fütterung war er der Erste und der Erste, der wieder verschwunden war, wenn es den Fischen an die Schuppen gehen sollte. Alofan ließ sich Zeit. Er beobachtete, während er seine normalen Arbeiten in der Fischzucht erledigte. Und der Fisch mochte ihn von Anfang an nicht. Es war, als ob er wüsste, dass Alofan ihn fangen wollte. Irgendwann sprach Alofan dann auf den Fisch ein. Erst verbal, dann mit Hand- und Klopfzeichen. Kurz bevor der Fischmeister die Geduld verlor, antwortete der Fisch. Der Fisch konnte morsen. So schnell, dass Alofan Probleme hatte, ihm zu folgen. Es entspannte sich eine rege Konversation und selbst der Fischmeister dachte nicht mehr daran, den Fisch zu töten. Dann kam eine bekannte Stimme von hinten.

„Was kostet der Fisch?"

Alofan erkannte den Zwerg an seiner Stimme und warf ihm nur einen kurzen Blick zu.

„Das musst du mit dem Fischmeister ausmachen. Und das Fangen erledigt sich auch nicht von alleine."

„Du könntest ihn fragen, ob er aus dem Gewässer herauswill. Fragen kostet nichts und vielleicht klappt es ja."

„Der Fisch ist clever."

„Oh Mann, Menschen. Und ich dachte, ich hätte die lange Leitung hinter mir. Darf ich?"

Der Zwerg schaute den Fischmeister an, der verwirrt mit den Schultern zuckte. „Essen wird den keiner mehr. Das geht doch nicht mit rechten Dingen zu. Wenn er dir in die Arme springt, dann gehört er dir."

„Deal." Der Zwerg klopfte mit wahnsinniger Geschwindigkeit an den Tank. Der Fisch schien von den Argumenten des Zwergs wohl nicht sonderlich überzeugt und so ging der Wortwechsel hin und her.

„Was reden die da?", flüsterte der Fischmeister Alofan zu.

„Keine Ahnung, das geht viel zu schnell. Der Fisch wiederholt aber regelmäßig ‚Vergiss das' und ‚Fick dich ins Knie'. Ich denke, der Karpfen wird langsam sauer." Alofan rückte etwas vom Becken weg, gerade rechtzeitig, um der Wasserwelle auszuweichen, die der große Fisch über den Rand schwappen ließ. Der Zwerg war klitschnass, was ihn aber nicht im Geringsten zu stören schien. Dann eskalierte die

Sache, als der Zwerg sich aufmachte, in das Becken zu klettern. Der Fisch schoss wie ein Hecht aus den Tiefen des Beckens hervor und entblößte dabei ein Gebiss, das an eine Mischung aus Piranha und Tiefseefisch erinnerte. Alofan riss den Zwerg zurück und durchbohrte den Fisch mit seinem Messer im Flug. Der Zwerg lachte.

„Ha, Fischmeister, jetzt musst du doch noch deinen Fischjäger bezahlen. Aber ich zahle dir einen guten Preis für unsern schuppigen Freund hier."

„Aber ... aber ..." Der Fischmeister rang um seine Fassung. „Nimm dieses Mutantenvieh bloß aus meinem Teich. Ich werde die ganze Fischzucht trockenlegen müssen und schauen, wie sowas hier entstehen konnte."

„Unser Freund ist zugewandert. Ein Flüchtling sozusagen. Woher bekommt ihr euer Wasser?"

„Das meiste kommt aus dem Kreislauf mit der Hydroponik, aber ab und zu müssen wir auffüllen, es verdunstet immer etwas. Wir haben eine direkte Zuleitung von den Kondensatoren der Wassermeister."

„Die sind am entgegengesetzten Ende des Perimeters." Der Zwerg war ungewöhnlich ernst.

„Hm, da musst du einen von den Leitungsexperten fragen. Das Wasser war immer in Ordnung und ich überprüfe das vor, während und nach dem Befüllen der Tanks."

„Nun, jemand hat dir einen Kuckuck ins Nest gelegt. Finden wir erst heraus, was für einen, bevor wir uns der Frage zuwenden, woher der Morsefisch kam. Hast du ein Behältnis? Möglichst mit Wasser, bevor der Fisch austrocknet."

„Sicher, wir beschäftigen uns hier schließlich mit Fischen."

Der Fischmeister verschwand kurz in seinem Schuppen und kam mit einem Plastikbehältnis auf Rädern zurück. „Wasser könnt ihr aus dem Hahn mit der Gabel drauf nehmen. Das ist Frischwasser zum Trinken."

„Gut", sagte der Zwerg.

„Alofan, rein mit dem Fisch in den Behälter. Lass das Messer im Fisch stecken und füll das Behältnis so, dass der Fisch gerade darin schwimmt. Wir nehmen dann alles mit zu mir."

„Wie du wünschst, Herr Zwerg. Fischmeister, vergiss die Extrarationen nicht."

„Ja, ja, und nun verschwindet. Das hier müssen nicht mehr Leute als unbedingt nötig mitbekommen." Der Fischmeister ließ die beiden nicht aus den Augen, bis das ungleiche Paar mit seinem rollenden Fischtank verschwunden war.

9. Beim Zwerg

Die Unterkunft des Zwerges war ein Stück außerhalb der kleinen Siedlung und befand sich in einem Wrack, das im Innern erstaunlich gut erhalten war. Noch erstaunlicher war, dass sich Ida und Rena schon in der Unterkunft des Zwerges befanden. Der Zwerg hatte es sich in einer Art Mischung aus Labor und Krankenstation gemütlich gemacht. Ida sah den Zwerg gewohnt misstrauisch an, während Rena sich eher zu freuen schien, den Zwerg zu sehen.

„Du hattest Recht", begrüßte Rena ihn. Der Zwerg war von dieser Erkenntnis nicht sonderlich überrascht. „Wo ist die Abzweigung?"

„Auf halber Strecke, und wie ich das aus der Ferne erkennen kann, verläuft das Rohr direkt mitten durch das Innerste des Inneren Landes. Rein und wieder raus. Die Sonarmessung hat einen direkten Durchfluss und ein paar Abzapfstellen unterwegs ergeben. Damit gibt es einen direkten Weg hinein und aus den Inneren Landen heraus. Insofern man klein genug ist und die Luft lange genug anhalten kann." Rena sah beim letzten Satz etwas resigniert aus.

„So wie unser erdolchter Freund hier. Alofan, du kannst das Messer jetzt aus dem Fisch ziehen, wir benötigen das vorerst nicht mehr."

Kaum hatte Alofan das Messer aus dem Fisch gezogen, fing dieser wieder an zu zappeln und verwandelte sich in einen ungewöhnlich großen, aber ansonsten harmlosen morsenden Karpfen zurück. Das, was er von sich gab, klang auch für jemanden, der nicht morsen konnte, etwas ungehalten.

„He, Fisch, es sind Damen anwesend. Mäßige deine Ausdrucksweise etwas." Der Fisch antwortete, ohne dass der Zwerg etwas gemorst hätte. Es klang versöhnlicher.

„So, gut. Willst du uns etwas über deine Herkunft verraten? Ich würde dich ungerne aufschneiden, um ein paar Antworten zu bekommen."

Die Antwort des Fischs ließ nicht lange auf sich warten. Alofan brauchte keinen Morsecode, die gängigen Schimpfwörter des Fischs erkannte er mittlerweile auch so. Zeit für etwas guter Fischer, böser Fischer.

„Irgendwie passt da kein Gehirn in den Fisch rein, das groß genug für richtige Intelligenz wäre, oder? Ich meine, ich könnte ja mal nachsehen."

„Na, versuchen wir es erstmal auf die sanfte Tour. Alofan, kannst du den Fisch auf den Medotisch legen?"

Der Fisch fand die Idee eher nicht so nach seinem Geschmack, als Alofan seine Hände in Richtung Bassin ausstreckte. Er verwandelte sich wieder in seine Killerfisch-Form. Ida und Rena quietschten erschrocken auf und ehe sich der Fisch versah, durchbohrte ihn eine lange Brechstange und er bekam mit einem schweren Schraubenschlüssel eins übergezogen. Der Zwerg war von der Entwicklung nicht sonderlich überrascht, während Alofan das eher sportlich sah.

„Wird der Fisch wieder reden, wenn er kein Schaschlik mehr ist?"

„Ich glaube, er wird etwas handzahmer sein. Wenn er das heil überstanden haben sollte. So, und jetzt vorsichtig mit ihm auf den Medotisch, bitte."

„Ich versuche es. Der ist schwerer als er aussieht." Rena schnaufte, als sie den Fisch an der langen Stange aus dem Bassin hob.

„Soll ich den abtropfen lassen?"

„Nein, bloß nicht. So schnell es geht auf den Untersuchungstisch, bitte. Alofan, halte unseren Freund fest, während ich etwas weniger Brachiales benutze, um das Ding hier still zuhalten. Ida, starte das Programm für den Intensivscan. Ich möchte Daten, solange der Fisch noch frisch ist."

Der Zwerg nahm eine lange Nadel und durchbohrte den Fisch damit an der Lücke, die Alofan mit seinem Messer geschaffen hatte. Anschließend fixierte er den Fisch mit seinen für seine Körpergröße erstaunlich großen und festen Händen. Rena zog dann auf das Nicken des Zwerges ihre Brechstange aus dem Fisch. Im direkt über dem Fisch aufflackernden Hologramm konnte man erkennen, wie das grobe Stück Eisen den Fischkörper verließ und sich die Wunde wie von Zauberhand wieder schloss. Die roten Traumamarkierungen verblassten und zurück blieb nur der dünne Kanal, den die Nadel des Zwerges verursachte.

„Das ist kein normaler Fisch", stellte Ida klar.

„Was du nicht sagst", stichelte der Zwerg.

„Ob das bei dir auch so aussieht, wenn ich Renas Stange durch dich durchschiebe?", retournierte Ida ebenso trocken. „So ganz koscher bist du auch nicht, Zwerg".

„Dafür deutlich mitteilsamer als unser Freund auf dem Untersuchungstisch vor uns. Was hat dein Scan sonst noch für Erkenntnisse hervorgebracht?"

„Die DNA des Fisches wurde gepimpt und es durchzieht ihn eine Art Gangliennetz aus vollkommen fremder Erbsubstanz. Ich kann die nicht zuordnen. Teile entziehen sich den Messungen. Ich würde gerne eine Probe entnehmen." Idas wissenschaftliche Neugierde war geweckt.

„Bleiben wir erstmal bei den Scans. Versuch, ob du eine Quantenresonanz hinbekommst."

Auf Idas Stirn bildeten sich Furchen und Schweißperlen, als sie sich vorsichtig mit ihren Messgeräten an den Stellen mit fremdem Material näherte. Wenn sich das Diagramm rot färbte, reduzierte sie die Einstellungen.

„Nichts Hundertprozentiges, aber ich habe einen Verdacht, was das für ein Material sein könnte. Ich habe das schon mal gesehen."

„Gut, das reicht erst mal. Alofan, setz unseren Freund zurück in sein Becken. Er hat sich eine Pause verdient."

„Der lebt noch?", wollte Rena wissen und hob ihre Stange an, die sie immer noch fest in Händen hielt.

„Ich denke doch. Das sollten wir feststellen, wenn Alofan unseren Gast in sein Heim zurückgesetzt und die Nadel herausgezogen hat. Möglichst, ohne sich die Finger abbeißen zulassen."

Als Alofan die Nadel herausgezogen hatte, schnappte der Fisch nach ihm, aber nur in der etwas gemäßigteren Piranha-Variante. Dafür fing er sich einen Schlag mit der Stange ein.

„Versuch den Mist nicht nochmal, sonst gibt es Zombiefisch am Spieß", machte Rena ihre Meinung zu dem Thema deutlich. Der Zwerg grinste in das Bassin.

„Du hast die Dame gehört! Benimm dich also besser."

Eine kurze Folge Morsezeichen war die Antwort.

„Na, das kann ich dir definitiv nicht versprechen, aber eine etwas zivilisiertere Behandlung sollte möglich sein. Wenn du unsere Neugierde in einigen Punkten befriedigst."

Die Morsezeichen des Fischs interpretierte Alofan als ‚Was willst du wissen?', auch ohne die Zeichen zu dekodieren. Der Zwerg stelle eine ganze Menge merkwürdiger Fragen.

„Ein singender Fisch, wer hätte das gedacht?" Ida befestigte Sensoren an dem Bassin und dann ertönte eine stockende Computerstimme. Die Antworten des Fisches waren kryptisch, aber er redete und das schien den Zwerg zufriedenzustellen. Der Fisch kam wirklich aus dem Inneren und er hatte einen Auftrag.

Welchen genau, behielt er aber trotz bohrender Fragen des Zwerges für sich.

10. Der Auftrag

„Also, was will der Fisch denn nun hier? Und hat er was aus dem Inneren erzählt?" Rena spannte den Zwerg ebenso in den Schraubstock, wie der Zwerg das mit dem Fisch tat.

„Bitte, nicht vor dem Fisch!" Der Zwerg würgte Renas Fragen ab und scheuchte alle außer Ida aus dem Labor, um sich draußen weiter zu unterhalten.

„Was?" Rena war perplex. „Du hast den quasi gefoltert und jetzt nimmst du auf seine Gefühle Rücksicht?"

„Technisch gesehen hast du ihn mit einer dicken Eisenstange durchbohrt und geschlagen."

„Hey, der wollte uns angreifen!"

„Rückblickend haben wir angefangen, das heißt ich, indem ich ihn provoziert habe und Alofan hat ihn dann im Flug aufgespießt. Ein Wunder, das er das überhaupt überlebt hat."

„Nach Idas Erkenntnissen ist es eher ein Wunder, das er uns nicht alle zu Hackfleisch verarbeitet hat", mischte sich Alofan ein. „Das ist kein normaler Fisch, eher ein biologisches Monster, das sich erstaunlicherweise passiv verhält, wenn man es mit etwas Metallischem durchbohrt. Und du weißt definitiv mehr über den Fisch, als du uns bisher erzählt hast, Zwerg."

„Geheimnisse vor Menschen zu haben ist das Wesen der Zwerge, wie es das Wesen der Fische ist, im Wasser zu schwimmen. Aber ich werde philosophisch. Jetzt, da der Fisch kein Geheimnis mehr ist, was würdest du aus dieser Tatsache folgern, männlicher Mensch?"

„Ich habe einen Namen, Zwerg."

„So wie der Zwerg einen Namen hat."

„Den du uns bisher standhaft vorenthalten hast."

„Namen sind Schall und Rauch."

„Namen können aber auch Zeichen sein."

„Wie wahr."

Rena platzte der Kragen. „Männer! Also, Zwerg, wir sind jetzt nicht mehr vor dem Fisch, würdest du jetzt bitte meine Fragen beantworten?"

„Welche Fragen?", gab der Zwerg trocken zurück.

Rena schloss ihre Hände fest um die Eisenstange, die sie immer noch in ihren Händen hielt. Der Zwerg lachte auf. „Entschuldige, Rena, etwas Spaß muss ab und zu sein. Der Fisch hat meiner Meinung nach mehrere Aufgaben. Erstens, er ist als Spionagesonde gedacht. Er kommt mit den Wasserrohren unbeschadet durch die Nanitenwand. Bei zweitens bin ich mir nicht sicher, ob er eher ein Köder oder eine Botschaft ist. Seine Kenntnisse des Inneren beschränken sich auf die Rohre und den Raum, in dem sein Geburtstank steht."

„Eine technische Vorrichtung hätte diese Funktionen übernehmen können, warum ein biologisches Wesen? Wenn ich mir etwas Mühe geben würde, hätte selbst ich etwas hinbekommen, das ein paar mehr Dinge im Perimeter hätte tun können. Da muss mehr dahinterstecken." Rena war die Sache immer noch nicht geheuer. Alofan ebenfalls nicht, während der Zwerg sich ein zufriedenes Lächeln erlaubte.

„Fragen sind manchmal wichtiger als Antworten. Und auf manchen Antworten muss man selbst kommen."

„Lass es mich mal versuchen, mein Freund", mischte sich Alofan wieder in die Unterhaltung ein. „Es geht nicht nur darum, eine Sonde vom Inneren aus in den Perimeter zu senden. Wir hatten selbst ein paar technische Probleme beim Übergang vom Inneren in den Perimeter. Die Naniten sind überall im Inneren zu finden. Sie sind nicht nur in den Reparaturnebeln, sie sind in der Luft, sie sind im Wasser und sie sind in der erzeugten Nahrung. Also gibt es kein lebendes Wesen im Innern, das nicht auch Naniten in sich trägt. Die Welten des Inneren funktionieren auf diese Art und Weise. Der springende Punkt ist, im Perimeter sind die Naniten aus irgendeinem Grund nicht funktionsfähig. Es scheint so, als ob jemand eine Lösung gefunden hätte, die im Inneren und im Perimeter gleich gut oder besser, bestmöglich funktioniert. Habe ich etwas ausgelassen?"

Der Zwerg schüttelte den Kopf und deutete mit der Hand an, fortzufahren. Alofan sammelte kurz seine Gedanken. „Der Fisch enthält außerirdische Gene und ist dennoch stabil. Ich vermute, wir sehen hier nur das letzte Produkt in einer langen Testreihe. Deswegen weißt du über die Sache Bescheid, Zwerg. Es muss frühere Versuche gegeben haben. Lassen wir mal die Vermutungen beiseite, warum du uns gerade jetzt hierhergeführt hast. Zwei Fragen stellen sich fast von selbst. Woher stammt das außerirdische Material und wer steckt hinter dem Ganzen?"

„Hydor der Zweite?", platzte Rena heraus. Der Zwerg verzog keine Miene, oder vielmehr sie versteinerte. Alofan setzte noch einen drauf. „Die Virtuellen. Wer sonst hätte die Mittel und Möglichkeiten?"

„Aber du bist doch auch aus der Deus Ex und dem Inneren Kreis, Alofan. Warum wusstest du nichts und bist jetzt hier?"

„Gute Fragen, Rena. Gute Fragen sind gefährliche Fragen, ich vermute deswegen diese Scharade hier. Zu gefährlich, um sie im Inneren zu beantworten. Derjenige hinter den Experimenten möchte nicht, dass Hydor der Zweite mehr mitbekommt als sich vermeiden lässt. Was hat man im Perimeter für Möglichkeiten, die man im Inneren nicht besser hätte? Dort sind das Virtuelle und das Reale eins."

„Eigentlich hat man nur einen ungefilterten Blick ins Außerhalb." Rena zuckte mit den Schultern.

„Auch wenn dort nur Gasschwaden zu sehen sind?" Alofan schaute den nach wie vor wie versteinerten Zwerg an und dann Rena. „Mit bloßem Auge sieht man nicht viel, das stimmt. Ebenso mit den normaloptischen Teleskopen. Ich erinnere mich nicht an die Zeit des eigentlichen Übergangs, es ging alles zu schnell. Nur die Virtuellen hatten die Zeit und die Möglichkeit einzugreifen. Wir waren mitten in der Schlacht um Epsilon Eridani und dann hat uns plötzlich dieser Hüne in seinen Kessel gezogen. Mit dem Schlag zusammen war das dann alles etwas chaotisch."

„Du warst beim Schlag mit dabei? Erzähl mehr!" Rena hatte Feuer gefangen und setzte zu weiteren Fragen an. Alofan stoppte sie mit einer energischen Handbewegung. „Der Schlag war das Ende der Schlacht von Epsilon Eridani. Etwas Exotisches muss im Gasriesen explodiert sein. Leider war niemand aus dem Konglomerat bei der Abschlussbesprechung zur Schlacht dabei. Wir haben keine Ahnung, was dort genau passiert ist. Wir waren damit beschäftigt zu überleben. Nachdem dann endlich alle hierher Versprengten eine Heimstatt im Inneren gefunden hatten, war man dann froh, dort in Ruhe gelassen zu werden. Jedenfalls ging es mir so. Mich hat das Chaos überfordert, es gab keine realen Ansatzpunkte, an denen ich meine Fähigkeiten und Instinkte hätte anknüpfen können. Das fünfte Rad am Wagen."

„Dennoch bist du jetzt hier", stand ihm Rena bei.

„Ja, und der Fisch. Nur, was machen wir jetzt mit unseren Erkenntnissen?"

Rena überlegte einen kurzen Moment, dann schlug sie vor:

„Vielleicht sollten wir doch einen Blick in das Äußere werfen. Wenn uns die Sternensüchtigen lassen. Die sind da etwas eigen."

Alofan war weder abgeneigt noch vollkommen überzeugt. „Möglicherweise sind wir hier, damit wir dem Fisch die Sterne zeigen. Erzähl mir mehr über die Sternensüchtigen. Und ich brauche eine exakte Übersicht, welche Gruppen sich im Perimeter herumtreiben."

„Ich kann dir erzählen, was ich unterwegs aufgeschnappt habe, aber der Befrager müsste mehr wissen."

„Ich hatte den Eindruck, er kämpft mit seinen eigenen Dämonen. So wie unser kleinwüchsiger Freund." Alofan stupste den Zwerg an. „Vergessen wir den Hünen und wenden uns unserer unmittelbaren Umgebung zu."

„Entschuldigt, ich war etwas abwesend." Der Zwerg gähnte ausgiebig und rieb sich die Augen. „Es ist schon spät, ihr solltet zurück zur Plaza, es kann nicht mehr lange bis zum Abendessen dauern. Heute steht frischer Fisch auf dem Speiseplan, das sollten wir uns nicht entgehen lassen. Was meint ihr?"

Alofan schmunzelte, als er Renas Magen knurren hörte und antwortete für beide. „Nichts einzuwenden, können wir den Fisch hier alleine lassen?"

„Ich denke schon. Ida sollte sich um ihn gekümmert haben." Der Zwerg zeigte auf Ida, die gerade das Labor verließ und sich zur Gruppe gesellte. „Wie geht es unserem Gast?"

„Ich habe es dem Fisch gemütlich gemacht. Er hat eine Belüftung, einen Futterspender und ein Gitter auf seinem Bassin. Wenn wir eine gute Batterie finden, sind wir sogar einigermaßen mobil. Es wäre aber etwas unsensibel, ihn zum Essen mitzunehmen, wenn es Fisch gibt, findest du nicht, Zwerg?"

„Das Gute daran, ein Zwerg zu sein ist, man kann eine ganze Menge tun, wenn einen die Leute schon für verrückt halten. Wir nehmen den Fisch mit. Ich habe eine Brennstoffzelle in meinem Lager."

„Was?" Rena wurde etwas lauter. „Seit wann das? Als wir eine gebrauchen konnten, hattest du keine."

„Frisch erhandelt. Rein zufällig einen neuen Kontakt bei den Ausschlachtern aufgetan. Die haben eines der bisher nicht erschlossenen Wracks aufgetan. Ich kann einen direkten Kontakt herstellen, wenn du möchtest."

„Mit denen? Vergiss es. Ich suche das Weite, sobald einer von denen auftaucht." Rena wirkte nicht erbaut bei dem Gedanken an die Ausschlachter. „Das ist definitiv kein Thema beim Essen", wandte sie sich mit einem bestimmenden Blick an Alofan. „Und dafür brauche ich ein paar mehr Schlucke aus dem Vorrat des Befragers, wenn du mehr wissen willst."

Alofan schmunzelte. „Mal sehen, was wir da machen können. Vielleicht können wir eine Vorstellung für den Befrager geben. Er wird einen Moment mit unserem Fund verbringen wollen."

„Gehen wir, bevor die Tische aufgebaut werden, dann kriegen wir den Fisch unbemerkt bei uns oder dem Befrager unter."

„Unbemerkt in einem kleinen Dorf wie der Plaza? Ihr Menschen seid doch ab und zu drollig." Der Zwerg lachte auf. „Nicht, wenn ich ins Dorf komme!"

11. Die Attraktion des Tages

Der Zwerg hatte nicht gelogen, niemand konnte die Ankunft der Gruppe nicht bemerken. Alofan und Rena schoben den rollenden Tank mitsamt dem Fisch auf die Plaza. Auf dem Tank stand breitbeinig der Zwerg und verkündete lauthals seine Ankunft und die einer bisher noch nie da gewesenen Attraktion, den sprechenden Fisch. Ida dagegen hielt etwas Abstand zur Gruppe.

Sie waren genau passend zum Abendessen gekommen. Der erste Hunger war bereits gestillt und die Leute hatten Zeit und Muße, sich die Show des Zwerges anzusehen. Und die Show schien den Leuten zu gefallen. Sie lachten und johlten, als der Zwerg seine Späße trieb, und staunten, als der Fisch tatsächlich intelligent auf die Fragen antwortete.

Der Zwerg spielte geschickt mit den Erwartungen der Zuschauer und schloss die Vorstellung damit, dass Ida aus dem Hintergrund hervortrat und sich ebenfalls verbeugte. Die Menge jubelte. Sie war offenbar mit einem Trick hinter das Licht geführt worden. Selbst der Fischmeister grinste erleichtert, hatte der Zwerg ihm damit einige unangenehme Fragen erspart. Der Menge jedenfalls hatte die Vorstellung gefallen und sie goutierte das mit rhythmischen Stampfen und skandierte:

„Freie Kost und Logis, freie Kost und Logis."

Der Organisator sah nicht ganz so glücklich aus, machte aber gute Miene zum Spiel. Er stellte sich auf eine Bank und bat um Ruhe.

„Bewohner der Plaza. Was für eine Überraschung hat uns der Zwerg dieses Mal geboten! Eine gute Show, die seine freie Kost und Logis bei uns wieder verlängert. Gut gemacht, Herr Zwerg, und gut gemacht, Mitstreiter von der Plaza. Nicht nur dass ihr die Fischfarm von einem gefräßigen Störenfried befreit habt, ihr habt ihn offenbar auch einer nützlicheren Verwendung als den köstlichen Fischgerichten zugeführt, die die Küche heute aus der aktuellen Wochenproduktion gezaubert hat. Es war also ein guter Tag für uns alle. Künstler, esst und feiert mit uns! Und, aufgemerkt! Dafür öffnen wir heute sogar eines der Bierfässer. Feiern wir!"

Der letzte Satz sorgte für weiteren Jubel, denn das kam nur höchst selten vor. Der Zwerg und seine Helfer bedankten sich und ließen sich bewirten. Der Tank war von Kindern und Neugierigen umringt. Einer der Männer der Plaza stand dabei und passte auf, dass niemand dem Tank zu nahekam oder den Fisch belästigte.

Später am Abend, als das Interesse nachließ, schoben Rena und Ida den Tank in ihre Unterkunft. Rena gähnte demonstrativ und Ida blieb gleich mit dort.

Die Feier dauerte an und der Zwerg unterhielt die Leute mit Anekdoten aus anderen Teilen des Perimeters. Die Beleuchtung dimmte schließlich von Abend auf Nachtschicht herunter. Der Platz leerte sich schnell. Zurück blieben Alofan, der Zwerg, der Organisator und der Befrager.

„Wo kann ich heute Nacht bei euch unterkommen?", fragte der Zwerg.

„Bei deinen Mitstreitern, würde ich sagen, schließlich bist du mit denen gekommen", bestimmte der Organisator.

„Die Unterkunft ist etwas voll, jetzt, wo der große Tank mit drinsteht. Der Zwerg kann bei mir übernachten", bot sich der Befrager an.

„Es ist deine Unterkunft, Befrager. Ich denke, damit ist für heute alles geregelt. Ich ziehe mich zurück. Bis morgen", verabschiedete sich der Organisator.

Alofan wollte sich ebenfalls verabschieden, aber der Befrager stoppte ihn.

„Komm auf einen Schlummertrunk mit dem Zwerg zu mir. Der heutige Tag war zu aufregend, um jetzt gleich schlafen zu gehen."

„Gerne, ich bin zwar ein wenig müde, aber wie könnte man den Tag besser ausklingen lassen?"

„Mit etwas Anglerlatein. Das gab es schon länger nicht mehr, dass ein Fisch mit dem Messer erlegt wurde und dann zurückkehrt, um die ganze Plaza zu unterhalten. Das macht mich neugierig."

„Ha, was nicht!" Der Zwerg lachte.

„Das wird eine tolle Legende! Mit dem Fisch gehe ich durch den Perimeter auf Tour. Meine Lagerbestände setzen Staub an, ich könnte etwas neue Tauschware gebrauchen. Meinst du, du könntest mir bei dir etwas geben, was zum Befeuchten meiner Kehle und zum Ausarbeiten einer großartigen Legende taugt?"

Der Befrager lachte und winkte den Zwerg und Alofan in Richtung seiner Behausung.

„Schauen wir nach, was wir finden!"

12. Eine Legende

„Diese Legende willst du doch nicht wirklich benutzen, oder, Zwerg?"
Ida klang nicht sonderlich überzeugt.

„Wenn wir mit dem Fisch durch den Perimeter tingeln, haben wir
einen profitablen Grund, warum wir einen Wassertank mit einem
Fisch durch die Gegend schieben. Aber wenn dir was Besseres
einfällt, ich bin ganz Ohr!" Der Zwerg war etwas grummelig, da sich
die Menschen geweigert hatten, ihn und seinen Karren mit
Tauschgütern zu ziehen. Rena und Ida zogen einen weiteren großen
Karren, auf dem sich ihren Sachen und Proviant für alle türmte,
während Alofan den Fischtank schob.

„Du bist ein komischer Vogel, Zwerg. Aber wenn du damit in der
nächsten Ansiedlung durchkommst, soll es mir recht sein", lenkte Ida
ein.

„Ich habe nicht vor, in der nächsten Siedlung anzuhalten. Das
sind, wie die Plazaleute, Selbstversorger. Die brauchen nicht viel und
haben nicht viel zu bieten. Ich kenne einen sicheren Pfad der
Karawanenleute. Die haben einen ihrer Stützpunkte nicht weit von
hier. Wir müssen nur durch den alten Wächterliner."

„Das ist Ausschlachtergebiet, da kriegst du mich nicht hin." Rena
stoppte und damit auch der Tross. „Die fleddern alles und jeden."

„Nur, wenn sie meinen, dass sie damit ungestraft durchkommen,
Mädchen. Wir haben ein Permit von einem Organisator, das auf
unsere Namen ausgestellt ist. Damit sollten wir zum Organisator der
Ausschlachter kommen. Keine Gruppe setzt ihre Tauschprivilegien
leichtsinnig aufs Spiel." Der Zwerg schnaufte. Ziehen und dabei reden
hatten ihn angestrengt. „Machen wir Rast. Die Nachtschicht wird bald
anfangen und bis dahin sollten wir eine halbwegs sichere Lagerstelle
gefunden haben."

„Hier war ich noch nicht, aber das dort vorne sieht nach einem
kleinen, halbwegs intakten Frachtshuttle aus. Wenn wir Glück haben,
ist es eine Station der Schweißer." Rena führte die Gruppe an das
unscheinbare Wrack heran, das sich nur mit etwas Fantasie als Shuttle

erkennen ließ. Mit Hilfe von Ida verschob sie dann eine Trümmerplatte und legte damit eine Handkurbel frei. „Ich wusste es. Das war eine Unterkunft für die Schweißerteams während der großen Konstruktion. Hier sind wir in einer geräumten Zone. Keine Energie und alles an Verwertbarem ist hier schon lange weggeschafft worden. Aber ein Plan der Konstruktion sollte dort zu finden sein. Mit dem können wir uns dann orientieren."

„Wie kommen wir zu einem der Observatorien?", warf Ida ein.

„Viele Schiffe hatten eines, aber die meisten sind entweder zerstört oder liegen im Innern, so dass sie keinen Blick nach draußen bieten. Wir sind hier etwas ab vom Schuss. Die Nanonebel sind eine Gefahr für bessere Technik. Wenn man denen einen zu großen Anreiz gibt, können die ein ganzes Stück in den Perimeter vorstoßen und einigen Schaden anrichten. Deswegen sind wir Schweißer ja da und reparieren, so gut es geht, die Umgebung. Damit die Nanonebel keinen Grund haben, etwas zu reparieren. So, da ist der Öffner. Einen Moment, ich habe es gleich." Rena legte einen Hebel mit dem Handrad frei und nach einem kräftigen Zug schwang ein Teil des Schrottberges nach oben und gab eine kleine Höhle frei. „Volta sei Dank, ich hatte recht. Auf die Gilde der Schweißer ist Verlass." Rena platzte fast vor Stolz. Der Zwerg warf einen längeren Blick in die Höhle und nickte dann. „Ja, das sollte gehen. Schieben wir alles ins Innere. Die Klappe sollten wir auflassen. Wer weiß, was hier noch funktioniert."

Ida und Alofan näherten sich misstrauisch der Höhle, die aus dem Frachtraum eines großen Shuttles bestand. Alofan warf einen längeren Blick auf die Umgebung. „Hier drinnen sieht alles intakt aus. Keine Risse, keine thermischen Verfärbungen. Wenn das Shuttle hier nicht festgeschweißt worden wäre, könnte man damit fliegen. Da vorne ist das Schott zum Crewbereich. Was dagegen, wenn ich mir das mal ansehe?"

Der Zwerg grinste, als er sah, dass Rena die Stirn runzelte und sich überlegte, was sie sagen sollte.

„Lass ihn sein Glück versuchen, die Geheimnisse der Schweißer sind bei ihm sicher. Verschließe die Entladerampe, dann bekommt niemand etwas mit."

Rena schaute den Zwerg einen Moment lang an, dann nickte sie und machte sich am inneren Hebel und Handrad zu schaffen. Die Wand nach außen verschloss sich.

„Bekommen wir keine Probleme mit der Luft, wenn wir die Wand schließen?" Ida war deutlich unwohl, als es mit jedem Zentimeter, den die Frachtrampe sich schloss, dunkler wurde.

„Warten wir, was passiert, wenn die Frachtrampe geschlossen ist, Frau Ida", schlug der Zwerg vor.

Mit einem dumpfen Knallen schloss sich das Schott nach außen und plötzlich erfüllte mattes Dämmerlicht den Innenraum. Die Notbeleuchtung war angesprungen. Einen kurzen Moment später ein kurzer Jubel aus Alofans Richtung. Ein Quietschen zeigte eine sich öffnende Tür an.

„Ein chaminianisches Shuttle. Es ist lange her, dass ich eines betreten habe. Die Systeme sind intakt. Es stellt sich nur tot. Einen Moment, ich versuche mal, ob ich es überreden kann, es uns etwas gemütlicher zu machen."

Ein paar Minuten später dimmte das Licht in der Lagerhalle hoch und aus dem Crewbereich erklang das beruhigende Summen einer funktionierenden Lebenserhaltung.

„Willkommen in der Wüstenrose. Es gibt hier eine Zentrale und einen Ruhebereich mit Schlafkojen, einer funktionierenden Hygienezelle und einer funktionierenden Küche. Alles emissionsgedämpft." Alofan war sichtlich bewegt. Der Zwerg schaute kurz in das Cockpit und nickte. „Schalte das Dämpfungsfeld ein, sobald wir alle im Crewbereich sind. Der Fisch und die Ausrüstung können im Frachtbereich bleiben. Wir sollten hier sicher sein."

„Aber wie kann das sein? Das kann doch den Konstrukteuren nicht entgangen sein. Wenn hier etwas funktioniert hätte, hätten sich die Ausschlachter das doch schon längst unter den Nagel gerissen." Rena traute dem plötzlich dargebotenen Luxus nicht.

„Einem geschenkten Gaul schaut man nicht ins Maul." Ida schob Rena in den Crewbereich.

„Wäre das kein chaminianisches Shuttle, dann wäre es geplündert worden. Glaub mir, Rena, auf Chaminia wäre das hier eine sehr friedliche Gegend. Tarnen und Täuschen ist dort wichtiger als Luft zum Atmen."

„Dann haben wir hier einen Glücksgriff gelandet. Checken wir, was die Bordsysteme so meinen, vielleicht kommen wir hier ja unserem Ziel näher. Was sagt die Elektronik?"

„Bereitschaft bei 17 Prozent. Fliegen können wir vergessen und nicht nur, weil das Shuttle mit der Umgebung verschweißt ist. Die Lebenserhaltung ist eingeschränkt, aber grün. Der Computer läuft auf einem Teil der Rechenkerne. Die aktiven Systeme sind tot, aber passive lassen sich reaktivieren. Es scheint zudem eine Verbindung zum konstruktweiten Interlinksystem zu geben. Wir haben einen Interlinkknoten gefunden!" Alofan deutete auf einen Diagnose-Monitor. „Die Nachrichten sind hochgradig verschlüsselt. Zwar keine Quantenkryptografie, aber mit den Mitteln, die wir hier haben, nicht zu knacken. Mit den Metadaten ließe sich aber etwas anfangen. Ich brauche nur Zeit, um Daten zu sammeln."

Ida hatte ihre eigene Agenda: „Wenn ich die Dusche nutzen kann, soll mir das egal sein. Spricht etwas dagegen?"

„Aus meiner Sicht nicht."

„Sehr gut. Ich hatte vergessen, wie es in der realen Welt müffelt."

13. Spinne im Netz

Die Luft in der Zentrale wurde stickig. Das Schiff hatte die Systeme automatisch bis auf das Minimum heruntergefahren. Denn sie hatten Besuch. Oder besser: potenziellen Besuch. Draußen schlichen finstere Gestalten umher. Erst waren es wenige, aber mit der Zeit wurden es mehr. Sie waren somit im Schiff gefangen, solange sie ihre Anwesenheit und die des Schiffes nicht preisgeben wollten.

„Vereinfacher und Ausschlachter. Der Abschaum des Perimeters." Rena hatte doch tatsächlich in die Zentrale gespuckt. Man konnte ihr ansehen, was sie mit der Brechstange in ihren Händen am liebsten getan hätte. Alofan nahm ihr die Stange vorsichtig aus den Händen.

„Die wirst du hier drinnen nicht gebrauchen können. Wir werden warten müssen, bis sich unsere Belagerer wieder verzogen haben."

„Das kann dauern. Die rotten sich hier zusammen und veranstalteten irgendeine Widerlichkeit. Ich habe Spuren von …" Rena suchte nach Worten: "… sowas bei meinen Reparaturen gefunden. Deine Bezeichnung ‚Belagerer' trifft es genau. Wir sitzen fest, solange sie hier niemand stört. Vielleicht würden die Organisatoren etwas unternehmen, aber dafür müssen die Belagerer erstmal zu einem Ärgernis geworden sein. Das kann Monate dauern, und solange will ich hier keine Wurzeln schlagen."

„Monate sind keine Option! Zwerg, was meinst du dazu? Ida brauche ich jetzt wohl nicht zu fragen." Alofan wandte sich an den Zwerg, der gerade den Fisch fütterte. Ida dagegen saß mit dicken Kopfhörern, die sie im Cockpit gefunden hatte, im Sessel des Sensorspezialisten und optimierte irgendwelche Algorithmen zur Nachrichtenfilterung.

„Hm, wir sind hier für eine längere Zeit sicher, aber das bringt uns unserem Ziel nicht unbedingt näher. Ausschlachter sind einzeln in Ordnung. Die bergen noch funktionierende Altgeräte aus den Wracks. Vereinfacher sind eine andere Sache. In kleinen Gruppen kann man sie ignorieren, aber wenn die sich zu größeren Truppen zusammenrotten, dann wird es hässlich. Erst wird es ein paar unschöne Grundsatzdiskussionen unter ihnen geben, und wenn sie sich dann auf eine Sache geeinigt haben, wird es für diejenigen, denen sie ‚helfen‘ wollen, Zeit, sich Hilfe zu organisieren.

Ich würde sagen, die bereiten einen Überfall vor, von dem sie sich fette Beute versprechen. Ida?" Der Zwerg winkte Ida zu. Die schaute verärgert von ihren Bemühungen auf.

„Was wollt ihr? Ich habe ein paar der alten Codes gleich geknackt. Da sind ein paar Amateure mit ausgeschlachteten Verschlüsselungsgeräten zugange. Oh, ah, ich verstehe." Ida hatte einen Blick auf den Monitor geworfen, auf den der Rest der Gruppe gestarrt hatte. Sie nahm ein paar Schaltungen vor und man konnte hören, was die einzelnen Grüppchen draußen miteinander zu bereden hatten.

„... die haben da nur einen Organisator ...“

„... die leben da in Saus und Braus, während wir den Kitt von den Fenstern fressen müssen ...“

„... und wenn wir was besonders Wertvolles gefunden haben, dann kriegen wir höchstens ein paar kleine Fische voller Gräten ...“

„... und überhaupt arbeiten die da nicht, bei denen wächst die Nahrung doch ganz von alleine ...“

„... genau, die arbeiten dort nicht im Schweiße ihres Angesichtes ...“

„... nur wer nach Schweiß riecht, soll auch essen ...“

„... wenn wir erst an der Macht sind, dann wird da alles anders ...“

„... und dem Zwerg, diesem Horter, Abzocker und Wucherer geht es dann an den Kragen ...“

Der Zwerg drehte sich zu Ida um und machte eine Halsabschneidergeste. Die Gesprächsfetzen von draußen verstummten.

„Ich habe es gesagt, das dort draußen ist Abschaum!" Rena langte nach ihrer Brechstange, die Alofan vorsichtshalber außer ihrer Reichweite brachte.

„Du hast recht, Zwerg, die planen wirklich einen Raubüberfall, wenn nicht sogar Schlimmeres. Und sie scheinen es vor allem auf dich abgesehen zu haben. Und die Leute auf der Plaza. Das wird ungemütlich werden."

„Dem Ausschlachter kaufe ich nie wieder etwas ab, das steht schon mal fest! Für die alte Pumpe hat der ein paar gute Fische vom Fischmeister persönlich bekommen. Undankbarer Rostabkratzer."

„Das ist alles, was dir Sorgen macht?", entrüsteten sich Rena und Ida gleichzeitig. Ida setzte noch einen drauf.

„Und die Leute von der Plaza kümmern dich nicht? Da leben Familien mit Kindern."

„Die sind wehrhafter, als es auf den ersten Blick aussieht. Wenn die Organisatoren zur Jagd rufen, dann wirst du die netten Leute von der Plaza in einem anderen Licht sehen, glaub mir." Der Zwerg deutete auf die Brechstange, die Alofan immer noch von Rena fernhielt.

„Was?" Rena zuckte zusammen. „Jetzt machst du mir doch wohl nicht etwa Vorwürfe, dass ich dieses Geschmeiß, nach ihrem Überfall auf Senke, nicht ungestraft hab ziehen lassen? Die haben meine Schwester umgebracht und mit vielen Leuten dort Schlimmeres angestellt."

„Ja, Senke war eine Sache, die große Wellen geschlagen hat. Und ich sage ja nicht, dass du gegen die Anweisungen der Orga gehandelt hast, aber an der Brechstange dort hat Blut geklebt."

„Und das wird es wieder, wenn dieser Abschaum dort draußen Richtung Plaza abzieht. Dein Lager kann mir gestohlen bleiben. Der Ort, an dem man mich aufgenommen hat, wird nicht das Schicksal von Senke teilen. Und nun gib mir meine Brechstange zurück, Alofan! Ich kann ein Monitorbild von Abschaum vom Abschaum selbst unterscheiden."

Alofan schaute den Zwerg an, der nickte zustimmend. Rena riss Alofan das Eisen aus der Hand und verstaute es in ihrem Gepäck. „Zufrieden, Alofan? Und was machen wir jetzt? Wir müssen mindestens das Dorf warnen."

Der Zwerg drückte seinen Rücken durch und verkündete. „Wir werden mehr als das tun. Der Mob draußen ist noch nicht gefestigt, den können wir vielleicht auflösen, bevor sich die Meute einig ist und loszieht.“

„Ich würde ungern mehr Aufmerksamkeit erzeugen, als unbedingt nötig ist. Meinst du, mit denen zu reden wird ausreichen? Die sind nicht besonders gut auf dich zu sprechen, Zwerg“, wandte Alofan ein.

„Nein, aber wir haben Alofan, die bluttrinkende Geißel von Lotus bei uns, das könnte so lange für Respekt sorgen, bis sich die etwas Schlaueren in die Schrotthaufen zurückgezogen haben.“

„Vergiss das. Das könnte genau das sein, was die da draußen brauchen, um alle auf ein Ziel einzuschwören. Die ersten Flaschen mit Fusel kreisen schon, das macht nicht für logische Argumente empfänglich.“

„Der Zwerg hat vielleicht nicht ganz unrecht, so sehr ich es verabscheue, das zuzugeben“, mischte sich Ida überraschend in die Unterhaltung ein. „Das Shuttle ist erstaunlicherweise vollständig ausgerüstet, und wenn wir eine Weile warten, dann könnte der Fusel auf unserer Seite sein. Warten wir, bis die Party dort ihren Höhepunkt überschritten hat. Vor dem Morgen kommt dann das Grauen.“

„Die Herrin des Landes hat gesprochen“, spottete der Zwerg, gab ihr dann aber Recht.

„Nutzen wir die Zeit, um uns eine kleine Show für unsere Freunde dort draußen auszudenken. Ida, kannst du die Rädelsführer ausfindig machen?“, begann der Zwerg Aufgaben zu verteilen. Aber Alofan unterbrach ihn. „Das erledige ich. Ida, kümmere dich bitte weiter um das Knacken der verschlüsselten Nachrichten. Wir sollten auf die Zeit nach diesem kleinen Ärgernis vorbereitet sein. Rena, schau mal, was in dem Waffenschrank zu finden ist. Wir brauchen mehr Radau als Verletzte und was Grobes für den Notfall, falls die Sache schiefgehen sollte.“

„Und was hat der Meisterassassine für den Zwerg vorgesehen?“, erkundigte sich dieser etwas verschnupft.

„Denk dir eine tolle Show und eine glaubwürdige Geschichte aus. Bitte so, dass wir dann erstmal eine Weile Ruhe haben. Sobald ich mit den Zielpersonen durch bin, überlegen wir gemeinsam, wen wir am Leben lassen können."

Beim letzten Satz zog Eiseskälte durch den Raum. Alofan hatte seine menschliche Wärme, die er normalerweise verströmte, verloren. Jetzt war er nur noch der, der den Tod brachte. Während draußen die Stimmung stieg, diskutiert und getrunken, sich geprügelt und noch mehr getrunken wurde, verstrich die Zeit in der Zentrale langsam und in eisiger Konzentration. Alofan hatte Rena mit einem Vier-Stunden-Schlaf-Pflaster in die Koje geschickt, nachdem sie ihm den Inhalt der Waffenkammer aufgezählt und ihre Auswahlliste gezeigt hatte. Alofan fand die Liste ungewöhnlich kreativ und änderte deshalb nur eine Kleinigkeit an der Auswahl. Nachdem sich auch noch Ida hingelegt hatte, gingen Alofan und der Zwerg die Liste mit Zielen durch. Zuletzt hörte sich Alofan an, was sich der Zwerg für seine Show ausgedacht hatte.

„Nicht schlecht, aber meinst du nicht, dass die Sache mit dem Fisch zu viel Aufmerksamkeit auf uns ziehen wird?"

„Ach was. Alle wissen, dass der Zwerg verrückt ist. Ich hab das gleiche vor längerer Zeit mal mit einem Kaninchen und einem Huhn durchgezogen."

„Gut, von mir aus, der Plan ist gut. Allerdings würde ich gerne die harten Fälle vor deinem großen Auftritt aus dem Verkehr ziehen. Mit den Schreihälsen werden wir fertig, aber es sind ein paar dabei, die sollten keine Möglichkeiten haben, zum Zug zu kommen." Alofan hantierte an Monitorsystem und es erschinen Standbilder mit vergrößerten Gesichtern. Je nach Bedarf veränderte Alofan dann die Ansichten. Schießlich deutete er auf zwei der Monitorbilder.

„Ich meine die Acht hier und vielleicht noch die Vier."

Der Zwerg strich sich eine Weile durch den Bart, bis er sich äußerte und dann auf einzelne Personen zeigte.

„Ein paar von denen haben genug Grips, sich zu verdrücken, sobald die merken, dass sie nicht gewinnen werden. Der, der und der."

Schließlich zeigte der Zwerg auf eine Person, die nicht markiert, aber mit auf dem Bild gelandet war: „Und auf den dort musst du besonders aufpassen, der ist nicht auf deiner Liste."

Alofan warf einen längeren Blick auf den schmächtigen, älteren Mann mit Halbglatze, dezentem Nasenring und einem kurzen und dünnen weißen Vollbart. Alofan hatte nicht das Gefühl, das von dem Mann eine Gefahr ausging. „Der hat sich sehr zurückgehalten."

„Das ist einer, der im Hintergrund die Fäden zieht. Den sollten wir nach seinem Herrn und Meister befragen, nachdem sich der Rest verdrückt hat."

„Ein anderes Mal, Zwerg. Die Zeit rennt."

„Deine Entscheidung. Wann willst du loslegen?"

„Ich gehe gleich und suche mir eine gute Position. Ich nehme das Nadelgewehr und die Kletterausrüstung. Das Radauzeugs lasse ich bei dir am Fischtank. Ich gehe durch die Notluke und suche mir eine günstige Position. Bis der richtige Zeitpunkt für deine Show gekommen ist, solltest du die Mädels in ihre Rollen einweisen. Ich bleibe dann als Backup, oder steige in die Show ein, je nachdem, was nötig sein sollte."

„Geht in Ordnung. Gute Jagd."

„Danke."

Mit diesen Worten verabschiedete sich Alofan und stellte seine Ausrüstung zusammen. Er hatte schon lange keine so passenden Hilfsmittel mehr wie in dem chaminanischen Shuttle gefunden. Eine komplette Sniperausstattung der Spinnenklasse, Tarnanzug, Kletterzeug für lautloses Steigen an schwierigsten Stellen und natürlich einen Nadler, der den lautlosen Tod oder Lähmung brachte.

Alofan kroch mit seiner Ausrüstung aus einer Luke, die sich im Sichtschatten zu den Ausschlachtern befand, und schlich sich lautlos von der Gruppe weg, bis er hinter einen der gewaltigen Stützpfeiler gelangte, die das Gewirr aus Raumschiffwracks zu einer bergigen Landschaft formten. Der Aufstieg zu seiner Schussposition dauerte keine zehn Minuten, obwohl er extrem langsam und vorsichtig kletterte.

Geduldig harrte Alofan aus, bis die Party unter ihm ihren Höhepunkt überschritten hatte und die meisten sich zum Schlafen hinlegten. Bis auf eine randalierende Gruppe.

Alofan wartete, bis der lauteste Störenfried mit einem Steinwurf von einem Schlafsuchenden zur Ruhe gebracht werden sollte. Mit dem Nadelgewehr verpasste er dem Randalierer eine Ladung von einem Gift, das langsam und lähmend wirkte. Die Nadel traf genau in dem Moment, in dem das Wurfgeschoss sein Ziel fand. Sie durchdrang Kleidung und Haut des Opfers. Das Gift sorgte dafür, dass das Opfer nichts davon spürte. Die Nadel selbst würde sich langsam im Körper auflösen und das Gift in Schüben freigeben.

Anstatt mehr Radau zumachen und auf den Steinewerfer loszugehen, knickte der Mann leicht ein und winkte ab.

„... ah leckt mich doch, ihr Spielverderber, dann leg ich mich halt schlafen. Bin müde ..."

Ziel Nummer Eins war erledigt. Die anderen beruhigten sich und tranken leise weiter. In größeren und unregelmäßigen Abständen schickte Alofan eine Nadel mit einem langsamen lähmenden oder einem schnellwirkenden Nervengift auf den Weg. Dazu musste er ein paar Mal die Position wechseln, bis er sämtliche Ziele abgearbeitet hatte.

Schließlich hatte er die Stellung bezogen, die er für den Anfang der Show mit dem Zwerg besprochen hatte. Bis dahin hatte er noch eine Stunde Zeit. Zeit, den Ablauf in Gedanken durchzugehen und dabei die effizientesten Bewegungsabfolgen einzuüben.

14. Die große Show

„Das ist eine bescheuerte Idee, wenn ihr mich fragt", flüsterte Rena leise, während sie um die offene Frachtluke des Shuttle herum auf den Platz vor ihr spähte. Sie war nicht so wirklich von dem Plan überzeugt, den der Zwerg und Alofan ausgeheckt hatten.

„Wie gut oder schlecht der Plan auch ist, es ist zu spät, ihn jetzt noch zu ändern. Wir müssen da jetzt durch", zischte Ida zurück, die noch nochmals an den Einstellungen ihres Selfiesuits drehte. Woher der Zwerg auch immer gewusst haben mochte, dass es einen im Shuttle gab und den dazu passenden Projektor als Handelsware mitgeführt hatte. Jetzt war es der zentrale Teil der kommenden Show.

„Zu spät, den Plan zu ändern? Die haben es nicht mal für nötig befunden, uns nach unserer Meinung zu fragen! Als ich aufgewacht bin, war alles schon fertig."

„Pst, jetzt gib Ruhe. Der Zwerg ist gleich in Position. Ich muss mich auf meine Rolle konzentrieren, die ist nicht ganz so simpel wie deine."

„Was? Simpel? Ha, meine Rolle ist einfach, aber ehrlich. Die Rolle des sterbenden Schwans kannst du gerne behalten. Sobald ich die schrägen Vögel da draußen geblitzdingst habe, sind die nicht mehr in der Lage, die Feinheiten deines Ausdrucks aufzunehmen."

„Wenn es funktioniert, soll mir das egal sein ..."

„Ruhe, ihr beiden! Ihr weckt das Publikum noch vor der Zeit auf! Seht zu, dass ihr in Position kommt. Quatschen könnt ihr, wenn das hier vorbei ist", zischte der Zwerg über das Kehlkopfmikrofon. Ida und Rena eilten zu ihren Plätzen. Die beiden hatten dem Zwerg Deckung gegeben, bis er den Tank und das daran geschraubte Equipment an die verabredete Stelle geschoben hatte. „Lady in Position."

„Racheengel in Position."

„Schutzengel in Position", meldete sich Alofan aus seiner erhöhten Position über Funk.

„Der Zwerg ist im Haus. Die Show kann beginnen!", brüllte der Showmaster über Lautsprecher und betätigte eine Hupe, die vermutlich noch Tote in ihren Gräbern hätte senkrecht stehen lassen. Dann traten die Nebelwerfer und Blendgranaten in Aktion. Der Nebel schaffte eine bedrohliche Kulisse und die Blitze der Granaten sorgten für noch mehr Panik und Verwirrung im Lager der verstört aufgesprungenen, vom Alkohol benebelten Belagerer. Mühselig griffen sie zu ihren Waffen.

Jetzt war es Zeit für den Auftritt des Zwerges.

„Hört, hört, ihr unwürdigen Strauchdiebe und Schichtlichttotschläger! Eure unwürdigen Absichten haben die Lady des Landes zu tiefst erzürnt! Kehrt um oder ihr Zorn wird euch treffen!"

Die Gruppe starrte ungläubig auf den Zwerg und das sich hinter ihm erhebende Hologramm von Ida. „Kehrt um, oder mein Zorn wird euch treffen!"

Die Gruppe starrte immer noch ungläubig auf das Spektakel. Da Alofan die Anführer und Aufpeitscher ausgeschaltet hatte, trommelte niemand zum Angriff, aber es sah trotzdem nicht so aus, dass jemand fliehen würde. Somit war die Zeit für Renas Auftritt gekommen.

„Habt ihr Abschaum nicht die Worte der Lady gehört? Ich werde euch Beine machen." Rena hatte ihre Brechstange gegen einen langen chaminianischen Elektrowerfer getauscht.

Einige der Ausschlachter und Vereinfacher erkannten Rena wieder. „Die Brechstangenfrau. Schnappt sie euch! Die entkommt uns nicht."

„Ha, versucht es doch!", brüllte Rena zurück und feuerte einen großflächigen Elektroschock in die Menge. Wer davon berührt wurde, zuckte zusammen und fiel zu Boden. Einige Männer stürmten auf Rena zu und wurden dort von einem Funken und Blitze sprühenden Racheengel empfangen. Die ersten wurden von einem der Blitze zurückgeschleudert. Auf die anderen drosch Rena mit der Spitze einer Schmerzstange ein und trieb die Angreifer damit vor sich her. Die weniger Betrunkenen sahen zu, dass sie außer Reichweite kamen.

Einige, mit noch halbwegs klarem Verstand, versuchten mit Armbrüsten oder anderen Fernwaffen auf Rena anzulegen. An dieser Stelle kam Alofan ins Spiel. Mit kurz vor dem Aufschlag aufheulenden Nadelgeschossen, die ein schmerzhaftes und extrem juckendes Mittel enthielten, schaltete Alofan die Meisten der Schützen aus. Ida erledigte den Rest mit dem zweiten, kleineren Elektrowerfer und dem entfesselten Zorn als Lady des Landes.

Als der Zwerg zuletzt die Granaten mit einem Mittel, das Halluzinationen und Panik hervorrief, warf, floh die verbliebene Menge panisch in alle Richtungen davon. Nur noch ein paar Tollkühne harrten aus, doch ihnen verging der Mut endgültig, als der Zwerg den Ausschlachter, der sich besonders lauthals über die Bezahlung des Zwerges beschwert hatte, gesichtet, mit einem chaminianischen Squid beschoss und an der Fangleine langsam zu sich heran zog.

Sein panisches Betteln und Flehen bestärkte die Fliehenden darin, noch schneller zu rennen.

Der Platz war, keine fünfzehn Minuten nach Anfang der Show des Zwerges, leer und verlassen. Rena und Ida setzten den Flüchtenden noch ein Stück weit mit Nebelgranaten und Elektrowerfern nach, um sicherzustellen, dass niemand auf die dumme Idee kam, doch noch umzudrehen und einen Gegenangriff zu wagen.

Auf dem verlassenen Platz begutachtete der Zwerg sein Werk.

Bis auf seinen nun ruhiggestellten Gefangenen waren nur noch diejenigen zurückgeblieben , die Alofan niedergestreckt hatte. Einer von ihnen zuckte und halluzinierte in einem chemisch erzeugten Albtraum.

Alofan kletterte herunter und gesellte sich zum Zwerg, nachdem er sich überzeugt hatte, dass Ida und Rena, die am Rand des Lagers patrouillierten, unversehrt waren.

„Was machen wir mit dem ganzen Zeugs von den Leuten?"

„Das schaffen wir ins Shuttle", bestimmte der Zwerg und fuhr dann nachdenklich fort. „Unsere Schläfer hier machen mir mehr Sorgen."

„Das fällt dir früh ein. Aber ich habe von oben einen Schacht entdeckt, der ziemlich weit in die Tiefe zu führen scheint. Wir könnten sie da runterwerfen."

„Abseilen. Wir sind keine Mörder. Es ist genug brauchbares Equipment dafür vorhanden, wir müssen nicht grausamer sein als notwendig."

„Ich bin ein Mörder und ich habe damit absolut kein Problem. Wir sollten ein Exempel statuieren."

„Ein paar Spuren des Kampfes reichen dafür aus. Zapfen wir von jedem etwas Blut ab und dekorieren wir den Platz damit, nachdem wir die Betäubten mit den Seilwinden in den Schacht hinuntergelassen haben. Meinen speziellen Freund hier lassen wir als Zeugen und mit einer Botschaft von der Lady laufen."

„Gut, Zwerg, dann lass uns anfangen, die Glückspilze zum Schacht zu schleppen. Ich verpasse denen aber vorher noch eine Dosis Betäubung. Ich möchte nicht, dass jemand vorzeitig aufwacht und mir Probleme macht." Alofan klopfte auf das Messer, das in seinem Gürtel steckte, und lud ein neues Magazin in sein Nadelgewehr.

„Mach das, ich hole die Seilwinden aus dem Shuttle."

Auf dem Weg zum Versteck durchwühlte der Zwerg eines der Lager und schichtete die Sachen zu zwei verschiedenen Haufen auf. Den Haufen mit Metallgegenständen schleppte er dann ächzend zum Shuttle.

Alofan verpasste den Betäubten wie angekündigt noch eine Ladung.

„Was sollen wir tun?", fragten die Frauen, die gerade von ihrer Perimeter Patrouille zurückkamen.

„Ihr habt die Wahl. Das Equipment ins Shuttle schleppen, oder mir dabei helfen, diese Kerle wegzuschaffen."

„Equipment", entschied sich Ida und machte sich ans Werk.

„Arschlöcher entsorgen", überraschte Rena Alofan.

„Die leben aber noch und sollen auch am Leben bleiben, meint der Zwerg."

„Was für ein Weichei", schimpfte Rena.

„Ich weiß", stimmte Alofan zu.

„Schnapp dir schon mal einen von denen, die ich bereits verarztet habe, und schleife ihn die etwa hundert Meter zu dem Schacht dort. Lass ihn liegen, nicht gleich runterwerfen."

„Ich werde mich beherrschen. Vielleicht."

„Du könntest auch zuerst einen Wagen organisieren, damit ginge das dann schneller."

„Das soll der Zwerg machen! Ich war für eine drastischere Lösung."

„Dann habe ich noch eine schöne Aufgabe für dich – der Zwerg möchte noch von jedem etwas Blut."

„Für den krönenden Abschluss, nehme ich an?"

„So ähnlich."

„Verrückter kann es wohl kaum mehr werden ..."

„Abwarten."

15. Zeichen und Wunder

„Ich nehme alles zurück, was ich über den Stunt im Lager gesagt habe. Das hier ist verrückt." Rena bepinselte nach Idas Zeichnung die betäubten Gefangenen, denen sie die Kleider ausgezogen und mit Klebeband an Vorsprünge und Säulen gebunden hatten. Der Schacht sah im Licht des Holoprojektors aus wie die Hölle persönlich. Stilecht mit Leidenden, Höllenfeuer und dem Leibhaftigen. Das war die Rolle, die Rena bekommen hatte. Sie würde noch ein ernstes Wort mit dem Zwerg wechseln, sobald der Blödsinn überstanden war!

„Bist du fertig, Rena? Ich komme mit Zwergs Gefangenem herunter. Die Show sollte bald losgehen."

„Ja, kein Problem, ich bin hier gleich fertig." Rena packte das Malzeug in den Eimer, an dem die Dekorationsutensilien von oben herabgelassen worden waren. Es fehlte noch etwas Blut, auf diese unappetitliche Schweinerei hatte der Zwerg bestanden, aber Rena hatte den Teil noch nicht umgesetzt. Sie riss den Verschluss eines weiteren Blutspende-Beutels auf und bespritzte ihre Umgebung großzügig mit der roten Körperflüssigkeit. Das sah besser aus als das, was sie mit dem Pinsel und der Sprühpistole hinbekommen hatte. Den leeren Beutel warf sie ebenfalls in den Eimer. Via Funk meldete sie sich bei Alofan, der die Winde betätigte. Der Eimer und alles, was nicht im Schacht zurückbleiben sollte, verschwand nach oben.

Jetzt waren Rena und der Holoprojektor an der Reihe. Sie hängte ihn an den Haken des Lastseils, das Alofan wieder heruntergelassen hatte. Ida, die an der zweiten Winde nach unten abgeseilt wurde, hatte den speziellen Gefangenen mit einem kurzen Stück Seil unter sich eingehängt und schwebte nun mitten im Schacht. „Sehr martialisch. Ist gut geworden, Rena."

„Danke, war dein Entwurf. Falls wir so einen Blödsinn jemals nochmal machen wollen, dann verteile ich die Farben direkt aus der Tube. Pinseln dauert zu lange."

„Das nächste Mal binden wir den Zwerg hier unten an, wenn er solche Vorschläge bringt."

„Bin dabei, Ida. Wann können wir loslegen?"

„Sobald unser Freund zu sich kommt, das kann nicht mehr allzu lange dauern. Der brabbelt schon wirres Zeugs."

Ein bestätigendes Lallen unterbrach die Unterhaltung der beiden Frauen.

„Unser Einsatz! Drei, zwei, eins. UNWÜRDIGER! Wie ist dein Name? Nenne deinen Namen der Lady des Landes!" Ida hatte nach dem Countdown ihren Lautsprecher angeschaltet.

„Jeemaaiii, Jemai Finder", stammelte der Angesprochene und fügte dann etwas leiser hinzu: „Mir ist nicht gut."

„Bereust du deine unreinen Gedanken und versprichst du, das Land der Lady niemals wieder in böser Absicht zu betreten?"

„Hä? Mir ist wirklich nicht gut und ich weiß nicht, was du meinst, gute Lady."

Das war Renas Einsatz. Zum Aufwärmen zog sie Jemai Finder einen mit ihrem Schmerzstock über.

„UNWÜRDIGER, die Lady des Landes wird dich nicht vor mir retten können. Du bist verdammt, und die Frau des Schmerzes wird dich in der Hölle leiden lassen."

„Bereue und die Lady des Landes kann dich noch retten! Schnell!"

„Verdammter, du bist mein!"

„Bereust du, Jemai Finder?"

„Ja. Ja, ich bereue." Nach jedem Kontakt mit Renas Schmerzstock klang die Reue echter und inbrünstiger. Ida entschwebte langsam mit ihrem Schützling in Richtung Ausgang des Schachtes. Rena folgte ihnen und zeterte und ließ ihren Schmerzstock hochschnellen.

„Ja. Ja, ich bereue, rette mich, gute Lady des Landes! Ich bereue, ich be... mir wird schlecht ..." Der letzte Teil ging in einem Würgen unter.

Verwünschungen und Androhungen von unsäglichen Qualen hallten ihm aus Renas Richtung nach. Renas Schmerzstock zuckte wie eine wütende Viper umher.

Idas Seilwinde beschleunigte nach oben und Rena blieb zurück. Alofan feuerte eine Nadel mit einem schnell wirkenden Betäubungsmittel auf Jemai ab. Als dieser schlaff in seinem Geschirr hing, holten Alofan und der Zwerg erst Ida und ihren Gefangenen und danach Rena aus dem Schacht.

„Das lief doch super! Zum Schluss war deine Performance als Frau der Schmerzen echt brauchbar", lobte der Zwerg Rena.

„Du kriegst eine kostenlose Zugabe!" Rena tobte und verpasste dem Zwerg eine Ladung. Als dieser stöhnend zu Boden ging, warf sie ihr Geschirr und das Equipment zu Boden.

„So, ich hab die Schnauze voll. Seht zu, wie ihr das Gelumpe hier wegräumt. Ich gehe jetzt unter die Dusche!" Im Gehen riss sie sich angewidert die Verkleidung von ihrem Overall und stapfte in den Frachtraum des Shuttles.

„Meinst du, sie ist sauer?", wunderte sich der Zwerg.

„Nein, wie kommst du denn auf diese Idee?", gab Ida zurück.

„Ich würde Rena in der nächsten Zeit etwas aus dem Weg gehen, wenn ich du wäre", schlug Alofan vor. „Und die Sauerei räumst du weg, Zwerg. Wir haben unseren Part für heute erledigt. Ida und ich dekorieren noch den Platz und dann ist Schicht im Schacht. Jemai wird seine Erwartungen erfüllen, sobald er wieder aufwacht, und überall vor uns warnen."

„Ich kümmere mich um den Rest hier", sicherte der Zwerg zu. „Geht ihr beiden ins Shuttle. Wir sollten schleunigst von hier verschwinden. Ein, zwei Stunden von hier gibt es einen Wartungstunnel, der führt in eine ruhigere Gegend. Und mit einem Aufzug dann ein paar Stockwerke höher in besser restaurierte Gefilde. Dort wird es euch gefallen."

„Dein Wort im Ohr der Lady." Alofan grinste.

Ida schaute den Zwerg grimmig an. „Hey. Ich bin nach Rena mit Duschen dran, und ich weiß auch, wie man einen Schmerzstock bedient."

16. Auf dem Weg in bessere Gefilde

Rena, Ida, Alofan und der Fisch waren ohne den Zwerg losgezogen. Der hatte ihnen den Eingang zum Wartungstunnel gezeigt und sich auf den Rückweg gemacht, um ihre Spuren zu verwischen. Allerdings nicht, ohne ihnen zu erklären, wo sie den Aufzug nach oben finden würden.

Der Wartungstunnel zog sich in die Länge. Nach einer Stunde legten sie in einer eingelassenen Kammer für das Personal eine Pause ein. „Wir sind bestimmt schon viel zu weit", mutmaßte Rena.

„Der Zwerg sagte, ein oder zwei Stunden. Dabei hat er bestimmt ohne den sperrigen Fischtank gerechnet. Es kann also noch ein ganzes Stück weitergehen", seufzte Ida.

„Ruhen wir uns erstmal aus", schlug Alofan vor. "Hier sollten wir sicher sein. Nach der durchgemachten Nacht könnte ich etwas Schlaf vertragen. Morgen ist auch noch ein Tag."

Alofan legte seinen Schlafsack in eine Ecke und bettete sein Haupt auf seine Ausrüstung. Das Nadelgewehr legte er zwischen sich und die Wand. Und unglaublich schnell durchzogen tiefe Atemgeräusche den Raum.

„Der schläft noch kopfüber unter der Decke", maulte Rena.

„Perfektes Timing wie immer", stellte Ida fest.

Rena hatte einen Vorschlag. „Räumen wir etwas auf, dann sollte es halbwegs gemütlich werden. Es darf nur nicht zu ordentlich werden, sonst fällt das auf."

„Aber nicht lange, mir fallen die Augen zu."

„Gut, ich übernehme die erste Wache."

*

Als Alofan von Ida zur Wachablösung geweckt wurde, erkannte er die Kammer nicht wieder. Der Müll war verschwunden und der Boden gefegt.

„Was hab ihr denn hier gemacht? Wir übernachten nur und ziehen nicht ein."

„Rena hat angefangen, ihr war wohl während der Wache langweilig."

„Ja, ja. Leg dich schlafen, ich kümmere mich um das Equipment."

Alofan schaute zu, wie Ida in ihren Schlafsack kroch und spähte dann in das trübe Dämmerlicht des Wartungstunnels. Außer dem normalen Knacken der metallenen Konstruktion war nichts in der Dunkelheit zu bemerken. Alofan verbrachte seine Zeit damit, das Nadelgewehr zu zerlegen und zu reinigen. Eine Sache, die er seit ewigen Zeiten nicht mehr getan hatte, aber die einzelnen Schritte gingen ihm immer noch wie im Schlaf vor der Hand. Gerade, als er das Magazin mit dem schnellwirkenden Nervengift einrasten ließ, hörte er von draußen leise Schritte und Stimmen. „Ich habe die Spuren gesehen, die sie hinterlassen haben, als sie in den Tunnel gegangen sind, Organisator. Diese Leute sind Helden."

„Die Beurteilung der Situation solltest du mir überlassen, Späher. All das Blut und diese wirren Zeichen. Du solltest diese neue Truppe des Zwergs mehr fürchten als bewundern."

„Sie haben uns eine Menge Arbeit abgenommen."

„Das mag sein, aber trotzdem sind solche Dinge Aufgabe der Orga. Wir können nicht zulassen, dass wahllos Blutbäder angerichtet werden. Sonst eskaliert das schneller als irgendjemand das unter Kontrolle bringen könnte. Niemand will die Zustände vor der Erschaffung des Inneren wiederhaben. Segen dem inneren Gleichgewicht."

„Segen der Balance", antwortete der Späher.

Alofan spähte mit dem Sichtgerät in den dunklen Gang, konnte aber außer den beiden vorwärtsstolpernden Männern niemanden erkennen. Schnell weckte er Ida und deutete ihr an, dass sie gleich Besuch bekommen würden.

Dann eilte er, so schnell und leise es ging, in den Gang. Als sich die Männer auf zwanzig Schritte genähert hatten, ließ er die

Suchleuchte der Waffe in den Gang scheinen und blendete die beiden Männer.

„Ruhig, ihr habt gefunden, was ihr sucht. Haltet eure Hände da, wo ich sie sehen kann, wir wollen doch nicht, dass es zu Missverständnissen kommt."

„Schon gut, wir kommen, um zu reden. Der Zwerg hat der Orga eine Nachricht zukommen lassen. Wir haben von ihm eine Meldung über eine besorgniserregende Entwicklung erhalten. Wir würden gerne mehr erfahren."

„Gut, Organisator, komm näher. Dein Späher bleibt erstmal dort, wo er ist."

„Kein Problem. Ich lege meine Sachen vorsichtig ab und komme dann näher. Mein Begleiter verhält sich ruhig, bis auch er willkommen ist."

„In Ordnung. Ich habe euch beide im Blick", antwortete Alofan und winkte Ida in der Kammer zu. Gedämpftes Licht drang nun aus der Kammer, so dass der Organisator sah, wo er hingehen musste. Ida tastete den Mann ab und winkte ihn dann herein. Rena saß mit einem Elektrowerfer bewaffnet in einer Ecke, hielt die Waffe aber zu Boden gerichtet. Der Organisator sah sich um und setzte sich dann auf eine Kiste, die Ida als provisorisches Möbel ihrem Gast hingestellt hatte.

„Improvisiert, aber gemütlich", lobte ihr Gast.

„Du bist zu einer frühen Stunde gekommen, aber ich hatte so oder so vor, einen Tee zuzubereiten. Darf ich dir einen Schluck davon anbieten?"

„Sehr gastfreundlich, da sage ich nicht nein."

„Dein Reisegefährte ist ebenfalls eingeladen. Alofan?"

„In Ordnung. Wenn du uns zwei Becher zum Eingang bringst. Komm näher, Späher. Benehmen wir uns zivilisiert."

„An mir soll es nicht liegen." Der Späher schnaufte, als er sein Gepäck und das des Organisators zum Eingang der Kammer schleppte.

„Späher Frindorg von Schacht 4 und mein Herr ist Organisator Hamji von Schiffszelle 19."

„Alofan Haragieri, Ida von Querlitzenfall und Rena aus ...“

„... von der Plaza de Fozillos“, unterbrach Rena.

„Was genau führt den nun unsere Gäste her?“

„Es gab im Zwischenraum zum Ersatzteilhort des Zwerges ein Ereignis, einen Vorfall, dessen Auswirkungen in den umliegenden Ansiedlungen für Aufsehen gesorgt haben. Wirre, etwas einfältige Gestalten berichteten von einer Begegnung, welche sie in Angst und Schrecken versetzt hat. Die Befrager vor Ort haben dabei, neben nicht ganz so lauteren Absichten, einen möglichen Verstoß gegen den Landfrieden eruiert.“

„Eine der Aufgaben, der sich die Orga verpflichtet hat, die Aufrechterhaltung des Landfriedens. Wie kommt ihr nun genau auf uns?“

„Wir haben den Platz des Geschehens gefunden und inspiziert. Der offizielle Trupp hat die Spuren eines Mannes aufgenommen, der offenbar über und über mit Blut bedeckt ist. Späher Frindorg hat dann weitere Spuren gefunden, deren wir uns nicht sicher waren und die wir nicht offiziell gemeldet haben. Dieses Gespräch kann also unter uns bleiben, wenn ihr das wünschen solltet.“

„Wir ...“, setzte Ida an.

„... sollten diese Entscheidung dem werten Herrn Zwerg überlassen, schließlich liegt sein Hort auf dem Weg der nicht ganz so lauteren Absichten. Wir sind die Begleitung des Herrn Zwergs auf seiner neuen Tournee durch den Perimeter“, übernahm Alofan wieder das Gespräch.

„Ah, gut, dann hoffen wir, dass der werte Herr Zwerg auftaucht, bevor uns der Tee ausgeht.“ Der Organisator prostete Ida zu.

„Spielt einer von euch Backgammon?“

17. Warten auf den Zwerg

„Ihr habt ... einen Fisch." Der Organisator erbleichte.

„Ja, hübsch, nicht wahr?" Ida lächelte gewinnend. „Der ist uns zugeschwommen. Wir, das heißt der Zwerg und Alofan, haben ihn aus dem Fisch-Becken der Hydroponik von der Plaza de Fozillios. Dort hat er seit Wochen sein Unwesen getrieben. Quasi unter den Augen des dortigen Organisators."

„Nun, er ist ... ein Fisch. Herr Zwerg wird einen Grund dafür haben, ihn aus dem dortigen Becken gefischt zu haben. Man sagt, Herr Zwerg wäre ... ab und an etwas exzentrisch. Wie dem auch sei, ich bin Organisator und kein Richter."

„Natürlich, Organisator. Wir sind mit leichtem Gepäck unterwegs. Von daher kann ich leider mit keiner Spielesammlung in Bezug auf Backgammon aufwarten."

„Das sollte kein Problem darstellen. Das hier war, nein ist, ein Pausen- und Ruheraum für Wartungstechniker. In den Pausen wurde und wird ab und zu mal gespielt. Schau doch einfach mal in dem oberen Fach im rechten Wandschrank nach."

Ida zuckte mit den Schultern und ging auf den Vorschlag des Organisators ein. Dort waren tatsächlich ein paar Spiele, auch Backgammon.

„Na gut, spielen wir eine Runde."

„Oder zwei."

„Oder zwei. Ich habe lange nicht mehr Backgammon gespielt. Frischst du meine Kenntnisse der Regeln etwas auf?"

„Gerne ..."

Aus zwei wurden drei und dann vier Spiele, bis eine Gestalt im Eingang sich räusperte.

„Was macht ihr hier? Ihr solltet doch ein paar Level nach oben fahren?" Der Zwerg sah nicht übermäßig erbaut aus.

„Wir machen eine kleine Pause und unterhalten den Gast, nach dem der Herr Zwerg geschickt hatte. Alofan! Hält keiner mehr Wache?"

„Natürlich bewache ich den Eingang, aber es ist der Zwerg, weshalb sollte ich ihn aufhalten?"

Ida zählte stumm bis zehn und für dann fort.

„Also, Zwerg, das ist Organisator Hamji von Schiffszelle 19, Organisator Hamji, das ist der Zwerg mit dem Fisch. Und wie soll es nun weitergehen, Zwerg?"

„Ich könnte einen Tee vertragen. Wer gewinnt?"

„Frau Ida, sie ist eine geschickte Spielerin."

„Und du bist ein Meister darin, andere gewinnen zu lassen, Herr Organisator."

„Eine der ersten Übungen in meinem Beruf, Frau Ida." Der Organisator lächelte. „Nun, kommen wir zu eurem ... Fisch. Diese Umgebung ist auf Dauer nicht sehr zuträglich für solch ein Tier. Ich habe selbst eine recht ansehnliche Hydroponikanlage in Schiffszelle 19."

Der Zwerg baute sich vor dem Organisator auf und übernahm die Verhandlungen:

„Natürlich, aber wir waren schon auf dem Weg nach oben. In der Dragon Kerr gibt es ein richtiges Aquarium, das besonders für große Zierfische geeignet ist, habe ich mir sagen lassen."

„Ja, das habe ich auch gehört, und obendrein ein Observatorium. Wenn es euch nichts ausmacht, würde ich euch gerne dorthin begleiten. Ich suche schon lange nach einer Ausrede, mich ein paar Tage auf der Dragon Kerr aufzuhalten."

„Gerne. Begleite uns. Mit einem offiziellen Vertreter der Orga sollte es bedeutend einfacher werden, das Schiff zu betreten."

„Rechnest du mit Schwierigkeiten diesbezüglich?"

„Dein Amtskollege dort achtet auf Exklusivität, aber nun haben wir dich ja mit von der Partie."

„Na ich bin sicher, der Anblick eures Fisches und besonders deine Show, die du schon mit Erfolg in der Plaza de Fozillios aufgeführt hast, wird dir dort die Türen öffnen. Aber ich kann natürlich deinen guten Leumund bestätigen, falls du es wünschen solltest."

„Gut, dann wäre das ja geklärt. Wann brechen wir auf?", unterbrach Rena die Unterhaltung.

„Sobald wir unseren Tee getrunken haben, würde ich vorschlagen. Diese Partie können wir auf der Dragon Kerr fortsetzen, wenn du möchtest, Frau Ida."

„Gerne."

„Während ich meine Tasse Tee trinke, könnt ihr ja schon mal den Tank rausrollen", schlug der Zwerg vor und machte es sich auf seinem Gepäck gemütlich.

„Eigentlich ist das dein Fisch, du kannst den auch mal wieder selbst schieben", bemerkte Rena.

„Ich? Was sollen denn die Leute von mir halten? Ich muss denen ja irgendwie glaubwürdig machen, warum ich euch mitgenommen habe." Der Zwerg warf Ida seine leere Teetasse zu. „Worauf wartet ihr jetzt noch? Wir sind spät dran! Der Aufzug wartet nicht."

Nachdem sie noch ein paar hundert Meter durch den Tunnel gelaufen waren, fanden sie dann endlich den Aufzug. Und der Aufzug wartete noch. Ein Mann in schreiend bunter Uniform winkte ihnen zu und verkündete: „Aufzug zur Stolz von Windfall, über Volksgesundheit, Wächtereinheit 34724, Plaza del Del und Dragon Kerr. Bitte einsteigen. Nun los, sonst könnt ihr den nächsten nehmen."

Der Aufzugwärter winkte ihnen zu, sich zu beeilen. „Der nächste fährt erst wieder in einer Woche. Zumindest mit mir." Er zwinkerte ihnen zu.

„Na, dann beeilen wir uns doch lieber."

Mit vereinten Kräften wuchteten sie den Fischtank über die Spalte in den Aufzug. Die anderen Mitfahrer rückten an die Wand und dann setzte sich der Aufzug rumpelnd in Bewegung. Ab und zu quietschte und schüttelte er sich, wenn er in seinen Führungsschienen hin und herruckelte. Bei jedem Zwischenhalt stiegen Leute aus und ein. Und alle mussten sich am Fischtank vorbeidrücken, was für etwas Murren sorgte. Der Zwerg schaffte es allerdings, die Situation mit einem trockenen Spruch oder einem Witz zu entschärfen. Irgendwann waren sie endlich auf ihrem Stockwerk angelangt. Draußen fragte Alofan:

„Warum sind wir nicht bis zur Stolz von Windfall weitergefahren? Die müssten auch ein Observatorium und einen Fischtank haben."

„Das auf der Dragon Kerr ist besser und wer will schon an der Aufzugendstation versauern. So, wir müssen noch den Gang herunter, es ist nicht mehr weit."

Nach einer Biegung erwarteten die Gruppe ein paar kräftige Männer, die vor der Schleuse an Ende des Ganges Wache standen.

„Halt! Ihr kommt hier nicht rein, das ist die Dragon Kerr", verkündete der kleinste der Männer, der dabei Alofan noch um einen Kopf überragte.

„Dass das die Dragon Kerr ist, wollen wir doch stark hoffen! Ich bin der Zwerg und auf meine Show mit dem sprechenden Fisch hat dieser Hort der Zivilisation schon lange gewartet", verkündete der Zwerg und baute sich direkt vor dem Wachmann auf.

„Ja, auf den Zwerg muss man immer warten", warf Rena von hinten ein.

Ein weiterer Wachmann konnte sich ein Schmunzeln nicht verkneifen. „Watt ham wa denn hier? Zwe Komiker. Die jefallen mir. Ihr könnt schon mal rin." Deutlich ernster blickte dieser dann auf die restliche Reisegruppe. "Und wer ist der Rest?"

„Die Reisegruppe des Zwerges und meine Wenigkeit, Organisator Hamji von Schiffszelle 19 mit Begleitung. Du kannst gerne Organisator Polanz holen, er kennt mich."

„Ne, ja, machen wir. Aber kommt erst mal rein. Der Fisch und die Ladys holen sich draußen ja noch nen Zug." Der Muskelprotz grinste und winkte die Gruppe durch.

Drinnen erwartete sie unerwarteter Luxus. Ein fabrikneu aussehender Bodenbelag und funktionierende Technik, wohin man sah.

„Du hast Geschmack, Zwerg, das muss man dir lassen." Selbst Alofan war erstaunt. Rena stand mit offenem Mund da, aber Ida, der Organisator und sein Begleiter wahrten Haltung.

„Wenn man mit Hightech handelt, sollte man Leute kennen, die sich auch Hightech leisten können."

Rena runzelte misstrauisch die Stirn. „Und wer ist das, wenn ich fragen darf?"

„Die Orga, wer denn sonst? Organisator Hamji, kannst du bitte dafür sorgen, dass der Tank und sein Inhalt unbeschadet in das Observatorium gelangen? Ich stelle meine Begleiter dem hiesigen Organisator vor."

„Gerne, Herr Zwerg. Stets zu Diensten. Ich hoffe, Frau Ida, du gibst mir die Chance, auch mal ein Spiel zu gewinnen."

„Nur, wenn du es dieses Mal auch wirklich versuchst."

„So, genug geturtelt. Wenn die Herrschaften mir jetzt bitte folgen würden?", unterbrach sie der Muskelprotz vom Eingang. Die Gruppe trennte sich und der Zwerg, Ida, Rena und Alofan wurden durch einen breiten Gang zu einem riesigen Büro geführt, während der nun von Späher geschobene Tank und der Organisator in einem Lastenaufzug verschwanden.

Hinter einem riesigen Schreibtisch erwartete sie ein ebenso riesiger wie voluminöser Mann. Gegen ihn wirkten die Wachposten vor der Eingangsschleuse zur Dragon Kerr nicht mehr ganz so riesig. „Ah, was sehen meine entzündeten Augen da? Der Herr Zwerg und ein paar illustre Gäste. Es scheinen große Dinge anzustehen, wenn sich hier im Perimeter Besuch aus dem Inneren blicken lässt. Was verschafft uns denn die Ehre?"

„Der ... Fisch ist angekommen", verkündete der Zwerg.

„Ah, der ... Fisch? Das sind bedeutende Nachrichten. Das hat aber gedauert. Aber wie heißt es doch so schön, was lange währt, wird endlich gut! Schön, wenn es dieses Mal noch vor dem nächsten neuen großen Jahr der Hünen klappen sollte. Lass deine Show beginnen, Herr Zwerg! Ich bin gespannt." Organisator Polanz klatschte die Hände zusammen und das Licht dimmte herunter, während eine der Seitenwände durchsichtig wurde.

„Organisator Polanz hat Sinn für Theatralik. Ein Geschäftspartner ganz nach meinem Geschmack", konnte der Zwerg sich die Bemerkung nicht verkneifen.

„Das hier ist schließlich die Dragon Kerr", bemerkte der Organisator nicht ohne erkennbaren Stolz auf sein Schiff.

18. Das Observatorium

Das Licht im Büro des Organisators dimmte fast vollständig herunter und es drang düsteres gelbbraunes Licht durch die Glaswand. „Die Wand ist nur in eine Richtung für Licht durchlässig. Selbst das düstere Dämmerlicht hier in meinem Büro würde die empfindlichen Instrumente stören. Vor euch seht ihr das einzige voll funktionsfähige Schiffsteleskop der 8,5 Meter Klasse. Das ist der offizielle Grund, warum wir auf der Dragon Kerr in vermeintlichem Reichtum schwelgen. Wir sind das einzige scharfe Auge, das die gesamte Ansammlung aus Schiffwracks, das wir unser Zuhause nennen, noch hat. Ein Instrument, erbaut, um Sonnensysteme zu betrachten und zu vermessen. Und dennoch reicht es gerade so eben aus, um unsere nähere Umgebung zu beobachten." Organisator Polanz klatschte erneut die Hände zusammen und die Wand verwandelte sich in einen riesigen Monitor, der das Wallen von gewaltigen rotbraunen Wolken zeigte. „Wir haben noch große Antennen über das Konglomerat verteilt und lauschen in einem breiten Spektrum an Funk-, Radio- und Mikrowellen, aber leider behindert uns die Kraftfeldblase dabei. Nicht, dass ich verrückt genug wäre zu fordern, die Blase abzuschalten, aber einem Mann der Wissenschaft kann der Blick in die Welt da draußen nicht weit genug sein."

„Hast du daran gedacht, Sensoren außerhalb der Blase zu platzieren? Damit müsstet ihr einen ungefilterten Blick in die Umgebung erhalten."

„Natürlich, Frau Ida. Aber leider gab es ein ... paar Wechselwirkungen, sowohl mit der Atmosphäre des Planeten als auch mit seinen Bewohnern. Die Orga hat dann zum Wohl der Bewohner des Konglomerats beschlossen, die Erfassung der Umgebung auf passives Lauschen hinter der Blase zu beschränken. Dennoch ist es uns gelungen, genug von unserer direkten Umgebung zu erfassen, so dass wir größeren Ansammlungen von Hünen großräumig, und einzelnen Hünen in ausreichendem Abstand ausweichen können."

Polanz klatschte ein drittes Mal und das Bild der rotbraunen Wolken wurde durch ein dreidimensionales Falschfarbenbild mit einigen grobkörnigen Mustern ersetzt. „Was ihr hier seht, ist die Abbildung unserer Umgebung. Die roten grobpixeligen Anzeigen sind übrigens Hünen. Wir passieren in großem Abstand die Ansammlung Nummer 48.467. Diese Ansammlung hat sich als sehr stabil herausgestellt. Es halten sich dort mehrere hundert Hünen gleichzeitig auf."

„Hunderte? Das muss eine ihrer größten Siedlungen sein", bemerkte Ida.

„Mitnichten! Aber sie ist sehr stabil und hat nur eine geringe Fluktuation und fast keine Schwankungen. Es gibt gewaltige Verbände von Hünen, die aber nomadisch leben. Wir bezeichnen die hier bei uns spaßeshalber als Horden."

„Einer solchen Horde möchte ich nicht begegnen, auch wenn die gut gelaunt sein sollte!", warf Rena ein.

„Da hast du absolut recht, junge Dame. Ein einzelner Hüne kann schon unangenehm werden."

„Das ist beeindruckend, was ihr mit normaler Technologie hinbekommt, aber was ist mit Quantenresonanzscannern, die müssten ein wesentlich genaueres Bild liefern, oder täusche ich mich da?", wandte Alofan ein.

„Unter normalen Umständen würde ich dir da vollkommen Recht geben, aber wir befinden uns im Perimeter, wo eine starke Quantendämpfung vorherrscht. Wir haben hier die größten Probleme mit höherer Technik. Die meisten unserer Daten verschicken wir in die Inneren Lande und erhalten dann die Auswertungen und aufbereitete Daten zurück."

„Wie bekommt ihr die Daten durch die Nanoassemblernebel? Via Licht oder Schall?"

„Diese Wege nutzen wir nur für einen schnellen Datenaustausch mit geringer Bandbreite. Da höherwertige konventionelle Technologie hier versagt, haben wir uns auf zuverlässige Lowtech und auf organische Hochtechnologie verständigt. Was uns zu eurem ... Fisch führt. Wir verlieren ab und zu einen Transport mit Massendaten, das kommt vor und ist in Grenzen normal. Natürlich ist es lästig und wegen des Zeitverlustes auch ärgerlich, aber bei diesem Makrofisch waren unsere Partner in den Inneren Landen besonders penetrant."

„Bist du nicht neugierig, was dir diese Brieftaube an Nachrichten mitgebracht hat?", wollte Ida wissen.

„Sowohl neugierig, als auch ein klein wenig besorgt. Normalerweise reden die Überbringer der Nachrichten nicht. Jedenfalls nicht auf herkömmliche Art und Weise", relativierte der Organisator seine eigene Aussage. Er ging zu seinem Schreibtisch zurück und streifte demonstrativ gewichtig eine Kette mit einem Schlüssel über seinen Kopf und führte diesen in ein Pult auf seinem Schreibtisch ein. Mit einer Umdrehung und der Eingabe eines Zahlencodes veränderte sich das Bild auf dem Monitor erneut. Es zeigte ein großes helles Labor mit unzähligen kleinen und größeren Aquarien. Mitten in dem Labor stand der Tank mit dem Fisch, den Organisator Hamji in den Raum hatte schieben lassen. Er befand sich in einer erregten Unterhaltung mit einigen Wissenschaftlern, die auf den Fisch deuteten. Organisator Polanz drückte einen Knopf und sprach durch ein Mikrofon.

„Hallo, Organisator Hamji, kannst du mich hören?"

Der Organisator und die Wissenschaftler schreckten zusammen. Schließlich wurde Hamji ein altertümlich aussehender Sprechapparat gereicht.

„Hallo, Organisator Polanz? Ja, ich kann dich verstehen. Empfängst du mich?"

„Positiv. Gibt es Probleme bei der Extraktion der Informationen aus dem Fisch?"

„Das könnte man so sagen, der Fisch weigert sich, die Informationen preiszugeben."

„Wie das? Die Prozedur wird doch über ein einfaches Enzym getriggert. Wir haben noch nie einen Fisch um Erlaubnis gebeten, dass wir ihn dem Enzym aussetzen. Kannst du mir das erklären, Organisator Hamji?"

„Nun, das Enzym wurde ordnungsgemäß verabreicht und die Techniker haben eine Vergleichsmessung vorgenommen, die das bestätigt. Der Fisch schlägt aber nicht wie gewohnt auf das Verfahren an. Er gibt keine Informationen preis, er fordert hingegen selbst welche ein!"

„Das ist wirklich neu. Was genau möchte der Fisch?"

„Einen Kanal in die Inneren Lande und er verlangt die Anwesenheit von Frau Ida und Herrn Alofan."

„Für einen Fisch eine beachtliche Leistung. Das sollte zu bewerkstelligen sein."

„Da ist noch mehr. Er verlangt, dass das Labor geräumt wird."

„Na dann, worauf wartest du? Stell eine Sperrzone her!"

„Wird erledigt. Leute, ihr hab es jetzt nochmal von offizieller Seite gehört. Das Labor wird geräumt, und zwar jetzt! Beschwerden bitte an Organisator Polanz."

Organisator Polanz beendete die Verbindung und schaltete die Wand wieder auf eine schematische Übersicht der Dragon Kerr zurück. „Du bringst bitte unsere Gäste zum Labor. Organisator Hamji, der ausgebildeter Biochemiker ist, wird dort übernehmen. Unsere Gäste erhalten ein volles Permit für die grünen Zonen und ein eingeschränktes Permit für die anderen Zonen. Sorge dafür, dass ihnen die entsprechenden Tokens ausgestellt werden", sprach Polanz den Wachmann an, der sich unauffällig im Hintergrund gehalten hatte.

„Jawohl, Herr Organisator. Bitte mir zu folgen und nach Möglichkeit nichts anfassen", sagte der Wachmann mit strengem Blick auf Rena und den Zwerg, die interessiert eines der ausgestellten Objekte im Raum des Organisators bewunderten.

„Das Objekt hier habe ich von einem Ausschlachter erstanden, der es aus den tieferen Zonen des Perimeters geborgen hat. Ich erinnere mich, als ob es gestern gewesen wäre. Siehst du dort meine Handelsmarkierung, Rena?" Der Zwerg zeigte auf eine Stelle, die fast durch den Sockel verdeckt wurde und Rena hatte schon die Hände nach dem Objekt ausgestreckt, um es zu bewegen.

„Entschuldigung." Rena zog ihre Hände zurück.

„Ich kann eine kleine Führung durch die Sehenswürdigkeiten der Dragon Kerr nach meinem Schichtende anbieten, falls jemand Interesse hat, aber nun sollten wir uns zu Organisator Hamji begeben, der Fisch könnte ungeduldig werden und irgendeinen Blödsinn anstellen."

„Welchen?", wollte Ida wissen.

„Wir haben auch eine Hydroponikanlage." Der Organisator lachte auf.

„Der Mann hat meinen Sinn für Humor", stellte der Zwerg fest.

„Offenbar. Gehen wir ins Labor, bevor dem Fisch das auch auffällt", unterbrach Alofan und scheuchte die Gruppe aus dem Büro des Organisators.

19. Im Labor

Alofan und Ida standen alleine im Labor und warteten. Techniker hatten die Sprechanlage des Fisches demontiert, bis auf die letzte Schraube auseinandergenommen und dann wieder montiert. Dennoch weigerte sich der Fisch, zum Punkt zu kommen.

„Wasser ist nicht gut! Ich bin alleine. Will mit den Stimmen reden!"

Im herabgedimmten Licht des Labors war zu erkennen, dass der Fisch nicht ganz unrecht hatte. Fluoreszierende Schwaden durchzogen das Wasser seines Beckens und der Fisch selbst fing an zu leuchten. Vor einer Wand des Aquariums war eine altertümliche Röhrenkonstruktion angebracht und emittierte Licht in den Tank des Fisches. Auf der anderen Seite der Vorrichtung waren zwei Kontrollmonitore angebracht. Der linke zeigte dieselben Lichteffekte, die das Aquarium durchfluteten, und der rechte Monitor zeigte den umherschwimmenden Fisch. Darum herum waren allerlei Skalen, Drehregler und Knöpfe angebracht. Organisator Hamji hatte einige Zeit die wildesten Einstellungen vorgenommen und dann schließlich ratternd Nachrichten gekommen. Ausgegeben wurden diese auf einer Art Schreibmaschine, die über ein langes Kabel mit dem Apparat verbunden war. Nach der ausgedruckten Anweisung verkabelte er die Maschine neu. Zum Schluss trennte Organisator Hamji die Maschine von dem Telefonkabel, das die Verbindung mit der Kommunikationsanlage der Dragon Kerr hergestellt hatte. Dann empfahl sich der Organisator:

„Mein Teil hier ist vorerst getan, ich ziehe mich erst mal zurück. Der Fisch kommuniziert mit der Gegenstelle in den Inneren Landen, aber fragt mich bloß nicht, wie! Die Kommunikationsleitungen zur Dragon Kerr sind nicht mehr angeschlossen. Ich denke, es wird nicht mehr lange dauern, bis die Verbindung synchron ist und sinnvolle Kommunikation möglich ist, mit wem auch immer. Wenn etwas ist, benutzt den Summer an der Wand, dann komme ich."

Das war vor Stunden gewesen. Zwischenzeitlich hatten sie abwechselnd das Labor verlassen und die Kantine und andere Einrichtungen des Schiffes aufgesucht.

„Die Signale zwischen dem linken und dem rechten Monitor decken sich. Schau, Alofan, der Fisch reagiert", stellte Ida fest.

„Das sah jede Stunde mal so aus."

„Ja, aber jetzt bleibt es schon eine Weile stabil. Pst, ich glaube, der Fisch will was sagen ..."

„... Schwester! Bruder! Ich kann euch aufnehmen, als ob wir direkt Schuppe an Schuppe wären, dabei ist viel Wasser zwischen uns. Ich fühle euch, wir werden eins."

Eine kurze Stille erfolgte, dann sprach der Fisch mit veränderter Stimme.

„Test, Test, Test. Alofan, Ida, könnt ihr mich hören? Ich kann euch sehen, aber nicht hören."

Ida legte einen Schalter der Sprechanlage um. Das äußere Mikrofon war stummgeschaltet gewesen.

„Hallo, ja, wir hören dich. Wer spricht?"

„Hallo Ida, erkennst du meine Stimme nicht? Ich bin es, Olywn. Und ich bin es, Ida. Die Virtuellen von der Deus Ex. Dem Schiff, das euch mit nach Epsilon Eridani genommen hat. Ihr wisst schon. Wir sprechen aus den Inneren Landen über den Morsefisch zu euch."

„Wir hören nur eine Computerstimme, die die Morsezeichen des Fisches übersetzt."

„Ah, wie herrlich anachronistisch. Nun, wir sind optimistisch, dass sich das noch gewaltig verbessern lässt. Die Verbindung steht. Der Morsefisch funktioniert. Der langersehnte Durchbruch."

„Um mit uns reden zu können, hättet ihr uns bloß ein Portal zu eurer Parzelle im Inneren Land öffnen müssen, wir waren schon dort", entgegnete Alofan misstrauisch.

„Ah, Alofan, auf der Hut wie immer. Nun du wirst verstehen, dass wir bestimmte Vorsichtsmaßnahmen treffen mussten. Unser Gast und Erhalter darf hiervon nichts erfahren, er könnte es missverstehen."

„Begründete Paranoia also?"

„Ja."

„Ist diese Leitung sicher?"

„So sicher, wie man sein kann, aber wir werden noch einen Schritt weitergehen. Schließt den Fernschreiber an, wir werden euch nun nochmals verschlüsselte Daten übersenden."

„Fernschreiber?"

„Das sieht aus wie eine Schreibmaschine mit Endlospapier."

„Ah, okay. Ich schalte um in: Drei, Zwei, Eins ..."

Es war für einen Moment ruhig, dann fing der Fernschreiber an zu rattern und spuckte Blöcke mit unverständlichen Zahlen und Buchstaben aus.

„Jetzt heißt es wohl wieder warten." Ida seufzte.

„Ich befürchte, du hast recht, Ida. Die Virtuellen sind wohl noch verrückter als der Zwerg geworden."

„Erwähne den bloß nicht. Der kommt hier sonst noch uneingeladen hereinspaziert."

„Zuzutrauen wäre es ihm, er ist immer da, wo etwas passiert."

„Und genau das macht ihn verdächtig! Ich traue im nicht, und das solltest du auch nicht, Alofan."

„Ich bin Assassine, die Balance zwischen Vertrauen und Paranoia ist mein Beruf. Warten wir ab, was sich ergibt. Der Zwerg wird erst auftauchen, wenn die Nachricht entschlüsselt ist. Langweiliger Kleinkram interessiert ihn nicht."

20. Kleinkram

„Kleinkram? Organisator Polanz wird ausflippen!" Ida betrachtete die entschlüsselte Nachricht kritisch.

„Was die hier vorschlagen, ist verrückt."

„Ich schwanke noch zwischen verschroben, genial und vollkommen wahnsinnig." Alofan war ebenfalls nicht überzeugt. Der Fernschreiber hatte detaillierte Pläne, Statistiken und Arbeitsanweisungen ausgespuckt. Ida und Alofan brüteten seit Stunden über den Plänen. Es hatte einige Zeit gedauert, bis sie herausgefunden hatten, was die Virtuellen dort von der Orga im Perimeter verlangten.

„Können die Virtuellen das einfach so anordnen? Ich kenne mich mit der aktuellen Politik nicht aus. Was hat deine Unterhaltung mit deinem virtuellen Gegenüber ergeben?"

„Wir waren uns darüber einig, dass wir uns nicht einig sind. Unsere Sichtweisen unterscheiden sich, unsere Lebenserfahrungen unterscheiden sich voneinander. Jede ist vollkommen autark. Daher sind wir uns über den Plan nicht einig."

„Hat dein Gegenüber einen Merge vorgeschlagen?", erkundigte sich Alofan vorsichtig. Das Thema war heikel.

„Nein. Sie möchte, dass ich mir meine eigene Meinung bilde und mich den Gegebenheiten vor Ort anpasse. Sie hat eingesehen, dass ihre Wirkung im Realen sich vollkommen von der Wirkung im Inneren unterscheidet."

„Gut, was ist mit der Orga?"

„Was soll mit der Orga sein? Es ist eine Organisation und die besteht aus Menschen. Natürlich wird es Widerstand geben. Viele haben sehr hart gearbeitet, um den gegenwärtigen Status zu erreichen."

„Der Vorschlag der Virtuellen bietet Potenzial, aber auch Gefahren. Veränderungen begünstigen einige, aber andere werden dabei verlieren. Reden wir mit dem Organisator. Es geht hierbei um sein Schiff."

„Ein Schiff, das irgendwo festgeschweißt ist, ist kein Schiff mehr. Deswegen trägt der Organisator auch den Titel Organisator und nicht Kapitän."

„Dennoch ist es seine Domäne. Wenn wir es geschickt anstellen, benötigen wir Plan B der Virtuellen nicht. Er trägt die Handschrift des Botschafters."

„Fu Chi Quan hat sein Zeichen daruntergesetzt."

„Er spricht darin dem Plan sein Misstrauen aus. Er ist viel weiser als die Meisten annehmen. Der Botschafter hat einen Treffer gelandet. Nicht mehr und nicht weniger."

„Ich kann das nicht aus dem Blatt Papier lesen."

„Dafür kannst du Gedankenlesen. Der Organisator hat uns als Gäste empfangen, würdigen wir ihn und geben ihm die Chance, bei den kommenden Veränderungen zu gewinnen. Der Assassine schwimmt mit dem Strom, beachtet aber die Richtung, die der Fluss nimmt, und nutzt die Gelegenheit, in besseres Fahrwasser zu wechseln, wenn sie sich ihm bietet. Gedankenlose Passivität führt früher oder später zum Wasserfall. Was meinst du, Ida?" Alofan schaute Ida dabei fest in die Augen, um kurz den Blick zur Decke zucken zu lassen.

Ida schloss die Augen. „Gib mir einen Moment, um darüber nachzudenken." Ein paar Minuten später nickte sie. „Gut, versuchen wir es. Tüten wir die Blätter ein und gehen damit zum Organisator."

„Ich resete den Speicher und dann können wir." Alofan wollte die Verbindung am Fischtank trennen, wurde aber rüde unterbrochen.

„Nein, Verbindung offenlassen. Fisch spricht mit Bruder und Schwester."

„Der Ticker steht still, Fisch."

„Unterhaltung privat! Menschen haben komische Zeichen bekommen, jetzt reden Fisch mit Fisch. So vereinbart."

„Der Fisch hat recht. Es gibt eine Notiz dazu im Kleingedruckten."

„Das liest niemand außer dir, Ida!"

„Deswegen war das ja auch an mich adressiert. So, ich habe alles eingetütet. Setz die Cryptoeinheit auf Null und dann auf Random. Das beeinträchtigt nicht die Verbindung der Fische untereinander."

„Fertig!"

„Gehen wir zum Organisator. Bis später, Fisch."

„Fisch nicht gehen weg!"

Alofan und Ida lachten und drückten dann den Summer, der Organisator Hamji rufen würde.

21. Organisator Polanz

Als sie den Summer drückten, öffnete ihnen Organisator Hamji. Er war nicht alleine, Jäger Frindorg und der Türsteher mit zwei seiner Kollegen erwarteten sie vor der Tür.

„Ah, ein kleiner Auflauf." Alofan schob sich vor Ida und an dem Organisator und seinem Späher vorbei.

„Prima, genau, was wir brauchen! Organisator Hamji, du hast dein Labor wieder. Pass auf, dass niemand etwas verändert. Und lass niemanden hinein. Die Anlage ist gesichert, aber sie läuft noch. Und da war noch was mit ‚der Fisch hat Rechte' oder so, aber das erklärt besser Ida."

„Der Fisch hat Rechte?" Organisator Hamji war verwirrt. Ida nahm den Organisator beiseite und erklärte ihm anhand eines Zettels, den sie in ihrer Hand hielt, die Feinheiten der Vereinbarung mit dem Fisch.

Alofan dagegen deutete auf die verschlossenen Umschläge, die er sich unter seinem Arm geklemmt hatte.

„Die wird Organisator Polanz so schnell wie möglich sehen wollen."

„Deswegen sind wir hier, wir übernehmen die Dokumente und bringen sie in eure Gästeunterkunft, ihr werdet sicher müde sein", bestimmte der Anführer der Wachmänner.

„Wir werden die Dokumente dem Organisator persönlich aushändigen müssen, so sehr wir das Angebot auch zu schätzen wissen. Aber wir wären dankbar, wenn du uns zu ihm führen könntest", mischte sich Ida ein.

„Gut, wie ihr wünscht. Bamro und Jein, ihr beiden bleibt hier und passt auf, dass niemand außer unseren Gästen, Organisator Hamji und seinen Mitarbeitern mit einer gültigen Freigabe der Stufe 3 das Labor betreten. Habe ich mich deutlich ausgedrückt?"

„Jawohl", kam es zackig von den beiden Riesen zurück.

„Gut. Wenn ihr mir dann bitte folgen möchtet, Frau Ida und Herr Alofan. Ich führe euch auf direktem Weg zu Organisator Polanz."

Mit diesen Worten drehte sich der Chef der Wachmänner um und schritt dann zügig den Gang herunter. Ida folgte ihm, aber Alofan nahm sich noch einen kurzen Blick Zeit, um zu sehen, wie Organisator Hamji und sein Späher im Labor verschwanden und es hinter sich wieder in den Verschlusszustand versetzten. Die Wachmänner positionierten sich vor dem Eingang, wie befohlen. Alofan drehte sich ebenfalls um und eilte Ida und dem Chefwachmann nach.

Der Weg zum Büro des Organisators war nicht sonderlich weit und Alofan war sich sicher, dass sie ihn zur Not auch alleine gefunden hätten. Nach zwei Biegungen und dem Weg durch die protzige Vorhalle zum Büro des Organisators der Dragon Kerr, standen sie vor seinem Schreibtisch.

„Ah, Frau Ida und Herr Alofan. Ihr seid schwer beladen, wie ich sehe. Ich habe einen kleinen Imbiss bereiten lassen, nach den langen Stunden im Labor müsst ihr erschöpft und hungrig sein. Danke, Wachmann Dur, das war es vorerst."

„Jawohl, Herr Organisator."

Nachdem der Wachmann das Büro verlassen hatte, drückte Organisator Polanz einen der vielen Knöpfe auf seinem Pult und die Türen verriegelten sich mit einem vernehmlichen Schnappen.

„Ich vermute, die Dokumente in den Umschlägen sind nicht für die Öffentlichkeit bestimmt."

„Ganz recht, Organisator Polanz." Ida übernahm die Gesprächsführung.

„Nun, es ist meine Aufgabe, mich um die Belange der Dragon Kerr und die Belange der Orga zu kümmern. Habt ihr die Dokumente gelesen und könnt ihr mir eure Einschätzung diesbezüglich zukommen lassen?"

„Natürlich, Organisator. Ich vermute, du möchtest die Unterlagen in Ruhe sichten und dann wahrscheinlich von Experten nochmals genauer beurteilen lassen, aber ich äußere gern meine erste Einschätzung zu den Vorschlägen der Virtuellen."

„Benötigen wir die Dokumente dazu? Ich würde sie sonst erst registrieren und vorläufig einstufen lassen."

„Dafür sollten wir ohne sie auskommen. Eine Kopie als Diskussionsgrundlage für später wäre jedoch nicht schlecht."

„Natürlich. Ich lasse einen weiteren Satz anfertigen und hinterlegen. Einen Moment, bitte."

Organisator Polanz drückte einen Knopf und forderte den Leiter der Registratur für Verschlusssachen auf, in sein Büro zu kommen und die Kopieranlage betriebsbereit zu halten.

„Die Registratur ist seit zwei Stunden geschlossen, Herr Organisator. Meine Mitarbeiter haben schon frei."

„Gut, dann nimmst du die Dokumente in meinem Büro in das Register auf. Ich verwahre die Ausfertigungen zunächst hier. Morgen will ich sie dann aber in der Registratur haben. Als erster Tagesordnungspunkt, noch vor dem Plausch am Kaffeeautomaten!"

„Entschuldige bitte die Unannehmlichkeiten. Ich bin unterwegs."

Der Organisator sah nicht zufrieden aus. „Gut, dann bitte jetzt zur ersten Einschätzung."

„Gerne, Herr Organisator." Ida lächelte gewinnend und fuhr fort. „Der Vorschlag der Virtuellen ist ungewöhnlich. Er bietet neue Möglichkeiten, aber könnte auch bisher Erreichtes gefährden. Er erfordert einiges an Arbeit und Umbauten, die einen fähigen Organisator fordern werden. Es bieten sich Möglichkeiten für jemanden, der fähig ist und eigene Visionen entwickeln kann."

„Das höre ich öfter, als du dir vorstellen kannst, Frau Ida. Meistens folgt dann ein vollkommen verrückter Vorschlag meiner Untergebenen. Nun, bei einer Nachricht aus den Inneren Landen sieht das wahrscheinlich anders aus. Es gibt dort natürlich viele fähige Köpfe, allerdings unterliegen die nicht den Beschränkungen, die der Perimeter so mit sich bringt. Ich werde die Vorschläge auf Umsetzbarkeit unter den hiesigen Bedingungen prüfen lassen. Das kann allerdings ein paar Tage dauern."

„Genau das sieht der mitgeschickte Ablaufplan der Virtuellen auch vor. Man weiß dort um deine unbestreitbare Kompetenz und setzt großes Vertrauen in deine Fähigkeiten."

„Das freut mich. Während wir auf den Registrator warten, würde ich vorschlagen, dass wir uns stärken.

Ich habe Spezialitäten von Lotus und Chamina herrichten lassen."

„Wo hat die Küche die Rezepte und die Zutaten herbekommen?", erkundigte sich Alofan und beäugte den Teller mit der Fischpastete.

„Wir mussten etwas improvisieren. Bis auf den Fisch sind die Gerichte vegetarisch oder vegan. Wir sind auf das angewiesen, was die Hydroponiken erzeugen können. Aber ich kann versichern, unsere Köche sind Meister darin, das Unmögliche zumindest täuschend echt nachzumachen."

Während sie sich über die ersten Häppchen hermachten, klopfte es an der Tür und ein unscheinbarer und vorzeitig ergrauter Mann betrat den Raum. Es war der Registrator.

„Ah, sehr gut. Ich möchte die Erfassung der Dokumente hier in die Registratur und eine Überprüfung auf Vollständigkeit."

„Jawohl, Herr Organisator", antwortete der Registrator. Um dann fast ohnmächtig zu werden. „Aber das sind ja abertausende von Seiten! Es wird alleine Wochen benötigen, die alle ordentlich einzustufen und zu registrieren."

„Eine vorläufige Einstufung wird genügen müssen, und vergiss die Kopien nicht. Unmöglich ist kein Wort, das zum Wortschatz der Orga und ganz besonders nicht dieses Schiffes gehört."

„Jawohl, Herr Organisator." Das Gesicht des Registrators sah nicht so überzeugt aus, wie seine Stimme klang.

22. Das Unmögliche

Organisator Polanz hatte geduldig das Geschwafel der Frau aus dem Inneren ertragen. Ida von Querlitzenfall. Jawohl, höchstpersönlich zusammen mit Alofan Haragieri, der bluttrinkenden Geißel von Lotus, und mit einem Fisch angereist. Der Mörder von Chamina hätte keine versteckten Drohungen aussprechen müssen, seine Anwesenheit alleine genügte schon.

Die Arschlöcher aus dem Inneren hatten es auf sein Teleskop abgesehen. Schon wieder. Nun, eigentlich war es ihnen vollkommen egal, ihnen ging es nur um ihren verrückten Fischtank. Eine weitere Schwachsinns-planung aus dem Inneren. Warum genügten ihnen ihre Inneren Welten nicht, warum mussten sie im Realen herumpfuschen?

Ja, ihre Pläne sahen toll aus - in den Simulationen. Hier kosteten sie reale Menschen Blut, Schweiß und Tränen. Er musste Zeit gewinnen. Zeit, um das Teleskop zu retten. Ein Trockenlauf, eine Testreihe im kleinen Maßstab, um peinlich genau zu evaluieren, ob dieser komische Vorschlag überhaupt funktionieren konnte. Ja, das wäre eine Möglichkeit.

Polanz blickte auf die Pläne, die er vor den Augen der Inneren feinsäuberlich hatte erfassen lassen und dann in seinen Safe gesperrt hatte. Natürlich waren beide aus dem Inneren misstrauisch, aber er würde nichts anderes tun als das, was er zu tun angekündigt hatte.

Organisator Polanz würde das Material sichten und vorläufig einstufen. Es würde ihn die ganze Nacht kosten, aber es würde ihm den Hebel in die Hand geben, den er benötigte, um das Teleskop zu retten. Verdammte Innere, warum reichten ihnen die endlosen Möglichkeiten ihrer endlosen Welten nicht aus? Warum mussten sie ihm das Leben im Perimeter schwerer machen, als es ohnehin schon war? Verdammte Innere!

Organisator Polanz rief sich zur Ordnung. Nur Ruhe und ein klarer Verstand würden ihm weiterhelfen. So, wo waren die Stempel? Die Vereinbarung mit dem Fisch? Zur Kenntnisnahme vor Betreten des Bereiches verpflichtend. Umbaupläne für das Observatorium.

Streng geheim? Nein, das wäre zu offensichtlich. Vertraulich - nicht validiert! Das war besser. So alles, was weitergehend mit dem Fisch zu tun hatte? Hm, das war Übertragung und Verschlüsselung, also streng geheim. Verdammt, dann würde er die Innenländer für die Kennzeichnung ‚streng geheim' freigeben müssen. Das musste er definitiv vermeiden. Also dann anders. Die Rezeptur? Streng geheim. Aufbau der Verschlüsselungsmaschine? Streng geheim. Benutzung der Verschlüsselungsmaschine? Vertraulich. Aufbau der Monitormaschine? Geheim. Benutzung der Monitormaschine? Nur für Benutzung im Bereich. Sonstiges auf den Fisch Bezogenes? Geheim. Nein, vertraulich musste reichen. Schließlich hatten die Trottel den Fisch durch den halben Perimeter geschoben und noch Vorstellungen gegeben. Vorstellungen!

Organisator Polanz schwor sich, den Zwerg dafür erschießen zu lassen. Okay, das würde vielleicht etwas zu weit gehen. Das mit dem Fisch würde er feiner unterteilen müssen. Dass es den Fisch gab, das war bekannt. Es ließ sich aber leugnen, dass er in die Dragon Kerr gebracht worden war. Geschwätzige Wachmänner hin, geschwätzige Wachmänner her. Aktueller Aufenthaltsort des Fisches: vertraulich. Die allgemein gekannten Fähigkeiten des Fisches: vertraulich. Die wahren Fähigkeiten des Fisches: geheim. Gut, das musste reichen.

Der Organisator stempelte fleißig weiter und verpasste einzelnen pikanten Details eine höhere Einstufung. So eine kleine wichtige Zeichnung noch versehentlich etwas zu hoch einstufen, voilà. Das war ein Versehen, würde aber für Verzögerungen bei der Evaluierung führen. Polanz tütete alles wieder feinsäuberlich ein und verstaute das Paket sicher in seinem Bürosafe. Dann öffnete er die Bar und goss sich einen der kostbaren Prä-Strandungs-Whiskeys ein. Der war schon alt und abstrus teuer gewesen, als er auf eines der Schiffe verladen worden war. Einer der Ausschlachter hatte ihn in den Tiefen des unrestaurierten Perimeters gefunden.

Polanz hatte dem Mann mit einem großzügigen Vorrat an Essensmarken gedankt. Offiziell gab es keine derartige Rationierung. Aber das hieß nicht, dass die Sesshaften jeden durchfütterten. Ein

Essen oder zwei Essen waren normalerweise frei, mehr gab es nur unter der Hand. Die Marken waren so etwas wie eine inoffizielle Schwarzgeldwährung. Organisator Polanz war stolz darauf, dass er dieses System hatte etablieren können. Der Zugang zur Dragon Kerr war exklusiv und die Nutzung der Schiffsressourcen ohne direkten Befehl der Orga musste angemessen entschädigt werden. Schließlich war es teuer, sehr teuer, alles im guten Zustand zu halten.

Nach dem ersten Schluck entspannte sich der Organisator. In einer perfekten Welt wäre dieses System nicht notwendig, aber was war schon perfekt? Das Leben im Inneren vielleicht. Aber offenbar langweilte es die Inneren irgendwann. Sonst würden sie sich nicht in die Belange des Perimeters einmischen. Wenn es sie wenigstens interessieren würde, wie es den Menschen im Perimeter erging. Aber sie interessierten sich nur für ihre eigenen, versponnenen Projekte. Die Orga im Perimeter war für sie offenbar nicht mehr als ein willfähriger Handlanger.

Apropos willfähriger Handlanger. Organisator Polanz drückte einen Summer, der Wachdienst meldete sich.

„Wachdienst. Was können wir für dich tun, Herr Organisator?"

„Schick mir den diensthabenden Chef der Wache. Ich habe noch Anweisungen für die laufende Schicht."

„Jawohl, ich leite es sofort weiter."

„Danke."

Wachmann Dan würde auftauchen, egal ob er jetzt Dienst hatte oder nicht. Wachmann Dan überließ nichts dem Zufall. Ebenso wenig wie Organisator Polanz. Der Organisator würde nicht lange warten müssen. Der Whiskey in seinem Glas würde nicht einmal sein volles Aroma entfalten, bevor Dan hier sein würde.

Es klopfte. Wachmann Dan trat wie erwartet in das Büro.

„Organisator Polanz, du hast noch dringende Anweisungen?"

„Ja, habe ich. Aber es reicht, wenn die zum Debriefing ausgeführt werden. Bist du immer noch im Dienst, Dan? Schläfst du denn nie?"

„So wenig wie du, Organisator. Ich habe meine letzte Freischicht allerdings für ein paar Stunden Schlaf genutzt."

„Nimm einen Drink mit mir. Ich habe noch ein paar Anweisungen für die Wache zusammengestellt." Organisator Polanz nahm einen der Notizzettel von seinem Schreibtisch und überreichte sie Wachmann Dan, bevor er sich zu Bar begab und dem Chef der Wache ein Glas des Whiskeys eingoss, den er selbst trank.

„Hier, ein Whiskey, den selbst ich mir nicht jeden Tag gönne. Genieße ihn mit mir."

„Vielen Dank, Herr Organisator. Hast du noch Anmerkungen, die nicht auf dem Notizzettel stehen?"

„Natürlich, aber lies ihn zuerst und prüfe, ob ich an alles gedacht habe. Ich würde gerne vermeiden, dass die Ankunft unserer Gäste schneller bekannt wird als unbedingt nötig."

„Auf meine Männer kann man sich verlassen."

„Ich weiß, dass ich mich auf dich verlassen kann, Dan. Ich gehe davon aus, das du dich um mögliche Probleme diskret kümmerst."

„Natürlich, Organisator. Gab es heute Fischhäppchen?"

Der Organisator stutzte erst, dann lachte er laut auf. „Du bist ein Schlitzohr! Ich werde das weder kommentieren noch dementieren. Dann solltest du dich auch um die Vernichtung möglicher Beweise kümmern. Ich sehe mal, was ich zum Herunterspülen finde."

Der Organisator durchforstete seine Bar und sein Blick blieb an einer Fehlinvestition hängen. „Wie voll ist eigentlich das Geheimfach für die Wachmannschaft?"

„Das ist so gut wie leer. Etwas Fusel von Senke 5 ist noch drin."

„Uh, das ist ja grauenhaft. Nimm diese Flasche. Und schärfe der Mannschaft ein, dass es heute keine ungewöhnlichen Besucher gab. Und dass ich nichts zu Fischhäppchen verlauten lassen werde."

„Selbstverständlich."

„Bleib sitzen und genieße einen stillen Moment mit mir. Es sei denn, du musst bald wieder los."

„Bis zum Debriefing ist es nicht mehr lange hin, aber es wäre eine Sünde, diesen köstlichen Tropfen herunterzustürzen. Guten Dingen sollte man den nötigen Respekt erweisen."

„Wahr gesprochen. Auf unser Wohl und auf die Dragon Kerr."

„Auf die Dragon Kerr."

Zum feierlichen Ausklang des Tages ließ der Organisator den Monitor auf die Ansicht des primären Teleskops umblenden. „Das dort draußen ist der wahre Perimeter. Kannst du ihn erkennen, Dan?"

„Ich sehe dort draußen die Welt der Hünen, Organisator."

„Ja, die sieht jeder, der sich die Mühe macht, nach draußen zuschauen. Was sehr selten geschieht und die Wenigen mit der Illusion von Weitblick zurücklässt.

Ah, was für eine weite Welt dort draußen! Was für eine unglaubliche Schönheit. Was für unglaubliche Gefahren, aber dennoch voller Leben.

Nein, Chef der Wache, ich rede von dem, was man nicht sieht, dem wahren Perimeter, dem evakuierten Nichts. Dem Nichts, das sich zwischen der metallenen Außenwand des Konglomerats und der Kraftfeldbase befindet, die uns von der erdrückenden Atmosphäre des Gasplaneten trennt, auf dem wir gestrandet sind.

Wenn man in die Weite starrt, nimmt man den Burggraben nicht mehr wahr, über den man hinwegsieht. Wir leben in der Mitte einer hauchdünnen Seifenblase. Einer Seifenblase, die nur durch permanentes und reibungsloses Funktionieren einer komplexen Maschinerie aufrechterhalten wird.

Die Leute haben recht, was die Gefahren dort draußen angeht. Was, glaubst du, fürchte ich dort draußen am Meisten?"

„Darf ich frei sprechen, Organisator?"

„Ich habe dir nicht den kostbarsten Schluck im ganzen Perimeter für Lügen oder Schmeicheleien eingeschenkt. Einen solchen Tropfen bezahlt man mit absoluter Ehrlichkeit, Dan."

„Sehr wohl, Organisator. Wenn ich ehrlich bin, weiß ich nicht, was du am meisten fürchtest. Mir fallen viele Dinge ein, die dort draußen gefährlich sein können. Die Hünen, die gigantischen Wirbelstürme oder die tückischen Luftlöcher, die uns in die Tiefe reißen können. Ich halte alles für gefährlich."

„Das ist auch die korrekte Einstellung für einen Chef der Wachmannschaft.

Ich hingegen fürchte etwas anderes viel mehr als die Gefahren dort draußen. Die kann man erkennen und ihnen ausweichen, wenn man weit genug blicken kann.

Nein, ich fürchte den Überdruss.

Überdruss am Leben im Exil, Überdruss am Leben im Überfluss in den Inneren Landen. Überdruss an der immerwährenden Mühsal der Wache und der Pflichterfüllung hier im Perimeter.

Ich fürchte nachlassendes Interesse am eigenen sicheren Leben. Das Eingehen von Risiken, um das Leben spannender zu gestalten. Tolle neue Ideen aus dem Inneren und Schlampereien hier im Perimeter.

Dan, wir müssen wach und wachsam bleiben. Die Orga muss ein scharfes Instrument bleiben. Jedes Mitglied der Orga muss ein scharfes Schwert des Überlebens des Konglomerates sein und bleiben. Verstehst du, was ich sagen will?"

„Ja, Organisator. Du kannst dich in jeglicher Hinsicht auf mich verlassen."

„Deine Loyalität könnte früher als erwartet auf die Probe gestellt werden. Dan, entscheide dich nicht für mich oder für irgendein Ideal. In letzter Instanz geht es nur um das nackte Überleben des Konglomerates. Bleib wach und wachsam. Spar deine Kräfte und sei dann bereit, wenn es darauf ankommt."

Organisator Polanz prostete dem Wachmann zu und gönnte sich den ersten Schluck des Andenkens aus einer längst unerreichbar gewordenen Welt. Wachmann Dan nahm ebenfalls einen Schluck und stieß einen Laut der Überraschung aus.

„Das ist ein Juwel, Organisator!"

„Das ist er, Dan, das ist er. Das Konglomerat verdankt den alten Wächtern viel. Ohne ihre uralte Technik hätten wir womöglich nicht überlebt. Ihre Organisation hat Jahrtausende über die Menschheit gewacht, vergessen wir das nie."

23. Wachwechsel

Ida und Alofan schlichen todmüde in die ihnen zugewiesenen Quartiere. Sie hatten vom Organisator eine der Gästesuiten bekommen. Dort fing sie Rena gleich am Eingang ab. Eine förmlich blitzblanke Rena, die frisch geduscht und in einen frischen Overall gekleidet war.

„Wo seid ihr die ganze Zeit über gewesen? Die haben uns hier förmlich eingesperrt. Stellt euch das vor!"

„Rena, lass die beiden erstmal hereinkommen und sich hinsetzen. Es war ein sehr langer Tag für die beiden", hallte die Stimme des Zwerges aus einem der Räume, die um den zentralen Mittelraum platziert waren.

„Zwerg, sieh zu, dass du endlich aus dem Bad kommst, du bist da schon über eine Stunde drin!"

„He, die größte Wäsche, also dieses eine Mal im Monat, die dauert halt. Du hast mir ja verboten, das Badezimmer zu verlassen, wenn ich keine Kleidung anhabe! Also musst du dich gedulden, bis ich fertig bin."

Ida und Alofan entlockte das nur ein müdes Kopfschütteln.

„Zwerg, sieh zu, dass du fertig wirst, wir schlafen gleich im Stehen ein." Alofan war kurz angebunden.

Es rumpelte ein paar Mal im Bad und ein rundum erneuerter Zwerg stand in der Tür. Selbst seine Kleidung strahlte weiß. „So, das Bad ist frei, einer oder eine kann rein, der oder die andere könnte ja vielleicht in der Zwischenzeit ein paar Worte an uns richten."

Alofan zuckte mit den Schultern und überließ Ida den Vortritt ins Badezimmer.

„Wir haben den Fisch im Labor abgeliefert, Organisator Hamji hat ein paar Experimente mit dem Fisch angestellt, der Fisch hat geredet wie ein Wasserfall und dann hat Organisator Polanz alles noch mal durch die Mühlen der Bürokratie gemüllert. Also alles in allem war es sehr ermüdend."

„Geht das etwas ausführlicher?", bohrte Rena nach.

„Nein. Morgen vielleicht. Mal sehen, was unsere Gastgeber geplant haben."

„Die Tour durch das Schiff habt ihr verpasst, die war gar nicht uninteressant. Sehr seltene Ausstellungstücke hat der Organisator gesammelt."

„Ja, ein wahrer Kunstkenner. Und dann schimpfen dich die Ausschlachter einen Horter. Wie gut, dass die nicht wissen, was hier alles gebunkert ist."

„Dass die das nicht wissen, ist so gewollt. Weder der Organisator noch ich haben ein gesteigertes Interesse daran, den aktuellen Status quo zu ändern. Der Organisator kann und will nicht direkt mit den Ausschlachtern verhandeln und ich, nun ja, er ist mein bester Abnehmer für meine besten Stücke, die ich aufkaufen oder tauschen kann."

„Na, wie ich sehe, habt ihr euch dann ja die Zeit vertreiben können. Wie ist das sonstige Freizeitangebot auf dem Schiff so?"

„Exklusiv. Es gibt eine Mediathek, eine Sporteinrichtung und eine öffentliche Kantine. Der Rest ist Sperrgebiet."

Die Betonung des Wortes Sperrgebiet machte Alofan stutzig. „Wir haben alle diese Tokens bekommen, damit habt ihr auch keinen Zugang?"

„Nope", antwortet der Zwerg kurz angebunden.

„Nun, das wird sich Morgen im Laufe des Tages ändern. Je nachdem, wie schnell sich die Räder der Bürokratie hier drehen. Wir haben morgen Mittag ein Arbeitsessen mit dem Organisator. Also Ida und ich, aber wir werden euch einfach mitnehmen."

„Und was ist, wenn sich der Organisator querstellt?" warf Rena ein.

„Das sehen wir morgen. Alofan, das Bad ist frei. Welche Kabine kann ich nehmen?", unterbrach Ida die Unterhaltung.

Rena deutete auf die Kabine links vom Badezimmer. „Ich habe die links am Schott. Wir können aber tauschen, wenn du möchtest."

„Ah, nach Männlein und Weiblein getrennt. Gute Nacht."

Ida war noch kürzer angebunden als Alofan, der sich ins Bad verkrümelt hatte. Rena und der Zwerg waren nun alleine im Raum.

„Und was machen wir jetzt? Das war ja nicht sonderlich ergiebig. Mir ist noch nicht nach schlafen", wandte sich Rena an den Zwerg.

„Hm, ich würde da noch mal auf meinen Vorschlag von heute Nachmittag zurückkommen wollen. Jetzt bin ich frisch gebadet und gesalbt."

„Gesalbt? Echt jetzt? Und wenn wir die Kinder aufwecken?" Rena deutete auf Idas Koje und auf das Badezimmer und grinste dabei.

„Die werden wie die Babys schlafen. He, du hattest deine Koje für eine lange Zeit nicht mehr alleine."

„Na gut, aber nur, wenn du mir das mit der L-Regel noch mal ganz genau erklärst."

„Klar, in aller Länge und Breite." Der Zwerg grinste zurück.

„Überredet, sobald Alofan in seiner Koje verschwunden ist."

In dem Moment kam Alofan etwas erfrischter, aber immer noch todmüde aussehend aus dem Bad. „Meine Kajüte ist rechts am Ausgang?"

„Jupp."

„Okay, keine Störungen vor dem Frühstück und viel Spaß noch."

„Geht klar." Rena grinste und der Zwerg winkte lässig und unbeteiligt wirkend ab. Mit dem Zufallen von Alofans Kabinentür schnellte der Zwerg aus seinem Sessel und hob Rena mit Leichtigkeit hoch auf seine Arme. Gemütlich trug er sie zu ihrem Quartier. Rena lehnte ihren Kopf an die erstaunlich breite Schulter des Zwerges.

„Du riechst gut, Zwerg, du solltest dich öfter baden und salben."

„Dann wäre das ja nichts besonders mehr." Der Zwerg grinste.

„Du Ferkel!" Rena schlug dem Zwerg auf die Schulter, aber ihre Stimme klang nur gespielt entrüstet. Je näher beide der Tür zu Renas Kabine kamen, desto zappeliger wurde sie. Der Zwerg schob die nur angelehnte Tür mit dem Fuß auf und Rena schob die Tür mit ihrem Fuß zu, nachdem sie die Schwelle überschritten hatten.

Bald waren Geräusche aus der Kabine zuhören, die im allgemeinen Summen der Dragon Kerr untergingen.

*

Kurz vor Ende der Nacht hatte der Zwerg sein Reisebündel und seine Sachen vor Renas Kabine vorgefunden und in seiner Kabine lagen Ida und Alofan eng umschlungen. Der Zwerg fand, er hätte ruhig vorher gefragt werden können, wenn schon jemand in seine Kabine einzog.

„Bei dem Radau, den ihr beide veranstaltet habt, haben Alofan und ich uns entschlossen, die Raumbelegung noch mal neu zu überdenken."

„Ich verstehe. Dann werde ich mal die freie Kabine neben Rena beziehen und das mit ihr durchdiskutieren. Es könnte etwas lauter werden."

„Ja, ist klar, und nun raus aus meiner Kabine!" Ida verscheuchte den Zwerg, während Alofan sich dezent im Hintergrund gehalten hatte.

„Sind sie drüben?"

„Ja, sind sie. Ich glaube, die Diskussion wird noch eine Weile anhalten. Du kannst dich jetzt wieder weiterbewegen."

„Nachdem der Zwerg hier im Raum war? Da brauche ich wieder etwas Aufmunterung."

„Weichei, was hat meine Cousine nur an dir gefunden? Autsch! Na, warte. Du kriegst deine Aufmunterung."

Ida bewegte ihr Hüften und bald war es mehr als Kuscheln, was sie im Bett taten.

24. Das Arbeitsessen

Organisator Polanz hatte nicht geknausert und ein fulminantes Mahl herrichten lassen. Es war köstlich, aber nicht so schwer, dass man sich während und nachher nicht gut und konzentriert dabei hätte unterhalten können. Mit dem Auftauchen von Rena und dem Zwerg hatte der Organisator gerechnet und erkundigte sich nach ihren Aufbruchsplänen.

„Eigentlich haben wir hier auch unsere Aktien mit drin", widersprach der Zwerg.

„Das ist eine Angelegenheit der Orga", entschied der Organisator.

„Und die der Leute aus dem Inneren und der Leute aus dem Perimeter. Ohne Renas und meine Mitarbeit wäre der Fisch nicht in eurem Labor."

„Ich gedenke, euch beide dafür großzügig zu entschädigen, aber jetzt übernehmen meine Spezialisten. Die kennen sich mit Fischen aus."

„Natürlich, Organisator. Ein Vorschlag zur Güte. Der Fisch gehört dir und ich nehme meinen Tank und meine Sprechvorrichtung wieder mit nach Hause."

„Gemach, guter Freund Zwerg. Auch dafür wird sich eine angemessene Aufwandsentschädigung finden lassen. Ohne Fisch nützt der Tank wenig und es sähe doch albern aus, wenn du einen leeren Fischtank ohne Wasser durch den Perimeter schieben würdest."

„Wie, ohne Wasser?"

„Es befindet sich Eigentum der Orga im Wasser, und ich kann leider nicht zulassen, dass dieses die Dragon Kerr verlässt. Darauf muss ich leider bestehen."

„Gut, kein Problem. Entschädige Rena für den Tank. Ich werde allerdings einen Teil meiner Technologie nicht unbeaufsichtigt hierlassen." Der Zwerg wirkte ernst und brummig, bis er dann verschmitzt lächelte und beiläufig in die Runde fragte.

„Wusstet ihr übrigens, dass ich zaubern kann? Es wird ein Trick, der dir gefallen wird, Herr Organisator."

Der Zwerg nahm eine der Servietten vom Tisch und zeigte sie von beiden Seiten demonstrativ den Anwesenden. Dann warf er die Serviette hoch. Fing sie wieder auf und hielt sie locker in der Mitte hoch, während die Ränder weit ausgebreitet auf dem Tisch lagen.

„Und nun staunen Sie, werte Zuschauer, hier ist mein Eigentum!"

Mit diesen Worten riss der Zwerg die Serviette wieder in die Höhe. An der vormals leeren Stelle lag nun ein Gegenstand, der einer Mischung aus Elektronikbauteil und funkelndem Edelstein glich. Der Zwerg grinste das Grinsen eines Zauberers, der soeben dem Präsidenten seine Unterhose vor laufender Kamera geklaut hatte.

Der Organisator fand das ebenso grenzwertig wie ebenjener fiktive Präsident, denn das KOM des Organisators klingelte Sturm.

„Was? Wie? Wiederhole das! Schau in der Steuerung nach. Woher ich das weiß? Quatsch nicht, schau nach! Diese Stelle ist genauso gut wie jede andere." Dann erbleichte der Organisator, als er einen Moment später die Antwort erhalten hatte.

„Wie zum Teufel hast du das gemacht, Herr Zwerg?"

„Das, Herr Organisator, ist mein Geheimnis. Ich werde das genauso gut hüten, wie du die deinen hütest, Herr Organisator. Und eines ist klar, dieses Artefakt wird da hingehen, wo ich hingehe. Es steht dir natürlich frei, es durch eigene Technik ersetzen zu lassen, aber ich kann versichern, dass das nicht günstiger wird. Die Empfehlung der Spezialisten würde ich allerdings abwarten, Herr Organisator."

Der Zwerg lehnte sich entspannt zurück, während der Organisator erst den Zwerg mordlüstern anstarrte und dann den Techniker am anderen Ende tadelte und einen unverzüglichen Bericht verlangte, ob das Bauteil aus Lagerbeständen zu ersetzen sei. Die Antwort gefiel dem Organisator nicht, aber er beschloss, die Sache professionell anzugehen.

„Gut. Habe ich noch mehr derartige Überraschungen mit Technik, die du mir verkauft hast?"

„Ich habe dieses Teil bisher nicht verkauft, Organisator. Auf dieser Tatsache bestehe ich. Und hattest du schon mal irgendein

Problem mit der Qualität deiner Waren? Das Wort des Zwerges gilt. Und um eines klar zu stellen, falls du jemals diese Verleumdung wiederholen solltest, sind wir geschiedene Leute. Ich werde dir nicht einmal mehr eine Schraube verkaufen. Ich bestehe auf Seriosität."

„Bis zu deinem Zauberkunststück gab es nicht die kleinste Beanstandung mit deinen Waren, das muss ich zugeben. Also, was sind deine Vorstellungen bezüglich dieses Bauteils?"

„Dieses Bauteil gehört mir und es ist unverkäuflich. Aber", der Zwerg hob die Hand, als der Organisator aufbrausen wollte. „Ich überlasse dir dieses Artefakt, inklusive des technischen Supports durch mich, für die Dauer des gemeinsamen Projektes. Unter der Bedingung, dass beide Seiten über die Weitergabe der Geheimnisse selbst und frei bestimmen. Klingt das nach einem fairen Angebot?"

„Fürchte Zwerge, die Geschenke bringen", entgegnete der Organisator. „Was verlangst du für die Nutznießung als Gegenleistung?"

„Einen eigenen Fisch. Und das Recht, ihn in dieser Einrichtung exklusiv nutzen zu können."

„Du bringst mir einen Fisch und willst den Fisch dann wieder als Gegenleistung?"

„Nicht diesen Fisch, der ist für jemanden bestimmt, der aus dem Inneren gekommen ist. Ich denke da an einen Fisch, den die Dragon Kerr schon vor längerer Zeit bekommen hat."

„Woher willst du das wissen? Zwerg, welche Rolle spielst du in dieser Posse?" Der Organisator reagierte panisch, diese Besprechung verlief ganz und gar nicht nach seinem Geschmack.

„Ich spiele die Rolle des undurchsichtigen Zwergs. Und die Rolle des Vertreters einer dritten, offiziell neutralen Partei. Kabel ins Innere und erkundige dich über mich. Ich vermute, Rena ist von der Orga schon überprüft worden?"

„Das ist eine Entwicklung, die ich erst mit meinen Vorgesetzten besprechen muss. Ich vertage bis auf weiteres und entschuldige mich hiermit. Haltet euch in eurem Quartier bereit, für den Fall, dass ich relativ kurzfristig diesen Komplex betreffende Anweisungen bekomme."

Der Organisator sah aus, als ob ihm etwas auf den Magen geschlagen hätte. Ein aufmüpfiger Zwerg und eine dubiose dritte Partei. Er hatte mit den bisher vorhandenen Parteien bereits mehr als genug Ärger. Nun, die Registratur würde wohl ihre Zeit bekommen, um die Dokumente ordentlich aufzunehmen und abzulegen.

Auch eine unwillkommene Pause ist immer noch eine Pause. Der Organisator beschloss, diesen Satz als Trost aufzufassen. Es würde ein paar Kommunigramme mit seinen Vorgesetzten und mit dem Inneren bedeuten, aber in der Zeit würde das Umbauprojekt erstmal auf Eis liegen. Die Zeit würde Rat bringen, das tat sie meistens.

25. Fortschritte

Organisator Hamji hatte ein zusätzliches Labor und neue Mitarbeiter bekommen. Eigentlich hätte er glücklich sein sollen. Das Dumme war nur, er war zwar von Seiten der Orga zum Projektleiter ernannt worden, aber bei vier seiner neuen Mitarbeiter hatte er nicht viel zu melden.

Rena und der Zwerg waren noch relativ pflegeleicht, aber bei Ida und Alofan hatte er keine Ahnung, was die beiden in diesem Projekt wollten, außer sich als Projektleiter aufzuspielen. Dummerweise besaßen beide offensichtlich einiges an Erfahrungen mit großen Projekten und im organisatorischen Bereich. Und, was noch schlimmer war, offenbar auch mehr Informationen zum aktuellen Projekt. Informationen, mit denen sie nur häppchenweise herausrückten. Organisator Polanz war auch keine große Hilfe. Fast erschien es Hamji so, als verzögere Organisator Polanz das Projekt mit Absicht.

„Organisator. Träumst du?"

„Was?" Hamji wurde jäh aus seinen Gedanken gerissen. Ida von Querlitzenfall stand vor ihm und hielt ihm einen Plan und eine Stückliste entgegen.

„Ich war in Gedanken. Auf den aktuellen Status dieses Projektes bezogen. Was kann ich für dich tun?"

„Hier sind die neuen Pläne für den Umbau der Versuchsanlage. Der Zwerg und ich haben den Plan und die Stückliste nach den letzten Ergebnissen entworfen. Rena benötigt deine Unterschrift für die Bauteile."

„Umbauen? Schon wieder? Die Testanlagen ähneln mehr einem Freizeitpark für Fische, denn einem wissenschaftlichen Versuchsaufbau."

„Wir bekommen Messwerte. Und wir haben eine Separierungskammer für die Untersuchungen."

„Ohne ordentliche Computer können wir die Daten hier nicht auswerten. Und die Fische kommen und gehen, wann sie wollen. So kann ich meine Versuchsreihen nicht ordentlich durchführen. Ich bin Biochemiker, kein Flohhirte."

„Wir kabeln die Daten regelmäßig in das Innere und bekommen von dort die Auswertungen zurück. Und die Fische sind Lebewesen, keine Reagenzgläser."

„Es wäre mir trotzdem lieber, wir hätten hier bessere Datenverarbeitungsmöglichkeiten, als mit diesen Röhrenapparaten. Was ist mit unserem letzten Fisch? Er ist fast intelligent, woher kommt diese Intelligenz?"

„Fisch nicht nur fast Intellekt. Mensch Fisch beleidigen! Fisch Rechte!"

Der Organisator erschrak. Der Fisch hatte die Unterhaltung offensichtlich mitbekommen und meldete nun auch noch Ansprüche an. Dummerweise konnte Hamji den Fisch nicht einfach aus dem Becken nehmen und sezieren. Der Fisch hatte in der Tat Rechte. Hamji atmete langsam ein und noch langsamer wieder aus. Dann entschloss er sich, dass man mit Höflichkeit weiterkommen würde.

„Entschuldige, Fisch, Mensch ist frustriert. Was hält Fisch von Umbauplänen für Umgebung?"

„Fisch versteht nicht. Fisch fragt Brüder und Schwestern. Bitte warten."

Der Fisch, beziehungsweise die genetisch veränderten Fäden, die den Fisch durchzogen, leuchteten auf und blaues Licht umgab ihn.

„Verdammt! Ist das Tschechow-Strahlung?" Organisator Hamji wich panisch zurück. „Wir brauchen dringend Strahlungssensoren an dem Versuchsaufbau!"

„In der Tat. Steht auf der Stückliste. Die Positionen Vierzehn, Zweiundzwanzig und Achtundneunzig." Ida deutete auf das Papier, das sie ihm immer noch hinhielt.

Hamji warf einen ernsthaften Blick auf den Plan und die Liste. Die Umbauten würden nicht billig werden, aber der Entwurf sah durchdacht aus. Dieses Mal würde er ihn nicht stundenlang gegenprüfen.

„Die Pläne sehen gut aus. Ich muss allerdings noch eine Kalkulation für die Orga machen, vorher kann ich das leider nicht unterschreiben. Und ich habe noch Versuchsreihen laufen, die ich nicht unterbrechen kann."

„Ich kann die Kalkulationen für dich erledigen. Ich habe jahrelang für die Verwaltung auf Lotus und auf Secundus Al Catraz gearbeitet."

„Und in Proxima Centauri, ich bin informiert. Gut, versuche es, in meinem Büro gibt es ein Handbuch und die Vorlagenblätter. Es könnte das Projekt vielleicht doch noch vorwärtsbringen."

„Wir machen Fortschritte, es geht nur nicht so schnell, wie es eigentlich könnte, Organisator."

„Fisch an Menschen. Brüder und Schwestern haben Antwort. Mensch benötigen mehr Fische wie Fisch", unterbrach der Fisch.

Ida und Hamji schauten sich gegenseitig an und fragten dann unisono: „Wie?"

„Fisch fragt Brüder und Schwestern. Brüder und Schwestern sagen, mehr Fisch. Wie machen Menschen sonst mehr Fisch? Denken an Bienchen und Blümchen. Fisch versteht nicht, was haben Bienchen und Blümchen mit Fisch zu tun? Können nicht schwimmen!"

Organisator Hamji und Ida schauten sich weiter an und beide wurden schlagartig rot im Gesicht. Dann grinste Ida.

„Ein Job für Alofan, der hatte ein Praktikum beim Fischmeister von Plaza de Fozillios."

„Setze das mit auf die Liste. Einen männlichen Fisch haben wir ja, fehlt nur noch der kompatible weibliche Gegenpart."

„Der Fisch ist eigentlich ein Weibchen", widersprach Ida. „Zumindest war er das nach meinen Tests im Labor des Zwerges. Hat sich das geändert?"

„Die Chromosomen waren da nicht eindeutig. Und wie gesagt, ich bin Biochemiker, kein Biologe."

„Gut, ziehen wir einen Experten für das Problem hinzu."

„Wer soll das sein?"

„Lassen wir Alofan das Problem lösen", schlug Ida vor. „Du kümmerst dich um die Versuchsreihen und ich mache die

Kalkulationen für die nötigen Umbauten, sobald ich eine erste Einschätzung von Alofan habe. Aber zeichne mir bitte vorher die Strahlungssensoren ab, die benötigen wir so oder so. Rena kann die Sensoren zur Not noch versetzen, wenn sich die Konfiguration ändert."

Der Organisator nickte. „Formblatt 17b: dringende Beschaffungen - Laborsicherheit. Das geht am schnellsten. Und du, Fisch: Gespräche mit deinen Geschwistern ab jetzt nur im großen Zentraltank."

„Fisch versteht nicht. Was Geschwister? Reden mit viel schwimmen umständlich. Bei Blinker geht schneller."

„Geschwister sind Brüder und Schwestern. Fisch reden in Ruhe mit Brüdern und Schwestern und dann mit Menschen."

„Schwierig. Fisch vergisst schnell, was Brüder und Schwestern sagen."

„Menschen überlegen Lösung für Blinkermaschine", versprach Ida. Der Organisator blickte flehend zum Himmel. Die Kosten!

„Menschen fragen Zwerg! Sagen Geschwister von Fisch."

„Das würde Sinn ergeben, der Zwerg hat den Tank konstruiert", überlegte Ida.

„Gut, lassen wir den Zwerg das Problem lösen. Fisch, wir probieren es erstmal mit Schwimmen zu Mitte Tank für Geschwister und Rand für Menschen. Kannst du dir das merken?"

„Fisch nicht dumm. Fisch nicht Mensch, Fisch Fisch. Fisch redet mit Fisch wenn Fisch will."

Hamji stutzte und schaute Ida an. „Hat der Fisch uns gerade beleidigt?"

„Das hörte sich jedenfalls so an."

„Das glaubt mir niemand. Na gut. Ida, reden wir mit Alofan und dem Zwerg. Ich sehe keine Probleme, die sich nicht lösen ließen."

Dieser Optimismus wurde durch das Schrillen einer Alarmglocke jäh gedämpft. Schlagartig fiel überall die Energie im Labor aus und die Lüftung lief auf Hochtouren. Im trüben chemischen Notlicht konnten Ida und Hamji Alofan erkennen, der auf sie zulief. „Die Sensoren der Lebenserhaltung haben angeschlagen. In der Luft ist ein deutlich erhöhter Anteil von Wasserstoff und Sauerstoff enthalten. Was immer ihr auch hier getrieben habt, wir sollten warten, bis sich die Atmosphäre hier normalisiert hat."

„Das war Position 1 auf meiner Liste. Ein Katalysegitter zur Neutralisierung des freien Wasserstoffs in der Luft."

„Um Gottes willen, wo kommt denn nun wieder der Wasserstoff her? Gibt es eine Elektrolyse-Reaktion irgendwo im Labor?"

„Das müssen wir noch überprüfen, aber diese Werte treten verstärkt auf, wenn der Fisch mit seinen Geschwistern redet. Und der Fisch redet offenbar viel länger mit seinen Geschwistern, wenn wir ihm Neues lehren oder ihn unter Druck setzen. Wenn er sich bedroht fühlt, dann steigen die Werte sprunghaft an", dozierte Ida.

„Wann hattest du vor, mich darüber zu unterrichten?"

„Auf der Besprechung, die kurzfristig abgesagt wurde."

„Äh, die holen wir sofort nach. Das Labor muss evakuiert werden."

„Mein Reden und jetzt raus hier!", machte Alofan sich Luft und scheuchte die beiden zum Ausgang.

26. Schweres Wasser

Rena bekam die angeforderten Strahlungssensoren quasi in Rekordzeit. Und sie erhielt jede nur erdenkliche Hilfe und Unterstützung, sie zu installieren. Das hatte einen einfachen Grund. Bis zur Fertigstellung des Sensornetzes zur Gefahrenüberwachung ruhten alle Experimente. Der Einbau verlief problemlos. Die Sensoren wurden bis auf wenige Ausnahmen außen am Versuchsaufbau befestigt und dann mit einer zentralen Messstation über Kabel verbunden. Probleme bereitete dann allerdings die Kalibrierung.

„Das Wasser ist radioaktiv! Jetzt weiß ich, warum die Wichser mich hier alleine in Ruhe arbeiten lassen. Die feinen Herren Wissenschaftler wollen sich keine Strahlendosis einfangen. Eine Schweißerin ist wohl entbehrlich!" Rena war nicht begeistert, als die ersten Messanzeigen zu sehen waren.

„Beruhige dich, Rena. Das Strahlungsniveau ist nur leicht über dem Standardwert. Nichts wirklich Kritisches. Schau, der Tauchsensor, den ich gebaut habe, zeigt deutlich höhere Werte", beschwichtigte sie der Zwerg. Rena und der Zwerg schauten gebannt auf die Skala, die die Werte für den Tauchsensor anzeigten. Der Zwerg hatte den Sensor an seinem Kabel direkt in die Mitte des großen Zentraltanks positioniert.

„Normalerweise sind mitten im Wasser die Werte am niedrigsten, aber hier sind sie höher und sie schwanken? Lass mich den Monitor des Tauchers überprüfen, vielleicht ist der Sensor defekt oder die Kalibrierung stimmt nicht mehr."

Der Zwerg zog die Überreste der Monitoreinheit zu sich, die er, unter enormen Protest von Organisator Hamji und des Konstrukteurs, ausgeschlachtet und teilweise in seine Tauchsonde verbaut hatte. Dem Zwerg war es deutlich sinniger erschienen, Aufnahme- und Anzeigegeräte zu trennen und über eine längere Leitung miteinander zu verbinden. Etwas Probleme hatte es bereitet, die Tauchsonde wasserdicht zubekommen, aber auch das hatte schlussendlich funktioniert. Zuletzt noch durch die Tatsache, dass die Kapsel über eine Gasflasche mit Edelgas unter einen Druck gesetzt wurde, der den Druck im Wasserbecken überstieg. Gekühlt wurde die Tauchsonde über Metallrippen, die in das Wasser hereinragten.

Der Zwerg schaltete die Kamera im Inneren ein und das Bild baute sich langsam mit der Erwärmung der Aufnahme- und Anzeigegeräte auf Betriebstemperatur auf. Er konnte erkennen, wie einige der Fische neugierig auf die Sonde zu schwammen. Die Anzeige schwankte leicht mit der Annäherung der Fische an die Kamera. „Sind die Fische die Quelle der Strahlung?", wunderte sich Rena, die den Strahlungssensor und das Monitorbild im Auge behalten hatte.

„Hm, teils, teils, würde ich sagen. Ein paar leuchten auf dem Sensor auf, andere sind inaktiv. Aber das Wasser dämpft die Strahlung und die Fische sind nicht permanent aktiv, die Strahlung steigt und fällt unregelmäßig, wenn ich das Bild richtig deute." Die Anzeigen stellten den Zwerg vor ein Rätsel.

„Der dicke Fisch mit den leuchtenden Fäden ist doch unser Morsefisch, oder?" Rena hatte einen besonders auffälligen Fisch gefunden.

„Fragen wir ihn, ob er es ist", schlug der Zwerg vor und schaltete die Gegensprechanlage mit dem Morse-Sprechwandelmodul ein, das der Zwerg aus seinem Fundus beigesteuert hatte. „Hallo, Fisch, bist du da und kannst uns hören?"

„Fisch kann Menschen hören. So sprechen besser? Fisch mag schwimmen und sprechen. Besser als nicht schwimmen und sprechen. Fisch teilt Freude mit Geschwistern."

Beim letzten Satz schnellten die Strahlungswerte empor. Und auf den Monitoren konnten sie die blaue Tschechow-Strahlung im Wasser wieder erkennen. Die anderen Fische verzogen sich fluchtartig aus der Nähe des Morsefisches.

„Unser Freund leuchtet auf, als ob er kalte Fusion betreiben würde. Die Strahlung in seinem direkten Umfeld würde einen Menschen innerhalb kurzer Zeit töten, würde sie permanent und nicht nur in ultrakurzen Schüben auftreten. Das Wasser schwächt die

Strahlung aber innerhalb kürzester Strecke auf absolut ungefährliche Werte ab."

„Ist das Wasser deshalb leicht radioaktiv?"

„Das liegt wahrscheinlich eher daran, dass das Wasser einen hohen Anteil an schwerem und überschwerem Wasser enthält. Der Fisch muss daraus Deuterium und Tritium abspalten und in den Fäden sammeln. Aber wie die Fäden dann eine kalte Fusion hinbekommen, das geht nicht mit rechten Dingen zu."

„Selbst nach deinen Maßstäben?", witzelte Rena.

„Na, soweit würde ich jetzt nicht gehen." Der Zwerg lachte. „Aber die Wissenschaftler hier werden sich für Wochen nicht mehr einkriegen."

„Alle anderen auch nicht, wenn die versuchen, noch mehr von diesen Monsterfischen zu züchten."

„Fisch hat Geschwister gesprochen. Nachricht. Frage von Menschen bei Geschwister. Wollen wissen Status. Was Fisch sollen sagen?"

Die Anzeigen waren kurz nach oben geschnellt, der Fisch war ein gutes Stück von der Tauchsonde entfernt geblieben, die Qualität der Verbindung hatte dadurch allerdings nicht gelitten.

„Zwerg an Fisch. Leite Nachricht an andere Menschen weiter, müssen erst reden Mensch mit Mensch hier. Warum Nachricht nur kurz gedauert? Nachricht an Geschwister hat länger gedauert."

„Fisch reden viel mehr mit Fisch. Interessanter. Mensch nur kurze Frage. Mensch reden einfach. Fisch sind komplex."

„Das glaubt uns keiner, dass der Fisch das jetzt gesagt hat", meinte Rena kopfschüttelnd.

„Es kann schon sein, dass die Fische ziemliche Schwätzer sind. Ich habe da eine Theorie."

„Verrätst du die mir?"

„Nein, das müsst ihr Menschen unter euch klären. Die aus dem Inneren, die den Fisch erzeugt haben, werden dazu einiges wissen, oder sich erhofft haben."

„Was auch immer. Ich gehe die Häuptlinge holen. Das ist mir hier drinnen eine zu strahlende Zukunft."

„Ah, in einer Sonne ist mehr los", scherzte der Zwerg.

Rena drückte den Summer am Interkom. Es dauerte nicht lange, bis sich eine Stimme am anderen Ende meldete.

„Was kann ich für dich tun?"

„Schicke bitte nach Organisator Hamji, Ida von Querlitzenfall und Alofan Haragieri. Sie sollen sofort ins Labor kommen. Es liegen neue Erkenntnisse vor."

„In Ordnung. Wir leiten die Nachricht weiter, allerdings befinden sich die Gesuchten gerade bei Organisator Polanz in einer Besprechung."

Rena legte auf. Die Bürokratie in der Dragon Kerr ging ihr gewaltig auf die Nerven.

Sie wunderte sich deshalb gewaltig, als sich nach nicht einmal fünf Minuten die Gewünschten und Organisator Polanz mit der vor seiner Zeit ergrauten Gestalt des Registrators das Labor betraten.

Rena erstattete kurz Bericht und wurde dann zusammen mit dem Zwerg aus dem Labor hinauskomplimentiert, als sie erwähnte, dass sich die aus dem Inneren gemeldet hatten.

„Was sollte denn das jetzt?", wunderte sie sich.

„Denk dir nichts dabei. Wir haben nur eine einfache Freigabe für das Labor. Die basteln jetzt wohl an geheimeren Sachen herum. Aber vielleicht weihe ich dich später mal ein."

„Lass das bloß nicht diese Spinner von der Wache hören, die sind erschreckend humorlos."

„Ich gewähre dir Asyl." Der Zwerg grinste anzüglich. Rena schlug ihm freundschaftlich auf den Arm und beide zogen sich in ihr Quartier zurück.

27. Zwischenstand

Die Organisatoren und der Leiter der Registratur hatten das Labor noch einmal gründlich abgeschritten und dann das Labor versiegelt, bevor Organisator Hamji die Tür zu dem verschlossenen kleinen Abstellraum aufschloss, in der der Fernschreiber mit der Verschlüsselungseinheit aufbewahrt wurde.

Der Organisator schob den Rollwagen neben die Kontrollstation für die Tauchsonde und verband das Cryptomodul mit dem Datenport der Einheit. Dann richtete Organisator Polanz seine Worte an den Fisch.

„Organisator Polanz von der Orga an das Innere. Bitte kommen."

„Fisch versteht nicht dicken Menschen. Menschen hier, sind Menschen hier. Menschen im Inneren sind nicht mehr Menschen im Inneren, wenn kommen her. Menschen im Inneren sind nur Menschen im Inneren, wenn Menschen bleiben im Inneren."

„Was? Soll das ein Scherz sein? Dafür werde ich dem Zwerg und seiner ... Mitarbeiterin die Essensrationen kürzen."

„Sei nicht so hart mit den beiden. Die Kommunikation über den Fisch hat seine Tücken. Lass es mich versuchen", bat Ida. Der Organisator nickte und deutete schulterzuckend auf die Gegensprechanlage des Überwachungspultes.

„Hallo, Fisch, wie geht es dir?"

„Hallo, Mensch, Fisch geht gut, aber Fisch Hunger und Wasser dünn."

Ida blickte Organisator Hamji an, der auf die Fütterungstabelle schaute. „Ja, die Fütterung ist überfällig, durch die Umbauten ist eine Gabe ausgefallen. Die Fische verhungern deswegen aber nicht gleich. Das Wasser sieht in Ordnung aus, aber ich nehme eine Probe zur Analyse. Ich würde vorschlagen, erst einmal die Kommunikation mit dem Inneren zu versuchen."

„Gut, ich versuche den Fisch zu überreden. Fisch, kannst du Geschwister fragen, ob Menschen aus Inneren mit uns reden wollen?"

„Fisch fragt. Geschwister sagen, Menschen aus Innerem wollen reden."

„Gut wir schalten auf Fernschreiber, sobald alle bereit sind."

„Fisch bereit. Geschwister bereit. Menschen aus Innerem bereit."

„Gut. Umschalten in drei, zwei, eins."

Ein Klicken eines Schalters an der Empfangseinheit kündigte die Konfiguration der Verbindung an und der Fernschreiber fing an zu rattern. „Kommunikationskanal offen, bitte um Bestätigung Empfang", las der Registrator vor.

„Bitte bestätigen und das Senden unseres Berichtes ankündigen."

Der Registrator tippte ein paar Zeilen in den Fernschreiber. Es kam noch eine kurze Nachricht zurück und dann öffnete der Registrator einen Koffer, den er mitgebracht hatte, und verband die Koffer mit einem zweiten Anschluss an dem Fernschreiber. „Den Mikrofilm bitte, Herr Organisator."

„Funktioniert das denn?", fragte Organisator Polanz, fummelte dann aber eine kleine Dose von seiner Halskette und reichte sie dem Registrator.

„Ich denke schon, die Tests in der Registratur waren erfolgreich. Ich starte die Wiedergabe der Mikrolichtkarte. Jetzt."

Der Registrator legte den Inhalt des Döschens in ein Fach in der Mitte des aufgeklappten Koffers und tippte dann ein paar Kommandos in den Fernschreiber. Blinkende Lichter und das Rattern des Fernschreibers kündigten an, dass die Apparatur im Koffer reagierte. Ein anderes Kommando in den Fernschreiber eingetippt erzeugte eine Rückmeldung vom anderen Ende der Verbindung über die Fische. Schließlich startete der Registrator die Datenübertragung von der auf Mikrofilm gebrannten optischen Lochkarte.

Die Apparatur im Koffer summte und klickte hektisch, während der Fernschreiber in kurzen Abständen einen Punkt nach dem anderen auf das Endlospapier zauberte.

„Ist der Apparat in Ordnung?", erkundigte sich Organisator Polanz besorgt.

„Natürlich, Herr Organisator. Ein Punkt zeigt an, dass jeweils eintausend Zeichen übertragen und empfangen wurden."

„Dann ist es ja gut", beruhigte sich der Organisator.

„Das würde ich so nicht unbedingt sagen", schob Alofan ein. „Das Wasser um den Fisch herum kocht förmlich und der Fisch schwimmt wie verrückt um die Sonde herum."

„Von den Strahlenwerten mal ganz abgesehen", fügte Ida hinzu.

„Sind die kritisch?", wollte Organisator Polanz besorgt wissen.

„Nein, Organisator. Direkt neben dem Fisch wären die tödlich, aber nach einem Meter Wasser ist sie fast vollständig verschwunden. Bei den Sensoren am Rand kommt nur noch messbar etwas an. Wenn es den Fisch nicht stört, können wir weitermachen."

„Sag uns, wenn wir abbrechen müssen. Wir haben noch zwei weitere Mikrofilme mit Daten. Was meinst du, Hamji?", rief Organisator Polanz über das Rattern und Klicken hinweg.

„Das sollte in Ordnung gehen. Im Wasser sind genug Deuterium und Tritium vorhanden. Wir sind auf 80 Prozent des vertretbaren Niveaus. Ich würde aber gerne nach der Übertragung den Verbrauch bestimmen."

„Sie wissen schon länger von der kalten Fusion?", warf Ida verstimmt ein.

„Wir haben es vermutet, nachdem uns frühere Versionen von Fisch eingegangen sind, nachdem die Anteile an schwerem und überschwerem Wasser aus dem Aquariumswasser verschwunden waren. Aber das war über einen sehr langen Zeitraum. So deutlich ist das vorher nie aufgetreten. Das ist ein Durchbruch!"

28. Der Durchbruch

Die Gegenstelle im Inneren zeigten sich begeistert. Kurz, nachdem die drei Mikrofilme die Daten von der Dragon Kerr übertragen hatten, ratterte schon eine ausführliche Antwort auf dem Fernschreiber herein. Neben lobenden Worten kam allerdings die Frage, wann denn das Observatorium umgebaut sein würde.

Organisator Polanz antwortete verschnupft:

„Wenn die Ergebnisse der Experimente zeigen, dass realer Nutzen in Form von verwertbaren Informationen über unsere Umgebung erzeugt wird, die signifikant über dem liegen, was wir über das Teleskop entdecken. Und beim besten Willen, ich muss reale Ergebnisse sehen, die mich überzeugen. Simulationen in virtuellen Umgebungen reichen nicht."

Die Stimme aus dem Inneren war nicht begeistert.

„Die Zeit läuft uns davon. Bis zum Wendepunkt der Gezeiten muss das Planetarium einsatzbereit sein. Mit dem Abriss des Teleskops muss unverzüglich begonnen werden."

„Das wäre absolut unverantwortlich. Das kann ich in meiner Eigenschaft als Organisator nicht genehmigen!", wehrte sich Polanz.

„Dieses Vorgehen war das Resultat langwieriger Simulationen. Wir finden schneller einen anderen Organisator als einen anderen geeigneten Ort", drohte die Stimme aus dem Inneren.

Polanz ließ sich nicht einschüchtern.

„Definitiv nicht bevor der Wendepunkt der Gezeiten. Ich bin sicher, die im Inneren finden andere Orte im Perimeter, in denen interessante, aber nicht der Schiffssicherheit dienende Experimente willkommen sind. Besonders, wenn dort keine überlebensnotwendigen Anlagen zerstört werden müssen."

„Die Orga hat uns die Dragon Kerr als Experimentalplattform angediehen und vollste Kooperation zugesagt. Wir sind von der Aufschiebung der Zeitplanung nicht angetan."

„Ich will einen überzeugenden Ansatz! Kalte Fusion ist natürlich kein geringer Durchbruch, aber das kann überall im Perimeter angewandt werden. Ebenso ist die nicht messbare, drahtlose Kommunikation über ein organisches Wesen höchst bemerkenswert. Aber das ist trotzdem kein Grund, ein unersetzliches Instrument sinnlos zu zerstören!"

Es herrschte eine Weile Stille, dann ratterte es wieder im Fernschreiber.

„Das Vermehrungsprogramm für den Fisch soll fortgesetzt werden. Installiert mehr Kameras und Sensoren um den Zentraltank herum. Vorschläge für das Vermehrungsprogamm folgen. Vorschläge für die Sensoranordnung folgen. Alle Daten zum Vermehrungsprogramm an Organisator Hamji. Alle Daten zur Technik mit Zwerg besprechen. Das Innere bestätigt die Freigabetauglichkeit des Zwerges für alle dieses Projekt betreffenden Informationen, die vom Inneren geliefert werden. Des Weiteren bestehen wir auf der Ernennung von Ida von Querlitzenfall zur Projektleiterin."

„Ausgeschlossen! Hierfür muss die Orga zustimmen", ereiferte sich Polanz.

„Das ist unser Preis für den Verzicht des Inneren auf den sofortigen Umbau des Observatoriums. Ida von Querlitzenfall ist als frühere stellvertretende Verwalterin des Planeten Lotus für diese Aufgabe mehr als ausreichend qualifiziert. Für den Fall einer Verlegung des Projekts kann die Leitung nicht bei einer ortsgebundenen Stelle liegen. Wir haben beträchtliche Ressourcen des Inneren auf dieses Projekt verwendet. Wir warten die Vorschläge der Orga ab. Nachricht aus dem Inneren Ende."

„Das muss noch diskutiert werden!" Organisator Polanz war alles andere als glücklich. „Sende einen formalen Protest, Registrator!"

„Das ist nicht möglich, die Verbindung ist blockiert. Die Gegenstelle antwortet nicht."

„Fisch braucht Pause. Geschwister antworten nicht."

Polanz lief rot an, aber Hamji kam ihm zuvor.

„Wir sollten dem Fisch und der Anlage etwas Ruhe gönnen und die Strahlungswerte abklingen lassen. Ich würde gerne eine

Wasserprobe nehmen und den Gehalt an Deuterium und Tritium bestimmen. Ich möchte die Verluste von Versuchseinheiten bei Unterschreitung der Minimalwerte zu bedenken geben."

„Gut. Von mir aus. Und die neue Projektleiterin erhält deine Ausarbeitungen für den weiteren Ablauf des Projektes. Ich bin in meinem Büro und werde mich um den Rest des Schiffes kümmern. Einen vorläufigen Bericht möchte ich morgen früh auf meinem Schreibtisch haben. Eine gute Spätschicht wünsche ich."

„Was ist mit den Dokumenten, Organisator?", wandte der Registrator ein.

„Die werden registriert und gestempelt, Einstufungen wie gehabt. Die Verteilung der Dokumente hat das Innere ja mitgeteilt. Das solltest du hinbekommen, Herr Registrator", brummte Organisator Polanz und schritt zügigen Schrittes Richtung Ausgang. Musste dort aber anhalten, da das Labor noch versiegelt war. Seine Stimmung wurde dadurch nicht besser.

„Die Übertragung ist beendet. Setzt das Cryptoequipment auf Null und packt den Fernschreiber wieder in seine Kammer. Mit dem Material. Sobald ich das Labor verlassen habe, kann es von mir aus in so viele Sperrzonen unterteilt werden, wie ihr wollt."

Organisator Hamji und der Registrator bauten die Fernschreiberverbindung wieder auf ihre vorhergehende Konfiguration zurück und verstauten alles in der kleinen Abstellkammer des Fernschreibers. Erst danach hob der Registrator die Versiegelung des Labors auf.

Alle atmeten erleichtert aus, als die Tür hinter Organisator Polanz zufiel. Beim Hinausgehen konnte man noch hören, wie er den Wachen vor dem Labor befahl aufzupassen, dass keine Dokumente ohne die Erlaubnis des Registrators das Labor verlassen oder eingeführt werden durften.

„Na, das hat ja super geklappt. Und was nun, Frau Projektleiterin?", zog Alofan Ida auf.

„Na, wie gehabt. Hamji und du, ihr kümmert euch um die Vermehrung des Fisches, und der Registrator und ich kümmern uns um die Unterbringung des neuen Verschlusssachenmaterials. Wir müssen damit irgendwie vernünftig arbeiten können. Und wenn wir Rena hier ein paar Kabinen unter die Decke schweißen lassen!"

29. Unter Hochdruck

Rena hatte dann doch nichts unter die Decke schweißen müssen. Es wurde ein Durchbruch zu den benachbarten Räumen. Es war eine ähnliche Suite, wie sie Rena, Ida, der Zwerg und Alofan bewohnten. Die Räumlichkeiten standen leer und so fungierte Rena einen der angrenzenden Räume zu einem Beobachtungsraum und den anderen zu einer improvisierten Schleuse um. Das hieß, in einen der Räume schnitt sie ein großes Loch für ein Fenster und in den anderen zwei Löcher, ein kleines hochkant stehendes rechteckiges und ein großes hochkant stehendes Loch von den Ausmaßen einer Tür. In die beiden gegenüberliegenden Räume zog der Registrator mit einer neuen Unterabteilung der Registratur ein.

Ida hatte sich einen Schreibtisch in den Durchgangsraum stellen lassen, während im Raum nebenan eine Konferenz mit externen Experten die nächste jagte. Es gab auf beiden Seiten des großen Fensters Sichtblenden und der Registrator persönlich stellte vor jeder Besprechung sicher, dass die Sichtblende die richtigen Einstellungen hatte.

Der Zwerg und Rena waren mit der Platzierung der Sensoren schnell fertig und so lungerte der Zwerg bei vielen der Besprechungen von Organisator Hamji und Alofan mit den externen Experten herum und machte mal mehr, mal weniger hilfreiche Bemerkungen. Erst sah es so aus, als ob der Zwerg stören würde, aber er sorgte für gute Stimmung und ab und zu kam eine Bemerkung, die unauffällig das jeweilige Projekt ein kleines, aber bedeutendes Stück voranbrachte. Rena hingegen genoss ihre freie Zeit und verbrachte sie in den öffentlichen Freizeitbereichen der Dragon Kerr. Oder führte philosophische Gespräche mit dem Fisch. Alofan und Hamji dagegen kamen nicht so recht vorwärts. Hamji wirkte frustriert, als er seine Notizen durchblätterte.

„Mir ist immer noch schleierhaft, wie sich der Fisch vermehren soll und wie er dabei seine Fähigkeiten weitergeben kann. Die Fäden in seinem Körper sind nicht fassbar. So als ob es sie nur zufällig in diesem Fisch gäbe. Die Fäden und die irdische DNA sind zwei Dinge, die eigentlich vollkommen unvereinbar sind. Als Verbindungsglied kommen nach dem aktuellen Stand der Forschung nur Verbindungen in Frage, die es sowohl in der irdischen oder abgeleiteten Biologie und der lokalen Biologie des Außerhalb gibt."

„Methan, Ammoniak und Schwefelwasserstoff", warf Alofan sein Wissen in den Ring, schränkte dann aber gleich wieder ein:

„An der Stelle bin ich mit meinem Kenntnissen über Fischzucht und Gifte mit meinem Latein am Ende. Das ist eine Aufgabe für die Genetiker. Abstrakt gesagt brauchen wir mehr Biomasse. Mehr Fisch oder Fische. Dieses eine Exemplar bekommen wir nicht auf die nach den Berechnungen benötigte Größe. Aus einem Karpfen kann man keinen Wal machen. Wobei wir wieder bei der Vermehrung wären."

„Von dem kleinen Punkt abgesehen, dass ihr immer noch nicht wisst, ob der Fisch männlich oder weiblich ist", warf der Zwerg ein und führte dann nonchalant aus: „Er ist dann doch wohl offensichtlich ein Zwitter. Warum sucht ihr Menschen nicht in der Richtung weiter?"

Alofan und Hamji schwiegen und wippten auf ihren Stühlen hin und her, bis sich schließlich Hamji ernsthaft mit dem Einwand des Zwerges befasste.

„Zwitterhaftigkeit kommt regulär nur bei niedrigen Lebensformen vor."

„Wie zum Beispiel bei Plattwürmern und Nesseltieren?", fragte der Zwerg.

„Richtig." Man sah Hamji an, dass er immer noch von der Themenwahl des Zwerges irritiert war.

„Aber es kommt ab und zu bei Fischen vor. Ich habe eure Wissendatenbank danach befragt und wurde fündig", beharrte der Zwerg auf seinem Standpunkt.

„Karpfen, meinte der Fischmeister", sagte Alofan. »Vielleicht hat der Zwerg recht, aber eventuell sollten wir doch eine Stufe niedriger ansetzen. Ist bei den Vorschlägen aus dem Inneren nichts Brauchbares dabei?"

Hamji blätterte in einem anderen Stapel seiner Notizen und zog dann eine gedruckte Liste hervor. „Auf den ersten Blick eine Mischung von Chemikalien, Enzymen und Gensequenzen. Dann noch einige Ausarbeitungen über Gentransfer bei Bakterien und diverse Pfropfungsmechanismen. Bei höheren Lebewesen ist das ein eher schwieriges Unterfangen, deswegen haben wir das bisher mehr oder weniger ignoriert. Aber bei niedrigeren Lebensformen besteht gute Hoffnung, dass es zum Erfolg führt. Allerdings wäre das ein endloses Ausprobieren."

„Nun, Nesseltierchen beispielsweise leben nicht übermäßig lange und haben schnelle Reproduktionszyklen, oder?", warf der Zwerg ein. Hamji wippte mit dem Kopf und entgegnete:

„Das täuscht, die können hunderte von Jahren alt werden. Aber die Vermehrungsrate lässt sich beschleunigen. Es gibt eine große Bandbreite an Möglichkeiten, wie sich diese Wesen vermehren können und die meisten sind ungeschlechtlich."

Alofan nickte zustimmend.

„Das hört sich fast an wie bei den Hünen. Besonders, wenn man bedenkt, dass im Fisch nicht irdische oder postirdische DNA vorhanden ist, zumindest laut den Angaben der Inneren."

„Über den Aspekt würde ich gern mehr herausfinden, Alofan. Ich bin ein Kind der Peripherie. Dem Inneren bin ich physikalisch nie nähergekommen als bis zur Nebelwand."

„Na, ihr beiden seid, glaube ich, auf dem richtigen Weg. Ich sehe mal, was Rena so treibt, ob sie sich vielleicht langweilt." Der Zwerg tippte an einen nicht vorhandenen Hut und spazierte aus dem Konferenzraum.

„Gut, dann wären wir also bei Nesseltieren. Das hört sich nach Quallen an. Vielleicht sollten wir darauf achten, dass wir keine nehmen, die von Fischen gefressen werden oder selbst Fische fressen", schlug Alofan scherzhaft vor.

„Na vielleicht auch nicht! Das wäre eine gute Möglichkeit, Gene in den Fisch zu bekommen. Ein Versuch wäre es vielleicht wert."

„Fangen wir mit den Quallen an, die vom Fisch gefressen werden. Die andere Variante könnte die Anzahl der Versuche drastisch reduzieren."

30. Versuche

Rena war von den neuen Bewohnern der Tankanlage nicht begeistert. Diese Mistdinger verstopften ihr die Filter. Und wenn sie daran dachte, was da sonst noch alles im Wasser herumschwamm, wurde ihr ganz anders.

Seitdem Alofan und Organisator Hamji immer wildere Mischungen von Hormonen und Enzymen in das Wasser kippten, wimmelte es dort nur so vor neuem Leben. Und von Fischen, die mit Handlungen zur Reproduktion beschäftigt waren, wie Organisator Hamji es poetisch umschrieb. Kurz, das Becken war voll mit fickenden Fischen. Rena war sich sicher, dass dieser Chemiecocktail auch durch ihre Gummihandschuhe wirkte. Zwerg war seitdem Feuer und Flamme für das Projekt.

Aber wenigstens hatte er ihr bei der Konstruktion eines besseren und wartungsfreundlichen Vorfilters geholfen. Ein kleiner, aber leistungsstarker Hydrozyklon trennte die meisten Schwebteilchen und den Schaum vom Wasser ab. Zudem hatte Rena einen innen am Beckenrand schwimmenden Überlauf eingebaut, der das Hauptbecken freispülte. Alle Zuleitungen zum Hauptbecken pumpten jetzt Wasser in das Becken und das Wasser floss über den Überlauf wieder ab. Das System funktionierte und die Filter verstopften deutlich weniger.

Während Rena sinnierend auf die Filteranlage schaute, ging es in der Mitte des Beckens wieder rund. Der Fisch versuchte sich an der Fortpflanzung mit dem, was da so um ihn herumschwamm. Und das sah nicht wirklich nach Fisch aus, was da so passierte. Es leuchtete, es blubberte und es wirbelte. Eigentlich war der Anblick besser als der Blick durch das Teleskop. Hypnotisch und leider auch stimulierend.

„Na, Rena, schaust du schon wieder den Fischen beim Ficken zu? Der Zwerg muss schon ganz wund sein."

„Was?" Ida hatte Rena kalt erwischt. „Also, das geht dich ja jetzt nichts an."

„Du und der Zwerg wohnt in der Suite, in der ich auch zufällig wohne."

„Hallo? Und was ist mit Alofan? Ihr spielt auch nicht den ganzen Abend Scrabble, oder?"

„Wir sind aber dezenter und vor allem leiser."

„Ja, ja, erzähl das Quin Ho. Der ist so lange tot, der hört nichts mehr. Und wäre es möglich, das Thema zu wechseln? Ich bin jetzt schon wuschig genug."

„Nicht, wenn im Tank nichts passiert, das spannender wäre."

„Ja, danke, du mich auch. - So lange haben die noch nie am Stück geleuchtet. Da ist was im Gange!"

„Versuchst du abzulenken?"

„Nein, schau doch selbst!"

„Du hast recht. Organisator Hamji! Laufen die Aufnahmegeräte?"

„Den brauchst du nicht zu stören. Der Ringbuffer läuft immer mit. Du musst nur innerhalb der nächsten halben Stunde den Puffer auf Film übertragen lassen."

„Woher ... vergiss es. Organisator Hamji! Du verpasst den großen Durchbruch!"

Das war offenbar das Schlüsselwort gewesen, denn der Organisator eilte mit wehendem Laborkittel herbei und schaute ebenfalls in das Becken.

„Wie lange geht das schon? Läuft der ...? Ah, Rena, danke. Ich vergaß, dass deine Freigabestufe erhöht worden ist. Ich lege eine Filmrolle in den Überspieler ein."

Hamji verschwand in Richtung der Aufnahmegeräte. Während Ida ihren Blick zu den Kamerasystemen schweifen ließ, entdeckte Rena eine Veränderung in der Mitte des Beckens.

„Der Fisch wird irgendwie unscharf, er entrückt, und die Quallen um ihn herum leuchten wie die Weihnachtsbäume der Kühlschiff-19-Leute. Schade, dass die Tauchsonde nicht mehr funktioniert."

Damit war Idas Aufmerksamkeit geweckt, die nun ebenfalls hochkonzentriert mit zusammengekniffenen Augen in das Becken starrte.

„Die hat der Fisch bei seinem letzten Tête-à-Tête gegrillt. Das dauert noch eine Weile, bis wir alle Teile für eine neue zusammenkriegen - wenn überhaupt. Aber die Kameras am Rand sollten eigentlich Bilder liefern, die genauso gut sind. Moment, wo ist der Fisch plötzlich hin?"

„Äh ja, der ist weg!" Renas Erstaunen wich schnell der Faszination über die weiteren Veränderungen im Versuchstank. „Dafür sehen die Quallen plötzlich nicht mehr wie Quallen aus. Es sieht so aus, als ob sich der Fisch in die Quallen kopiert hätte." Ida konnte Rena nur zustimmen.

„Du könntest recht haben. Die Quallen mutieren rasant, die sehen jetzt aus wie kleinere Ausgaben des Fisches."

Rena drückte auf den Knopf der neuen Gegensprechanlage, die der Zwerg aus den Überresten der Tauchsonde gebastelt hatte.

„He, Fisch, wie geht es dir?"

„Fisch gut! Fisch verwirrt! Fisch jetzt viele. Viele immer noch Fisch. Fisch nicht mehr alleine. Fisch will reden mit Brüdern und Schwestern. Fisch findet nicht mehr Brüder und Schwestern. Fisch sieht viele wie Fisch, aber viel größer. Mach das gehen weg! Fisch findet Geschwister nicht, wenn große Fische da! Fisch Panik."

Mit diesen Worten stob der neu entstandene Fischschwarm auseinander. Zurück blieben unzählige kleinste Quallen, die leuchteten und sich zu einer Art lebendigem Bild formten. Rena spielte an den Anzeigen des Interkoms herum, bis sie das Gewühl in der Mitte des Monitors eingependelt hatte. „Das sieht aus wie ein Sensorecho. Ich habe einige Dokumentationen über Linias Prototypen aus der Secundus Al Catraz Zeit in meiner Ausbildung gesehen, und einer zeigte so ein Bild an." Ida schob Rena zur Seite, um einen besseren Blick auf den Monitor zu bekommen. „Das könnten Hünen sein. Die Schlängelbewegungen kommen mir bekannt vor. Die kleine Wolke in der Mitte muss der Fisch sein. Und die zusammengepressten Punkte da könnten seine Geschwister sein. Oder ein Hüne, der von Fischen zusammengepresst wird."

„Möglich, aber dafür braucht man jetzt viel Fantasie. Wenn ich das richtig deute, verstehe ich, warum der Fisch Probleme hat, seine

Geschwister zu finden. Die gehen in dem Signal des Hünen unter. Wenn es denn ein Hüne ist."

„Rede mit dem Fisch, vielleicht kriegst du ihn dazu, seine Geschwister zu finden. Die im Inneren wollen bestimmt wissen, was los ist."

„Das können wir uns vielleicht sparen. Die zusammengepressten Punkte bilden eine Brücke zu der Wolke. Und die größere Wolke zieht sich wieder etwas zusammen."

„Ja, stimmt, die Fische sind wieder in den Haupttank zurückgekehrt."

„Fisch wieder sprechen mit Brüdern und Schwestern. Fisch viele und eins. Fisch verwirrt, aber Fisch sieht viel jetzt."

„Hallo, Fisch, kannst du fragen, ob Menschen im Inneren wollen reden mit Menschen hier?"

„Fisch fragt Geschwister. Geschwister fragen Menschen dort. Fisch sagt Bescheid, wenn Geschwister wissen und sagen Fisch."

Ida und Rena grinsten sich an.

„Der Fisch hat eindeutig zu viel mit dem Organisator geredet."

„Bescheid. Menschen aus Inneren jetzt da. Können reden und sehen."

Der Fisch hatte nicht gelogen. Die kleinen leuchtenden Quallen formten zwei bekannte Gesichter. Die von Ida und Olywn von Querlitzenfall. Bevor die Menschen allerdings etwas sagen konnten, fiel ihnen der Fisch ins Wort.

„Menschenfrau doppelt! Auch viel-eins?"

„So ähnlich", antwortete die Ida aus dem Inneren etwas irritiert.

„Die Vermittlungseinheit sollte eigentlich nicht reden."

„Fisch Wesen. Fisch nicht beleidigen. Fisch hat Nachrichten immer weitergeben. Fast."

„Was?"

Rena und Ida lachten laut auf, als sie das Gesicht der beiden aus dem Inneren im Wasser sahen. Die Darstellung der Quallen war so gut, dass man die bestürzten Gesichter erkennen konnte.

„Der Fisch hat vom Zwerg Witze erzählen gelernt", versuchte Ida Perimeter die Lage zu entspannen. Teilweise gelang das, denn Olywn schaute zwar noch grimmig drein, aber Ida aus dem Inneren lachte auch.

„Also ist der schlimmste anzunehmende Zwerg passiert."

„Ja, ja, Schatz. Aber wir haben eine Verbindung und wir können euch sehen. Hat euch der Fisch noch mehr gezeigt?", fragte Olywn lauernd.

„Das könnte man so sagen. Eine ganze Menge viel größerer Fische, die allerdings mehr an gigantische Plattwürmer erinnern", antwortete Ida im Perimeter.

„Das ist beeindruckend. Im Moment sehen wir allerdings nur das Innere des Tanks und etwas vom Labor."

„Die Fische haben die Umgebung dort gezeigt, wo jetzt euer Bild zu sehen ist. Damit muss das wohl aus dem Fokus geraten sein."

„Möglich. Fische, könnt ihr uns die Ansicht auf die Ortung der Hünenwelt zurückstellen?"

„Fisch versteht nicht Menschen aus dem Inneren. Nur Brummen, wenn Menschen aus dem Inneren sprechen."

„Ah, die Sicherung. Ida, könntest du die Fische bitten, die alte Ansicht wieder herzustellen?"

Ida schaute Rena an. Diese zuckte mit den Schultern.

„He, Fisch, zeigst du uns wieder die großen Fische, ohne die Verbindung zu den Menschen im Inneren zu trennen?"

„Schwierig. Fisch müde von Vermehrung. Fisch schwach."

„Oh Mann! Geht das schon wieder los? Fisch, du bekommst nachher Futter."

„Fisch jetzt Futter."

„Vergiss das! Nachher. Ida hat noch ein paar Sardellen von ihrer Pizza."

„Sardellen? Pfui bah. Fisch will Krabben. Erst zeigen Bild, dann Krabben?"

„Deal!"

„Fisch versuchen mit Bild von großen Fischen."

Das Bild der Menschen aus dem Inneren wurde blass, aber verschwand nicht ganz und dafür überlagerte es sich mit einer verkleinerten Ansicht der Hünen und Fische von vor der Verbindung ins Innere.

„Ihr bestecht den Fisch? Jetzt allen Ernstes? Es kommt hier eine Karte der Umgebung an. Das Bild ist nicht perfekt, aber jetzt schon besser als das, was uns die Sensoren zeigen. Wir hätten nicht damit gerechnet, dass eine solch kleine Anlage Ergebnisse liefert. Ich denke, das sollte den Organisator überzeugen. Unsere Simulationen haben noch mehr Möglichkeiten erahnen lassen, aber das besprechen wir besser in Anwesenheit aller am Projekt beteiligten Entscheidungsträger. Wir warten sehnsüchtig auf euren offiziellen Bericht. Dann können wir euch angepasste Vorschläge schicken."

„Geht klar."

„Fisch müde. Fisch kann nicht mehr lange mit Geschwister Übertragung Menschen zu innere Menschen hier machen."

„Gut. Wir haben mehr erfahren, als wir zu erwarten gehofft hatten. Grüße Organisator Polanz von uns und gebt dem Fisch eine extra Portion Krabben von uns. Verbindung Ende."

Die Verbindung brach ab und auch die Sensorechos der Hünen verschwanden.

„Fisch mag Mann aus Innerem."

„Was? Du verlogener Fisch!" Rena schnaufte.

„Reg dich ab, Rena. Immerhin war das heute etwas, womit er sich definitiv eine extra Portion Krabben verdient hat."

„Ja, ja. Aber das geht definitiv nicht in Ordnung, dass der Typ aus dem Inneren die Krabben verteilt, die ich in der Küche organisieren muss. Die stellen da schon langsam komische Fragen."

„Die kannst du über das Spesenkonto doch abrechnen."

„Klar schon, aber der Typ da stinkt ganz fürchterlich nach Fisch!"

„Echt jetzt?"

„Nee."

Ida sandte ein stummes Gebet in Richtung Decke und machte sich dann auf dem Weg zurück zu ihrem Schreibtisch. Die Berichte würden sich nicht von selbst schreiben. Und irgendwie würden sie den gierigen Fisch unter Kontrolle bekommen müssen. Der fraß ihnen noch die letzte Krabbe weg.

31. Einen Schritt weiter

Organisator Polanz hatte ehrlich überrascht gewirkt, als er die Aufnahmen aus dem Labor gesehen hatte. Obwohl er sichtlich mit sich ringen musste, sagte er dann doch die magischen Sätze.

„Gut, ich bin überzeugt. Das sind vielversprechende Ergebnisse. Es ist noch nicht perfekt, aber etwas, das definitiv Potenzial hat."

„Danke, Organisator."

„Ihr braucht euch nicht dafür zu bedanken, dass ihr alle gute Arbeit geleistet habt. Was benötigt ihr, um dieses System permanent nutzbar zu machen?"

„Der Fisch ermüdet schnell. Also benötigen wir mehr Fische, die im Schichtbetrieb arbeiten können. Diese Fische müssen wir erstmal erzeugen, was mehr Platz und Ressourcen benötigt. Und einen größeren Zentraltank. Die Strahlungswerte sind nicht zu unterschätzen. Die Fäden haben sich vermehrt und damit auch der Durchsatz an Energie. Das bedeutet, die Anteile an schwerem und überschwerem Wasser müssen permanent kontrolliert und korrigiert werden."

„Gut, ich erwarte den Ablaufplan dafür. Ich bin darauf gespannt, ihn zu lesen."

Mit diesen Worten begann das zähe Gerangel, wann das große Teleskop demontiert werden würde. Die Frage nach dem „ob" war geklärt. So sehr der Organisator auch an seinem Teleskop hing, er wollte sich um keinen Preis ausbooten lassen, wenn es um die Zuständigkeit für das beste verfügbare Instrument ging. Rasch fanden sich Organisatoren, die sich darum stritten, das Teleskop in ihrer Umgebung beherbergen zu dürfen. Und so lief das „Projekt großes Observatorium" an. Es wurde eine neue Projektgruppe gebildet, die sich mit dem Ausbau des großen Teleskops beschäftigte. Und die aus dem Inneren hatten recht, der Ausbau hätte schon vor Wochen beginnen müssen, damit das „Team Fisch" rechtzeitig umziehen konnte. Es wurden Organisatoren und Schweißer aus allen Bereichen des Perimeters in der Dragon Kerr zusammengezogen. Organisator

Polanz hatte nun alle Hände voll zu tun und wirkte dabei so fröhlich wie noch nie zuvor.

Im Team Fisch, wie es sich allerdings nur intern nennen durfte, nach außen waren sie „Projektgruppe F.I.S.H.Y.", herrschte dagegen Alarmstimmung. Fisch hatte sich weiter vermehrt und das Labor konnte mittlerweile nur noch in Schutzanzügen betreten werden, wenn Fisch auf Sendung ging. Oder die Welt der Hünen beobachtete. Mittlerweile wurde das Übersetzungsmodul des Zwerges nicht mehr benötigt, der Schwarm war in der Lage, sich verständlich zu machen. Selbst den Frequenzabgleich beim Übergang vom Wasser zur Luft korrigierte der Schwarm selbstständig. Allerdings wurde Fisch langsam gierig. Ohne massenhafte Zufuhr von Krabben lief nichts.

„Wir haben Fisch eindeutig verzogen", stellte Alofan trocken fest.

„Wir müssen die Kontrolle über Fisch wiedererlangen." Ida war eindeutig nicht zu Scherzen aufgelegt. „So arbeitet das System nicht zuverlässig. Wir müssen was unternehmen."

„Die Peitsche auspacken?" Der Zwerg konnte es nicht lassen.

„Bei einem Fisch? Sehr konstruktiv." Ida knurrte den Zwerg fast an.

„Eine andere Form der Bestrafung, vielleicht?", warf Rena ein, die mit dem Fisch mittlerweile am besten klarkam.

„Das wird ihn noch mehr verstimmen", unterbrach Alofan das Thema Bestrafung. „Fisch arbeitet am besten, wenn er Freude an dem hat, was er tut. Die Experimente mit den Chemikalien des Organisators oder das Trennen einzelner Teile des Schwarms haben nichts genützt. Mit ihm reden hilft."

„Vielleicht sollten wir an dem Stimmungsaufheller weiterarbeiten, die Versuche haben eine erstaunliche Verbesserung der Kooperation bewirkt", warf Organisator Hamji ein.

Alofan war von der Idee nicht übermäßig begeistert.

„Das sollten wir definitiv nicht übertreiben! Der Fisch wird leichtsinnig und unkontrolliert. Er hat bereits versucht, mit den Hünen Kontakt aufzunehmen, und sie um Krabben angebettelt! Zu unser aller Glück hat der Fisch dabei wohl so gelallt, dass die Hünen ihn nicht sonderlich gut verstanden haben. Hätten sie Krabben gehabt, hätte der Fisch uns vermutlich den Ureinwohnern ausgeliefert. Stellt euch vor, was passiert, wenn Fisch Hydor den Zweiten befreit."

„Das wäre eine absolute Katastrophe. Das Konglomerat würde auseinanderbrechen und damit unsere Umgebung zerstören. Die Orga kann so etwas auf keinen Fall zu lassen. Ich verstehe diesen Punkt, Alofan." Organisator Hamji war zerknirscht.

„Und wenn wir die Dosierungen feiner anpassen und etwas gegen den Leichtsinn beimischen?", fragte Rena.

„Das tun wir schon", verteidigte sich Hamji. "Ich kann die Rezeptur natürlich noch etwas verbessern, aber ich befürchte, das Grundproblem bleibt. Der Fisch hat kein Bewusstsein für delikate Situationen. Er lernt schnell, aber er benötigt Lebenserfahrung und Verantwortungsbewusstsein."

„Ich könnte in den Tank steigen und ihn an meiner Lebensweisheit teilhaben lassen", schlug der Zwerg vor.

„Vergiss das!", kam es aus Renas und Idas Mund gleichzeitig geschossen, aber wohl nicht aus den gleichen Gründen.

Nur Alofan und der Organisator schauten sich schweigend an.

Ida wurde misstrauisch. „Was heckt ihr beiden aus? Das Thema kommt für euch beide nicht überraschend. Hier gibt es aber keine Experimente, die Leben gefährden!"

„Natürlich nicht, Frau Ida", beeilte sich der Organisator zu versichern.

„Wir haben theoretische Möglichkeiten erörtert. Wir müssen dem Fisch das geben, was ihm fehlt: Erfahrung und Verantwortungsbewusstsein. Beides gibt es nicht aus der Tube." Alofans Stimme klang eisigkalt. Man konnte spüren, dass er sich nicht von seinem Weg abbringen lassen würde. „Hamji und ich haben die aktuelle Situation ausgiebig erörtert. Die Vermehrung, beziehungsweise die Verschmelzung mit anderen Lebewesen, funktioniert mittlerweile reibungslos und ohne Störungen. Wir benötigen einen oder mehrere Freiwillige, die sich mit dem Fisch verbinden. Es wäre natürlich gut, wenn die Verbindung reversibel wäre, aber es könnte sein, dass wir uns diesen Luxus nicht leisten können."

„Das kommt überhaupt nicht in Frage!" Ida lief rot an.

„Das ist ethisch in nicht zu vertreten. Wer soll sich da denn freiwillig melden?"

„Ich werde es tun." Alofan wirkte bestimmt. „Von den Anwesenden besitze ich die Talente, die dort draußen mehr benötigt werden, als hier drinnen. Ich muss wissen, dass ich mich auf euch verlassen kann."

„Du kannst dein Leben nicht so einfach wegwerfen." Ida war entsetzt. Aber auch die anderen Anwesenden schauten betroffen.

Alle bis auf den Zwerg. „Das sollte machbar sein. Ich habe etwas Erfahrung mit Hybridwesen. Ich stimme für den Vorschlag."

„Das kannst du nicht machen, Zwerg. Das ist gefährlich." Rena war nicht überzeugt.

„Natürlich ist es das, aber machbar. Das Leben an sich ist lebensgefährlich. Sicher ist nur der Tod. Vertrau mir."

„Gut. Ich vertraue dir. Aber ich kann Alofan nichts vorschreiben, es ist sein Leben."

„Und sein Plan." Der Zwerg sprach unglaublich sanft mit Rena und sie erwiderte mit hängenden Schultern:

„Gut, meine Stimme habt ihr."

„Das ist keine demokratische Abstimmung", widersprach Ida energisch. „Als Projektleiterin trage ich am Ende die Verantwortung."

„Natürlich, Ida", schien Alofan einzulenken. „Dennoch solltest du die Meinungen der Betroffenen und der Experten anhören."

„Gut, alle bis auf Hamji habe ihre Meinung schon geäußert. Organisator?"

„Ich sehe die Angelegenheit ähnlich kritisch wie du, Ida. Eine Verschmelzung ist meiner Meinung nach höchstwahrscheinlich irreversibel. Die Ethik gebietet mir, einen Strich zu ziehen."

„Offenbar gibt es doch noch eine Stimme der Vernunft." Ida war immer noch angespannt, aber etwas optimistischer, das Blatt noch drehen zu können.

Alofan allerdings setzte nach. „Ida, es gibt einen Grund, warum wir hier sind. Erinnerst du dich nicht mehr?"

„Wir sind hier um ... nein, ich weiß es nicht."

„Ida, wir sind Außendienstklone unserer selbst. Wir sind hier, um Grenzen zu überschreiten. Ich werde in den Tank gehen, ob du nun zustimmst oder nicht." Alofan schaute die verwirrte Ida an. Ihr Blick trübte sich und sie kippte vom Stuhl. Hamji fing Ida auf und legte sie sanft auf den Boden. Er wollte sie mit etwas Riechsalz aus dem Vorrat in seinem Kittel aufwecken, aber Alofan stoppte ihn.

„Ida soll die Ruhe gegönnt sein. Die letzten Wochen waren hart und sie hat sich nicht geschont. Wir alle können etwas Ruhe gebrauchen. Ich werde nicht sofort in den Tank gehen und mich mit dem Fisch verbinden. Wir müssen außerdem Vorbereitungen dafür treffen. Machen wir für heute Schluss und morgen mit neuen Kräften weiter."

„Ein kleiner Sprung für einen Menschen, ein großer Happen für einen Fisch", schloss der Zwerg die Besprechung.

32. Der Sprung in den Tank

Organisator Hamji schaute kritisch auf die Werte seines Patienten im Medotank. Die Dragon Kerr hatte alles an Bord, was sich aus den Trümmern des Perimeters hatte retten lassen. Der Chefart hatte zähneknirschend einen der kostbaren Medotanks Hamji überlassen. Allerdings erst, nachdem Organisator Polanz ein Machtwort gesprochen hatte. In der nach ätherischen Ölen riechenden Flüssigkeit schwamm Alofan Haragieri. Wenn Hamji ehrlich war, hatte er den Assassinen von Chamina noch nie so entspannt und gelassen gesehen. Der Cocktail aus Hormonen, Enzymen und anderen psychoaktiven Substanzen mochte daran nicht ganz unbeteiligt gewesen sein. Die Anpassungen von Alofans Genetik an die bevorstehende Verschmelzung mit dem Fisch hatte eine ganze Woche beansprucht und das in einem Medotank, in dem Hamji keine Rücksicht auf normale Tagesabläufe nehmen musste. Der Tank erhielt Alofan am Leben, während die Umstellung in höchstmöglicher Geschwindigkeit vonstattenging. Aber jetzt war es an der Zeit, den Versuchsteilnehmer aus dem Tank zu extrahieren. Gurgelnd lief die viskose medizinische Flüssigkeit ab und der schwebende nackte Körper Alofans sank dem Tankboden entgegen. Als fast alle Flüssigkeit abgelaufen war, hob sich die durchsichtige Säule und in einem letzten Schwall landete Alofan wie ein toter Fisch auf dem runden Teller. Würgend erbrach er die Flüssigkeit aus seinen Lungen. Da diese nicht mehr unter Druck stand, verdampfte sie beschleunigt.

Beißende ätherische Dämpfe erfüllten die Extraktionskammer. Hamji hatte auf die Maske verzichtet, die der Chefarzt ihm angeboten hatte, und harrte hustend aus, bis die Absaugung ihre Wirkung getan hatte.

Alofan hustete ebenfalls und schlug mit einem leicht panischen Gesichtsausdruck die Augen auf.

„Alofan, beruhigen Sie sich. Alles ist in Ordnung. Ihre Lungen sind fast frei. Sie haben es gleich geschafft."

„Ihr Ärzte seid alles verdammte Lügner. Ah, Hamji, du bist das. Was machst du hier?"

„Nun, ich bin zwar kein Mediziner, aber qualifiziert, diese Prozedur durchzuführen. Ich dachte mir, du wolltest als Erster erfahren, wie es um deine Anpassungen steht."

„Gib mir noch einen Moment." Alofan japste nach Luft.

„Natürlich. Nichts überstürzen, du warst eine Woche im Tank. Alles verlief planmäßig."

„Das hört sich besser an, als es sich anfühlt. Hilf mir bitte hoch."

Hamji ergriff Alofans ausgestreckte Hand und zog ihn in eine sitzende Position. „Nach Plan haben wir 24 Stunden Zeit, in denen du dich von der Umstellung erholen kannst, bevor du in den Fischtank gehst."

„Nach einer Woche Medotank möchte ich nur noch schlafen. Man sollte meinen, nach meinen Unzähligen geplanten und ungeplanten Aufenthalten in solchen Tanks sollte ich daran gewöhnt sein."

„Dieser Körper ist das erste Mal in einem solchen Tank. Die Untersuchungen haben ergeben, dass deine Zellen kein halbes Jahr alt sind. Du bist schließlich ein Außendienstklon. Und nun steh auf! Wir müssen deinen Kreislauf in Schwung gekommen."

Alofan lachte auf, ließ sich dann aber vom Organisator stützen. Nach drei Runden um den Dekantierteller spürte er, wie die Lebensgeister langsam in ihn zurückkehrten. Nach der fünften Runde konnte er ohne Hilfe gehen.

Er war bereit für seine letzten 24 Stunden als Mensch. Organisator Hamji reichte ihm einen Schiffsoverall und Alofan kleidete sich an. Einen Fuß vor den anderen setzend durchschritt er, von Hamji gestützt, eine kleine Schleusenkammer in Richtung der normalen Medostation. Dort erwarteten ihn Ida und der Chefmediziner.

„Hallo Ida, hallo Doktor, der Patient bewegt sich selbstständig. Ich würde gerne die Medostation verlassen und mir etwas die Beine vertreten."

„Hallo, Alofan, nicht so schnell. Der Doktor wird dich erst untersuchen und dich dann entlassen, wenn alles in Ordnung ist." Ida verschränkte die Arme vor der Brust. Der Doktor deutete auf die Liege und Alofan setzte sich darauf, um die Untersuchung über sich ergehen zu lassen.

„Na, Ida, suchst du immer noch einen Weg, um mich aus dem Rennen zu nehmen?"

„Eigentlich hat Organisator Polanz darauf bestanden. Für die offiziellen Akten", wandte der Chefmediziner ein und rückte ihm mit einem antik aussehenden Handscanner auf den Leib.

„Und jetzt bitte einatmen und ausatmen. Einatmen und Ausatmen. Einatmen und die Luft anhalten. Anhalten, Anhalten und Ausatmen."

Alofan kam ins Schnaufen.

„Wofür soll das gut sein, Doc?"

„Eigentlich nur, damit meine Patienten mal für einen Moment die Klappe halten." Der Doktor blickte ernst, aber Schalk blitzte in seinen Augenwinkeln auf.

„Für die Dosen an Drogen, die Organisator Hamji dir verabreicht hat, geht es dir erstaunlich gut. Leichte Benommenheit und Kreislaufprobleme sind nach einer Woche im Tank normal und verschwinden nach ein oder zwei Stunden. Soweit ich das sehe, bist du gesund und voll diensttauglich." Der Doktor klopfte Alofan freundschaftlich auf den Rücken und entließ ihn dann.

Ida ging wortlos zum Labor voran. Nach ein paar Schritten wandte sie sich an Alofan. „Du lässt dir diesen Mist wohl nicht mehr ausreden. Erst zum Labor, oder willst du dich eine Weile ausruhen?"

„Ich würde gerne in die Kantine gehen. Ich habe eine Woche lang nichts gegessen."

„Damit würde ich noch etwas warten. Dein Körper wird so früh nach dem Tank noch keine Nahrung vertragen", wandte Organisator Hamji ein.

„Das mag sein, aber die Kantine ist ein gutes Stück entfernt und ich soll mich doch bewegen, oder? Bis wir da sind, wird mein Körper eine Tasse Tee und ein Stück trockenen Kuchen wohl vertragen."

„Seit wann bist du hinter Kuchen her, Alofan? Daran kann ich mich nicht erinnern."

„Es ist eine kleine Belohnung für einen kleinen Spaziergang. Ich werde demnächst keinen Kuchen mehr bekommen."

„Das ist noch nicht sicher, es gibt da wahrscheinliche Szenarien ..."

„Organisator! Nicht auf dem Gang!" Ida unterbrach den Redefluss des Organisators, bevor dieser anfing zu dozieren.

„Entschuldigung. Gut, gehen wir zur Kantine. Hast du einen bestimmten Kuchen im Sinn, Herr Alofan?"

„Mal sehen, was im Angebot ist. Wie Ida sagt, bin ich normalerweise niemand, der Kuchen höchste Priorität in seinem Leben einräumt. Vielleicht ein Muffin, ein Stück Schokoladenkuchen oder doch eher etwas Leichteres? Einen Obstkuchen? Mal sehen. Was empfiehlst du, Hamji?"

„Etwas Leichtes wäre gut. Ich bin mir sicher, die Kantine der Dragon Kerr kann auch etwas extra zubereiten."

„Das wird nicht notwendig sein."

Damit hatte die Gruppe die gut besuchte Kantine erreicht. Organisator Hamji lotste seine Begleiter zu einem freien Tisch für Gäste. Ida nahm Platz und hielt die Stühle frei, während Alofan und Hamji sich auf den Weg zur Essensausgabe machten.

„Bringt mir einen Kaffee und ein Stück Schokotorte mit!", rief sie ihnen nach.

„Machen wir." Alofan besah sich das Angebot und wählte ein paar Stücke von verschiedenen leichteren Kuchen aus und vergaß auch Idas schwere Torte nicht.

„Und was nimmst du, Hamji?"

„Ich bin nicht sonderlich hungrig, ich habe erst vor kurzem eine Mahlzeit zu mir genommen", winkte der Organisator ab. „Ich beschränke mich auf Tee. Den Deck 16 Darjeeling kann ich empfehlen."

„Gut, du nimmst die Getränke, ich trage den Kuchen. Ein Stück musst du aber aus Höflichkeit mit uns essen. Zu was lässt du dich überreden?"

„Der Obstboden dort sieht gut aus. Aber nur ein kleines Stück. Ja, das ist gut." Hamji nickte der Frau an der Kuchenausgabe zu, die auf ein kleineres Stück deutete.

„Das geht zusammen auf Organisator Hamji, gute Frau."

„Natürlich, Herr Organisator. Sonst noch einen Wunsch?"

„Danke, das wird fürs Erste reichen. Aber wir finden den Weg zur Theke, falls nicht." Der Organisator schmunzelte, als er sah, was Alofan an weiteren kleinen Tellern auf seinem Tablett stapelte.

Das reichte für mehr als die kleine Dreierrunde. Als ob Alofan es geahnt hätte, betraten in dem Moment Rena und der Zwerg die Kantine und setzten sich zu ihnen. Also ließ sich Hamji noch zwei Becher mehr geben und dazu eine mittlere Kanne Tee anstatt einzelner Tassen.

„Na, ich hätte mir an deiner Stelle ein großes Bier bestellt", meinte der Zwerg.

„Zu Kuchen?" Rena war entsetzt.

„Nicht zu Kuchen. Ein dickes Steak und viel Bier, das wäre meine Wahl gewesen."

„Später, Zwerg, später. Es ist erst kurz nach Mittag. Das Bier kommt heute Abend."

„Aber Bier enthält Alkohol und das kann unerwünschte Nebenwirkungen zu ..."

„Organisator! Nicht in der Kantine. Alofan hat nur einen Scherz gemacht", bremste Ida den Organisator erneut.

„Ah, so, dann ist ja gut. Alofan, ich empfehle dennoch, keinen Alkohol zu sich nehmen. Nicht dass das normalerweise eine empfehlenswerte Option wäre, aber du bist noch vom Tank geschwächt."

„Natürlich, Hamji. Aber ich werde später auf den Vorschlag des Zwergs zurückkommen. In etwas modifizierter Form. Gibt es an Bord der Dragon Kerr wohl eine gute Flasche Rotwein, die man mit seinen Freunden leeren könnte?"

„Wird sich auftreiben lassen, Freund Alofan, lass das den Zwerg regeln. Schau nicht so grimmig, Herr Hamji, davon bekommt man nur

Falten auf der Stirn. Und jetzt das wirklich Wichtige. Will jemand den Käsekuchen dort? Wenn nicht, würde ich mich opfern."

„Ist klar, Zwerg. Den Käsekuchen bekommst du nicht alleine. Ich will davon ein Stück abhaben", intervenierte Rena. Es wurde ein fröhlicher Kaffeeklatsch, dem das Abendessen folgte, und Alofan bekam das gewünschte Steak aus den rarer werdenden Schiffskonserven. Den Wein tranken sie in ihrer Suite. Organisator Hamji hatte sich vorher verabschiedet.

Bei der einen Flasche blieb es jedoch nicht, es folgten weitere, die der Zwerg wer weiß wo aufgetrieben hatte.

„He, Zwerg, wo hassu die denn her?" Rena lallte schon etwas, der Rotwein schlug bei ihr an.

„Dem Organisator Polanz aus seinem geheimem Vorrat geklaut."

„Nicht, dass es mich sonderlich stören würde, aber wird der Organisator deswegen nicht etwas ungehalten werden?", wandte Alofan bedächtig ein.

„Das sollte kein Problem sein. Ich habe ihm eine ganze Kiste organisiert, also soll er sich nicht so haben."

„Du bist ja fast genauso durchtrieben wie der Fisch, du, du Zwerg. Hicks." Ida bekam Schluckauf, auch sie hatte etwas tief ins Glas geschaut.

„Na, Ida bringst du jetzt wohl besser zu Bett, Alofan." Der Zwerg zwinkerte Alofan zu, der ließ ein kurzes Lächeln über sein Gesicht wandern und nickte dann.

„Das wird wohl besser sein. Komm, Ida, Zeit zum Schlafengehen."

„Heute will ich in dein Bett!" Ida grinste Alofan mit knallrotem Gesicht an und ließ sich von ihm in dessen Kabine tragen.

„Und was machen wir jetzt mit dem angefangenen Abend, Zwerg?"

„Die Flasche zusammen leeren und dann trägt die starke Frau den Zwerg in ihr Zimmer?", schlug er vor.

„Klar, machen wir!", stimmte Rena zu.

*

Der nächste Morgen begann unspektakulär. Die Tagesschicht brach an und nach einem gemeinsamen Tee ging es ins Labor. Dort erwartete sie Organisator Hamji. Die Fische schwammen gemächlich umher und umkreisten die Mitte des Beckens, in der der große Fisch die Holoprojektion der Hünenwelt etwas lustlos aufrechterhielt.

„Fisch mag Krabben."

„Fisch frisst uns die Haare vom Kopf." Rena sah ebenso verkatert aus wie Ida. Der Zwerg grinste wie immer vollkommen entspannt vor sich hin. „Menschen haben noch Haare auf Kopf. Fisch nicht essen Haare."

Alofan streckte und dehnte sich, dann streifte er seinen Bordoverall ab und stieg die Wartungsleiter hoch, die Rena gewöhnlich nutzte, um den Überlauf zu reinigen. Er streckte einen Zeh in das kalte Wasser und schüttelte sich.

„Ihr hättet das Wasser anwärmen können."

„Dann wäre der Sauerstoffgehalt niedriger und dein Körper würde zusätzlich mehr Sauerstoff benötigen. Diese Parameter standen in meiner Ausarbeitung zu dem Experiment."

„Natürlich. Das Wasser ist nur etwas kalt." Alofan ließ sich langsam hineingleiten, tauchte unter und atmete dabei erschrocken aus und Wasser ein. Es waren die gleichen Reflexe, die ihn überkommen hatten, nachdem er in den Tank gegangen war. Die Lungen mit Flüssigkeit zu füllen, war gegen jeden natürlichen Überlebensinstinkt, aber unumgänglich. Alofans veränderte Körperchemie erlaubte es ihm, fast eine Stunde ohne Atemluft auszukommen, aber die Luft in seinen Lungen würde möglicherweise den nun anstehenden Prozess stören.

„Fisch verwirrt. Menschen nicht leben in Wasser. Was Mensch wollen? Fisch verwirrt. Fisch kurz vor Spaltung."

Alofan drückte die letzte Luft aus seinen Lungen und atmete erneut Wasser ein und wieder aus. Zusätzlich nahm er Sauerstoff über die Haut auf. Er schwamm unter Wasser in die Mitte des Beckens.

Organisator Hamji zog an einer Schnur und ein Eimer mit Flüssigkeit leerte sich in die Mitte des Beckens, genau über der Stelle, an der Alofan sich befand. Erst sah es so aus, als ob nichts passieren würde, dann fingen die Fische an, nach Kontakt mit der sich im Wasser ausbreitenden Flüssigkeit zu leuchten.

Die Bewegungen wurden schneller und die Kreise um die Mitte des Beckens enger. Bald war Alofan nicht mehr in dem ihm umkreisenden Schwarm zu erkennen. Das Leuchten steigerte sich und dann ging eine Schockwelle durch das Wasser. Eine Fontäne spritzte hoch zur Decke und verursachte einen Kurzschluss in der Beleuchtung. Aber es wurde nicht dunkel im Labor, denn intensive blaue Tschechowstrahlung beleuchtete aus dem Zentrum das Labor. Die Fische veränderten sich und wurden größer und dann schrumpften sie wieder auf ihre ursprüngliche Größe. Allerdings hatte sich ihre Form geändert. Jetzt ähnelten sie japanischen Kampffischen und strahlen in leuchtendem Blau.

„Fisch nicht mehr Fisch. Fisch Mensch und Mensch Fisch. Verwirrend. Neue Gedanken. Gedanken stark. Gedanken nicht für Schwarm."

„Alofan?" Ida drückte panisch auf den Knopf der Gegensprechanlage.

„Ich-Wir Fisch-Alofan und Alofan-Fisch. Was will Frau Ida wissen? Mensch Alofan in Gruppenintellekt aufgegangen. Neue Möglichkeiten, mehr Kontrolle. Mehr Wissen, mehr Misstrauen. Und Grammatik. Menschen haben Fisch nicht gesagt dass Fisch sprechen wie dumm. Fisch wütend, Alofan nicht Wut lässt Geist bestimmen. Ich-wir müssen ruhen. Müssen Möglichkeiten erkunden. Vieles neu, vieles Neues möglich. Vieles Neues ist möglich. Fisch braucht neuen Namen, Fisch nicht Namen für Fisch genug. Und Alofan Namen nicht richtig für ich-wir."

Ida standen Tränen in den Augen. Rena, der Zwerg und Organisator Hamji hielten sich dezent im Hintergrund.

Zärtlich drückte Ida den Knopf der Gegensprechanlage.

„Wir werden einen Namen für euch-dich finden."

33. Neue Länder

„Dein Name lautet Kullat Nunu. So wie es mehrere Sterne im Sternzeichen Fische gegeben hat, so gibt es mehrere Fische deiner Art. Aber nur ein Stern kann der Hellste sein. Der eine, der den Weg zeigt, wenn man die anderen Sterne nicht mehr, oder noch nicht, erkennen kann. Dieser Stern warst du, Fisch, du hast uns einen Fixpunkt gegeben, durch den wir navigieren können. Zwei Freunde sind gegangen und ein neuer Freund ist gekommen. Willkommen, Kullat Nunu!"

Mit diesen Worten hatte Kullat Nunu seinen Namen von Frau Ida erhalten. Die anderen Menschen hatten den Namen wiederholt und ihn willkommen geheißen. Ob er wirklich eins war, dessen war sich Kullat Nunu nicht ganz sicher, aber es war eine bewegende Zeremonie. Es hatte anschließend Krabben gegeben, aber Kullat hatte nicht alle alleine gegessen, bis er satt war. Die meisten hatten andere Fische später gefressen. Die Menschen hatte ebenfalls Krabben zu sich genommen, aber offenbar hatten diese ihnen genauso wenig zugesagt. Es war ein höfliches Leeren der kleinen Schalen gewesen und dann hatten sie Gläser erhoben und getrunken. Auch das weckte Erinnerungen, die Kullat nicht ganz verinnerlicht hatte.

‚Ich-Wir sind nicht harmonisch-eins.'

‚Ich-Wir sind harmonisch verbunden, das muss genügen. Das ist mehr als viele einzelne Menschen von sich behaupten können.'

‚Ein Teil von Ich-Wir nicht versteht. Leben einfach. Anderer Teil kompliziert.'

‚Das Leben kann kompliziert sein.'

‚Leben kompliziert mit Namen. Aber Name Nunu gefallen. Einfacher Name für einfachen Teil. Teil nur Fisch.'

‚Schön, dass er dir gefällt. Bin ich dann Kullat?'

Erheiterung ging von einer Seite aus und griff auf die andere Seite über. Etwas Wehmut überkam dann das Ganze, als Nunu nach einer längeren Pause des Überlegens antwortete:

‚Nein, anderer Teil der Mensch war, ist Imbrifer. Bringer von Regen in Gesicht von Frau Ida. Kullat Gemeinschaft.'

Nunu hatte gesprochen. Imbrifer akzeptierte seinen neuen Namen. Er schmerzte weniger als sein alter. Nach dieser Hürde kam die nächste. Die Geschwister. Nunu war bekannt und akzeptiert, aber Imbrifer wurde nur geduldet, weil Nunu sich für ihn verbürgte. Kullat würde sich erst bewähren müssen. Und das nicht nur vor den Geschwistern, auch vor sich selbst. Kullat Nunu unternahm Ausflüge in die weiten Länder und zeigte den Menschen, was er in der Umgebung sah. Kullats Blick wurde schärfer und er bemerkte, dass er näher an das Objekt seiner Aufmerksamkeit herankommen konnte, wenn er sich konzentrierte. Die Geschwister übermittelten die Bilder in die inneren Welten, ließen aber nur Nunu mit den Menschen auf der anderen Seite sprechen. Imbrifers Gedanken behagten ihnen nicht. Nunu witzelte darüber.

‚Geschwister einfach wie Nunu. Geschwister nicht dumm, aber verstehen Sprache Imbrifer nicht. Nicht nicht, nicht richtig. Fisch nicht dumm. Fisch lernen Sprache Mensch. Wenn Mensch schlau, würden lernen Sprache Fisch.'

‚Bring sie mir bei, Nunu.'

‚Nunu versucht. Sprache Fisch einfach, aber kompliziert für Mensch. Sprache Mensch einfach für Fisch. Wie wo leben Mensch und wie wo leben Fisch. Mensch gehen über Ebene, Fisch schwimmen viele Ebenen. Ebenen war schwer zu verstehen für Fisch, da Ebene Ende von Volumen wo schwimmen Fisch. Fisch jetzt schwimmen Wasser, das altes Wasser wie Ebene zu Volumen. Imbrifer verstehen?'

‚Imbrifer ahnt, worauf Nunu hinaus will. Aber wenn das Fisch versteht, dann versteht das ein Mensch auch. Es ist vielleicht eine Hilfskonstruktion in Form von Analogien und Denkmodellen notwendig, aber das müsste zu schaffen sein.'

‚Geschwister sagen Fische Hilfskonstruktion. Menschen aus Inneren gemacht Fische mit Dingen die Menschen nicht verstehen, um zu verstehen Dinge, Menschen nicht verstehen. Geschwister sagen, Imbrifer doch reden mit Menschen aus Inneren. Sprache Fisch zu kompliziert für Mensch ohne Hilfskonstrukt. Menschen aus Inneren bauen Hilfskonstrukt um reden mit Imbrifer! Wenn fertig, Geschwister sagen Bescheid.'

,Also abwarten und Tee trinken.'

,Nunu versteht nicht, was Trinken und was Tee.'

,Abwarten und Krabben essen.'

,Das verstehen Nunu! Wo Krabben?'

34. Von Angesicht zu Angesicht

Die Einladung war erteilt worden und Imbrifer war von Nunu und seinen Geschwistern durch die höheren Ebenen in eines der Inneren Lande geleitet worden. Sie hatten gemeinsam die Volumina voller, für Imbrifer unverständlicher, Dinge durchschwommen und schlussendlich gelangten sie in seichtes Gewässer. Imbrifer schätzte die Tiefe des Wassers auf maximal zwanzig Schritte. Schließlich erreichten sie eine Steilküste und durch einen versteckten Tunnel eine Unterwassergrotte. Vor dem Eingang einer weiteren Höhle stoppten sie dann.

‚Ab hier alleine weiter Imbrifer. Dieser Bereich nicht für Fische, den haben Menschen aus dem Inneren erbaut.‘

‚Ich danke euch.‘

‚Nicht danken. Selbstverständlich. Menschen reden mit Menschen, wie Fische reden mit Fischen. Fische warten hier. Imbrifer kommen wieder und rufen wenn wieder wollen zurück sein Kullat Nunu.‘

Imbrifer neigte sein Haupt und schwamm durch den Tunnel, bis er in einer schmalen Grotte ankam und Licht erblickte, das durch die Wasseroberfläche in das Wasser schien.

Imbrifer schwamm auf das Licht zu und durchstieß die Oberfläche. Er stützte sich auf einem großen Stein auf und betrachtet sich selbst und seine Umgebung. Er war ein Fischmann, der wie die Meerjungfrau auf einem Stein saß. Auf einem Stein in einem kleinen Waldweiher. Das war verrückt, fast so verrückt wie die beiden elbengleichen Geschöpfe, die ihn anblickten. Olywn und Ida von Querlitzenfall.

„Willkommen im Reich des Hauses von Querlitzenfall, Nümpf. Mein Name ist Olywn und der meiner Frau ist Ida. Wie ist dein Name?“

„Nunu nannte mich Imbrifer, wie Frau Ida im Perimeter nannte Nunu und Imbrifer Kullat Nunu.“

„Der hellste Stern des Sternbildes Fische. Ein passender Name, den mein anderes Selbst gewählt hat. Aber Regenbringer? Ein merkwürdiger Name."

„Der Name ist jetzt meiner und ich hatte schon weitaus schlimmere Namen. Der Regen bringt Fruchtbarkeit für trockenes Land und er wäscht Staub, Blut und Schmutz vom Angesicht."

„Und der Regen bringt Überschwemmung und Unheil in schon reichlich bewässerten Gegenden", hielt Herr Olywn entgegen.

„Ja, ein Name, der Gutes und Schlechtes bringen kann. Allemal besser als ein Name, der nur Unheil verkündet. Findet ihr nicht?"

„Wohl gesprochen, Herr Imbrifer. Dein Erscheinen sagt mir, das Experiment ist gelungen. Deinen wahren Namen kennen wir, werden ihn aber hüten und geheim halten. Steig aus dem Gewässer und folge uns in unser Lager. Es gibt viel zu besprechen."

„Wie kann ein Nümpf sein Gewässer verlassen?", fragte Imbrifer nervös.

„Er ist ein Geschöpf zwischen Wasser und Luft", orakelte Herr Olywn. Frau Ida lieferte die ausführlichere Version nach:

„Er schwimmt zum Rand und zieht sich selbst an Land. So, wie das Wesen, das ganz im Wasser war, Wasser geatmet hat und keine Luft, und so, wie der Nümpf Luft atmen konnte, sobald er die Wasseroberfläche durchstoßen hatte. Das Reich der Familie von Querlitzenfall ist ein freies Reich, es unterstützt alle Arten von Lebewesen und Geschöpfe in ihren Bedürfnissen. Komm an Land und du wirst für eine Weile Mensch sein können. Nicht auf Dauer natürlich, denn so frei ist dieses Reich denn auch wieder nicht, aber lange genug, damit du staubig werden kannst und dich nach Wasser zurück sehnst."

„Gut, Frau Ida, ich werde es versuchen."

„Tu es!", forderte Olwyn auf. „Versuchen ist nur eine halbe Sache und halbe Sachen sind nichts Ganzes."

„Jawohl, Herr Olywn."

Imbrifer glitt von seinem Sitzstein herunter und durchschwamm die letzten Schritte zum flachen Ufer und zog sich mühsam aufs

Trockene. Der Fischschwanz, den er anstelle von Beinen hatte, behinderte ihn dabei gewaltig. Auf dem Trockenen angekommen, blieb er eine Weile erschöpft liegen, bis er feststellte, dass er nun Beine besaß und unbekleidet war.

„Kleidung findest du hinter dem Busch dort."

Frau Ida deutete auf einen großen, dichten Strauch. Ihr Blick war eine Mischung aus Neugierde und Interesse. Herr Olywn dagegen blickte weniger interessiert als verstimmt. Also sah Imbrifer zu, dass er hinter den Busch und aus möglichen Schwierigkeiten heraus kam. Hinter dem Busch stand eine grob gezimmerte hölzerne Sitzbank ohne Rückenlehne. Sie war vielleicht fünf Fuß lang und auf ihr lagen zusammengefaltete Kleidung und ein paar Stiefel. Es kostete Imbrifer etwas Mühe in Beinkleider, Hemd und Stiefel zu schlüpfen, bis er feststellte, dass er die Unterbekleidung vergessen hatte, die noch auf der Bank lang.

„Benötigst du Hilfe, Herr Imbrifer?", klang Frau Idas Stimme neugierig über den Busch.

„Danke für das Angebot, aber ich denke, ich habe gleich heraus, in welcher Reihenfolge ich die Kleidung anlegen muss."

„Ah, die Magd war wohl von den Männern eingeschüchtert, die die Bank in den Wald getragen haben. Aber nun spute dich, Herr Imbrifer, wir sollten das Lager vor Anbruch der Nacht erreicht haben. Die anderen Mitglieder des Rates sollten bis dahin eingetroffen sein. Es gibt vieles zu bereden. Und wir benötigen deine Kenntnisse und Ortskundigkeit für die Expedition in die fernen Reiche."

„Länder, Herr Olywn, Länder. Ob wir Reiche vorfinden werden, werden wir erst sehen, wenn wir uns dorthin vorgewagt haben."

„Sehr gut, wir haben den Richtigen für diese Aufgabe gefunden." Frau Ida klang erfreut.

„Die richtigen Worte zu finden, ist wichtig, wenn man in Bereiche vordringen will, die jemand anderem gehören. Stimmt ihr mir da nicht zu, mein Gemahl?" Frau Ida blickte Herrn Olywn spöttisch an. Der grummelte zurück:

„Ja, mein Weib, da mögt Ihr Recht haben. Fingerspitzengefühl kann nie schaden, wenn man fremde Länder betreten will. Ich bin wohl schon zu lange Herr über dieses Reich. Natürlich zusammen mit meiner geliebten und weisen Frau. Deswegen war es wichtig, Herr Imbrifer, dass du Beschränkungen kennengelernt hast und weißt, von was du die Finger lassen solltest."

„Das Leben an sich bietet weite Ebenen und schmale Grate. Die Kunst ist, seine Schritte der Umgebung anzupassen."

„Oder zu schwimmen", warf Frau Ida ein.

„Gehen, laufen, schwimmen oder fliegen. Je nach Bedarf", stimmte Imbrifer zu.

„Fliegen werden wir erst noch lernen müssen. Dafür ist die Zeit noch lange nicht reif! Es steht uns ein kurzer Fußmarsch ins Lager und von dort aus ein längerer Ritt zum Hafen am See bevor. Von dort aus werden Boote den See überqueren. Vielleicht lernst du das Fliegen jenseits unseres Ufers von den Drachen." Herr Olywn lachte auf und klatschte dann seine Hände zusammen.

„Los, Herr Imbrifer spute dich! Du willst doch wohl nicht in den Regen kommen und auf dem Land herumzappeln wie ein Fisch auf dem Trockenen. Komm! Es ziehen Wolken auf."

35. Im Ratslager

Es hatte geregnet, bevor sie das Lager erreicht hatten, aber Imbrifer hatte sich nicht in einen Fischmenschen zurückverwandelt. Das Wasser stand in seinen Stiefeln und ihm war kalt. Es brannte kein Feuer in der Schale des großen Ratszeltes und er sah die anderen Ratsmitglieder nur als Schatten im einsetzenden Dämmerlicht. Dennoch beschloss er sich keine Blöße zu geben und ertrug die Vorstellung der Ratsmitglieder so kalt wie seine Fußen waren. Er erkannte einige der überlebenden Kapitäne der gestrandeten Schiffe. Und Ratsfrau Tamui. Eine illustre Gesellschaft hatte sich versammelt, es war wohl von höchster Bedeutung.

„Unser Gast bevorzugt den Namen Imbrifer", eröffnete Olywn von Querlitzenfall die Ratssitzung formlos. „Wir sollten ihm für seinen bisher geleisteten Dienst und sein Opfer dieses Privileg gewähren. Er ist es schließlich, der die Wegmarken für uns sieht. Er deutet die Sterne für uns und wird uns den Weg weisen."

„Die Sterne sind immer noch so weit entfernt wie an dem Tag, als wir hier gestrandet sind. Manchmal wünschte ich, wir wären besser an dem Tag gestorben als hier für alle Zeiten gefangen zu sein." Ein alter Kapitän erhob sich im Hintergrund und deutete auf Imbrifer.

„Meinetwegen kann der sich nennen, wie er will. Werden wir Flussschiffer, verlassen wir die einsame Insel inmitten dieses flachen Gewässers. Aber dennoch sind wir immer noch weit davon entfernt, wieder Sternenschiffer zu sein."

Frau Ida ließ ihren Charme spielen.

„Gut gesprochen, Kapitän Sündström. Wir haben lange im Nebel herumgestochert und nun ist es uns gelungen, mit Kullat Nunu einen Stern zu finden, der uns den Weg weisen wird. Aber jede Reise beginnt mit dem ersten Schritt."

„Die ersten Schritte in dieser Welt liegen lange zurück. Wir sind in Deckung gekrochen und nun sollten wir aufpassen, dass wir unsere Häscher nicht auf uns aufmerksam machen. Ein Zeitalter Sklaverei, drei Zeitalter Exil und nun wollen wir alles auf eine Karte setzen?"

Herr Olywn trat einen Schritt vor und erhob seine rechte Hand.

„Wir haben vereinbart das wir nicht ‚alles auf eine Karte setzen' werden. Deswegen haben wir die realen Alofan Haragieri und Ida ausgesandt, um einen Weg zu finden, dass wir nicht mehr blind umhertreiben und wie Schlangen auf Erschütterungen in unserer Umgebung reagieren und uns in jedes Loch verkriechen, das wir finden. Wir senden einen Späher aus, der die Umgebung für uns auskundschaften wird. Die Wende zum fünften Zeitalter seit unserer Strandung steht bevor und endlich haben unsere Bemühungen Erfolg gezeigt."

Konstruktkapitän Tama war nicht überzeugt.

„Ihr selbst hattet schon vor Zeitaltern den Sprung in die Weiten Länder gewagt. Und ihr seid unverrichteter Dinge zurückgekehrt. Warum sollte es dieses Mal anders sein, wenn ihr einen Realen schickt?"

Olywn seufte leise und erwiderte in einem fast schon schulmeisterlichen Tonfall: „Eben weil wir einen Realen schicken. Die Bewohner der Fernen Länder, die Hünen können sehr wohl zwischen Realen und den Virtuellen unterscheiden. Sie besitzen ein ähnliches Konzept. Mir ist es gelungen, Kontakt zu einigen Geistern der Hünen herzustellen und ich habe viel erfahren. Genug, um unsere nächsten Schritte zu unternehmen. Imbrifer ist hier. Das ist Beweis genug."

„Gut, Herr Olywn", lenkte Ratsfrau Tamui ein. „Wohin wollt ihr euren Regenmacher entsenden? Zur verbrannten Ebene, um das Portal wieder zu eröffnen, oder in eine der Ansammlungen der Lebenden?"

„Das werde ich Imbrifer selbst entscheiden lassen. Wenn jemand weiß, wie man eine solche Aufgabe am besten angeht, dann er."

Konstruktkapitän Tama Sündström kniff die Augen zusammen. Er schien nicht vollkommen von Olywns Vorgehen überzeugt zu sein:

„Na, ich habe schon Regenmacher gesehen, die deutlich unauffälliger agiert haben. Niemand ist bei denen auf die Idee gekommen, dass der Regen nicht von alleine gekommen ist. Niemand außer demjenigen, der den Regenmacher geschickt hat. Wenn wir mal bei dem Ausdruck bleiben wollen. Nichts für ungut, Imbrifer, aber du hast einen sehr großen und sehr blutigen Fußabdruck in der Geschichtsrolle dieser Welt hinterlassen. Und einen noch viel Größeren in der alten Welt."

Imbrifer juckte das Fell, aber er beherrschte sich, als er dem Konstruktkapitän antwortete. „Wollt ihr jemanden, der durch Blut watet, wenn es sein muss, oder wollt ihr jemanden, der verzagt? Kapitän, wie viele hast du ins Vakuum geschickt? Ich hatte Lehrer und ich habe nicht aufgehört zu lernen. Mein Geschäft erlaubt keine Fehler, aber nur aus Fehlern lernt der Mensch. Ich hoffe, niemand will, dass ich Fehler begehe, um noch mehr zu lernen?"

„Aye. Nein, es ist gut, dass du dir bewusst bist, dass du auf einem schmalen Grad wanderst. Und dass wir alle den endgültigen und realen Tod finden werden, wenn du einen fatalen Fehler begehst. Also gut, ich bin für Imbrifer."

„Eine Stimme haben wir, wer spricht noch für die Entsendung von Imbrifer? Frau Tamui?", hakte Ida nach.

„Es gilt, das Für und Wider abzuwägen", antwortete die Angesprochene. „Aber wir sind schon zu lange blind umhergeirrt. In den letzten Tagen und Wochen ist unser Blick schärfer und klarer geworden. Gehen wir näher an den Feind und sehen wir, was er vorhat."

„Der Krieg ist vorbei, Frau Tamui. Sehen wir, ob wir herausfinden, wie die Stimmung in Bezug auf uns wirklich ist. Vielleicht finden wir sogar Verbündete." Ein anderer Ratsherr versuchte Ratsfrau Tamui zu beschwichtigen. Imbrifer konnte sich nicht an seinen Namen erinnern, sich Namen zu merken war für ihn verschwendete Zeit. „Meine Herren, meine Damen. Ich kann nur einen Auftrag auf einmal ausführen. Es geht zunächst um Aufklärung. Berichtet mir, was ihr bisher herausgefunden habt und wo ihr euch an ehesten Auskunft erwartet."

„Gut gesprochen, Imbrifer", stimmte der alte Kapitän zu. „Aber mit nassen Füßen und trockener Kehle redet es sich schlecht. Und ein hungriger Magen ist kein guter Ratgeber. Wie steht es um die Gastfreundschaft, Herr Olywn?"

Olywn klatschte die Hände zusammen und dienstbare Geister betraten das große Zelt. Sie entzündeten das Feuer in der Feuerschale und in unzähligen Laternen. „Es ist also beschlossen, dass Imbrifer geht. Plaudern wir und teilen wir unser Wissen und unsere Erkenntnisse in gemütlicher Runde. Essen wir, trinken wir, und wärmen wir uns am Feuer. Wenn ihr Glück habt, langweile ich euch mit einer tausendsten Wiederholung meiner Reisegeschichten."

Klatschen und Buhrufe machten die Runde. Imbrifer wurde später von Frau Ida unauffällig in einen Seitenflügel des Zeltes geführt. Die Ratsversammlung hatte sich in ein lockeres Gelage verwandelt und bei den meisten schien der reichlich ausgeschenkte Wein zu wirken. Imbrifer konnte sich seiner immer noch nassen Sachen entledigen und erhielt dafür eine Art Deckenumhang und ein paar Holzsandalen.

„Die Schwitzhütte ist angeheizt und der Schamane wartet nicht gern."

„Wird dein Gemahl nicht eifersüchtig, wenn du mit mir mitten in der Nacht in einer Schwitzhütte verschwindest?"

„Etwas Eifersucht tut meinem Gemahl ganz gut, dadurch wird er aufmerksamer seiner Frau gegenüber. Er erfüllt seine Aufgaben bei einigen bei uns weilenden Damen etwas mehr, als es die Pflichten eines Gastgebers erfordern. Aber keine Angst, er wird später mit ausgewählten Gästen zu uns stoßen. Dort können wir dann freier reden."

„Ist Olwyns Position angefochten?"

„In seinem Reich? Nein, wir herrschen gemeinsam. Aber es gibt mehr als ein Reich in den Inneren Landen. Wir sind vielleicht eines der mächtigsten, aber beileibe nicht eines der größeren. Die Balance zwischen den Reichen gilt es zu wahren. Niemand darf auf die Idee kommen, dass die Mächtigen ihre Entscheidung ohne Konsultation des Rates treffen. Niemand darf sich übervorteilt vorkommen."

„Aus gutem Grund halte ich mich aus der Politik heraus. Die Geschwister des Fisches erwähnten, ihr würdet ein neues Land für dieses Unterfangen bauen?"

„Nicht wir. Du wirst es bauen."

„Ich?"

„Ja, indem du es bereist und erkundest. Der menschliche Geist ist ein wundervolles Gebilde. Mächtig, fähig, weit über sich hinauszuwachsen. Aber auch zerbrechlich, wenn er sich zu viel zumutet. Wir haben lange nach einer Lösung für dieses Problem gesucht und schließlich gefunden. Du wirst den Abgrund zu den Fernen Ländern überwinden und das Land der Drachen betreten. Stück für Stück wird es hier sichtbar werden. Mit jedem Schritt, den du dort unternimmst, ein kleines bisschen mehr."

„Ein aufwendiges Verfahren, das ihr beide euch da überlegt habt. Gab es keine Versuche, das virtuell nachzubilden?"

„Doch, natürlich, unzählige. Und ebenso gab es unzählige Fehlschläge. Wie gesagt, der Geist eines Menschen ist zerbrechlich. Aber der Verdienst für diesen Ansatz gebührt weder mir noch meinem Gemahl."

„Wem dann?"

„Dir."

Ida ließ ihre Kleider fallen und betrat die Schwitzhütte. Alofan blieb draußen mit offenem Mund stehen.

„Ha. Der Grünschnabel ist schüchtern!" Hinter ihm erblickte Imbrifer einige nackte Gestalten. Neben dem brummigen alten Kapitän, der gesprochen hatte, standen Ratsfrau Tamui und Olywn. Dieser deutete auf die Schwitzhütte.

„Gehen wir hinein. Entspannen wir uns und lassen wir den Geist treiben. Meine besten Ideen kommen mir dabei."

„Ha, solange du nicht vergisst, den Rat einzuladen und uns deine Ideen mitteilst, bevor du Unheil anrichtest, soll mir das recht sein." Bevor Olywn darauf etwas erwidern konnte, waren der Kapitän und direkt darauf Frau Tamui in der Schwitzhütte verschwunden. Olywn wiederholte seine einladende Bewegung und betrat als Letzter die Schwitzhütte.

„Gut, die Narren betrinken sich. Wir müssen reden. Es gibt ernste Dinge zu besprechen, die wir nicht den Narren überlassen können. Der Schamane ist noch nicht bereit, wir haben also etwas Zeit."

36. Das Ritual

Imbrifer tropfte der Schweiß von der Stirn. Niemand redete. Die Hütte war aus frischen Zweigen errichtet und man saß sich auf zwei langen Bänken gegenüber. Gegenüber dem Eingang befand sich das Loch mit den heißen Steinen. Konstruktkapitän Tama genoss die Hitze und meinte zu der neben ihm sitzenden Ratsfrau Tamui:

„Eine Wohltat, auf diese Weise den Körper und den Geist zu reinigen. Wir sollten öfter unser Reich verlassen und die von Querlitzenfalls besuchen."

„Ja, ja, du lässt keine Gelegenheit aus, um dich aus deiner Domäne zu verdrücken."

„Ja, mein Spatz, und ich nehme dich mit, wann immer es geht. Der Kapitän des Konglomerats hat nun mal seine Verpflichtungen, Ratsfrau Tamui."

„Dafür bin ich dir dankbar", sagte Ratsfrau Tamui und knuffte den alten Raumbären. Dieser bedankte sich dadurch, indem er eine Kelle Wasser auf die heißen Steine goss. Es dampfte und zischte und die Temperatur in der Hütte stieg gefühlt um das Doppelte an.

Alofan wischte sich den Schweiß aus dem Gesicht. Ida ergriff das Wort. „Du bist uns immer willkommen, Konstruktkapitän."

„Jetzt bin ich nur Tama. Lassen wir den Titel weg. Könnt ihr euch vorstellen, dass wir eine riesige Saunalandschaft in meinem Domizil haben? Und ich war noch kein einziges Mal drin. Unglaublich, aber wahr. Nirgends ist es besser als in einer frisch gebauten Schwitzhütte aus frisch geschlagenen Birkenbracken. Nicht wahr, Imbrifer?"

Imbrifer nickte. „Nennt mich für die Dauer dieser gemeinsamen Sitzung Alofan. In einer Schwitzhütte gibt es nicht viele Geheimnisse." Er deutete auf die Ratsfrau und den Kapitän.

„Wohl gesprochen." Ratsfrau Tamui kicherte. „Der Hofstaat der Domäne würde tot umfallen, wenn er uns hier so sehen könnte."

„Hoffentlich macht jemand ein Foto, wenn der Hofstaat umfällt." Tama Sündström lachte.

„Das wäre es. Einen Moment lang keine Intrigen und kein sinnloses Geschwätz."

„Deswegen sind wir hier, lassen wir die kleinen und großen Sorgen hinter uns und den Dampf durch unsere Poren strömen. Alles andere wird sich nebenbei ergeben."

„Da hast du recht, Olywn. Was machen die Ländereien?"

„Wachsen und gedeihen. Wir haben ein paar sehr vielversprechende junge Weltenbauer von der Universität bekommen. Ein paar der alten Welten sind geschrumpft und wir haben sie in dieser Welt aufgehen lassen. Damit sind wieder Kapazitäten für neue Welten frei."

„Für unser gemeinsames Projekt?"

„Für unser gemeinsames Projekt! Wie steht es um eure Welten?"

„Nun, es herrscht wahrlich kein Mangel an Leuten, die sich zu Weltenbauern berufen fühlen. Ich würde mir wünschen, ich könnte einige der älteren verbrauchten Welten aufgehen lassen, aber in der Domäne scheint der Grundsatz umzugehen ‚je oller, je doller'. Wir mussten die Rechenleistung für die Welten herunterdrosseln, um Kapazitäten freizumachen. Wir können dreißig Prozent mehr anbieten, als wir vereinbart hatten. Wird das reichen?"

„Nun, es ist ein Anfang. Wenn das Projekt Fisch weiterhin so gut läuft, dann können wir eine neue Ebene erschließen. Kapazitäten auf den Quantenclustern wird dann nicht mehr unsere ausschließliche Hoffnung sein."

„Gab es keine Probleme wegen der Reduzierung der Rechenzeiten?", erkundigte sich Ida besorgt.

„Erstaunlicherweise ganz im Gegenteil. Kapazitätsprobleme wirken nach Verfall und der zieht die Weltenbauer merkwürdigerweise an. Es wird optimiert und gestrafft, die Welten in der Domäne laufen mit ungeahnter Effektivität. Ich hätte das auch nicht für möglich gehalten", erläuterte Ratsfrau Tamui.

„Aber Menschen sind immer wieder für Überraschungen gut."

„Wohl wahr", stimmte Tama, der Konstruktkapitän, zu.

„Alofan, du siehst, wir haben dir Ressourcen für deinen Teil des Projektes freischaufeln können", sagte Olwyn. „Schwitzen und reinigen wir uns für das Ritual. Unser schamanischer Seher wird bald zu uns stoßen und die Geister der Hünen herbeirufen."

„Die Geister der Hünen?" Alofan war verwirrt. An diesen Teil des Projektes konnte er sich nicht erinnern.

Olywn blickte fragend in Alofans Augen:

„Alofan, weißt du, warum wir hier sind?"

„Ich weiß es ... nicht."

Merkwürdig entspannt lehnte sich Olywn zurück.

„Natürlich nicht. Dieses Außendienstklonzeugs bringt mich immer durcheinander. Wir sind hier, um vor deinem Aufbruch in die neuen weiten Welten die Geister der toten Hünen anzurufen und ihren Rat einzuholen. Wirf einen Blick in die verbrannten Länder. Sprich mit den Verwehten. Sprich ..."

„... nicht von Dingen, über die du nichts weißt. Das ist meine Aufgabe." Alofan wusste, diese Stimme gehörte jemanden, den er kannte. Und als er sich umdrehte, erblickte er den, den er vermutet hatte. „Zwerg? Was machst du hier?"

„In diesem Moment bin ich der Seher. Einen Teil deines Weges hast du schon zurückgelegt, Herr Imbrifer, vergiss deinen alten Namen. In der Welt, die wir jetzt betreten werden, wirst du ihn als deinen Schutz tragen. Deinen Wahren Namen darfst du den Geistern nicht nennen. Um keinen Preis. Sie suchen einen Weg, wieder ganz zu werden. Sie geben Einblicke in Vergangenes und Aktuelles. Vielleicht auch in Dinge, die noch kommen mögen, aber traue ihnen nicht. Die Schatten wollen wieder in die lichten Wälder der Lebenden. Deswegen bist du hier. Misstraue ihnen. Die Virtuellen sind ihresgleichen, aber reale Wesen üben einen gewaltigen Reiz auf sie aus. Auch wenn kein Mensch je einen Geist der Hünen aufnehmen könnte. Nicht den verbrannten Rest eines Toten und schon gar keinen Geist eines lebendigen Hünen. Keine Namen! Hast du mich verstanden, Herr Regenmacher?"

„Ja, Seher."

„Gut verlasst alle bis auf Alofan die Schwitzhütte und lasst neue heiße Steine bereitlegen. Wir benötigen mehr Hitze. Trockene Hitze."

Der Zwerg war ebenfalls nackt, und seine Bemalung ließ ihn formell wirken. Nachdem die anderen die Schwitzhütte verlassen hatten, griff der Zwerg hinter eine der Bänke und förderte eine prall gefüllte Tasche zu Tage. Der Zwerg zog noch eine dicke Decke hervor und warf sie Alofan zu.

„Trag die Bänke hinaus und dann breite die Decke in der Mitte der Hütte aus. Wir benötigen Platz, und so ist es bequemer."

Alofan tat, was der Zwerg ihm sagte, und schleppte die schweren, grobgehauenen Bänke aus der Schwitzhütte und stellte sie links und rechts vom Eingang ab. Dann breitete er die Decke aus. Der Boden war nun bis auf das Loch am Rand mit den heißen Steinen bedeckt. Der Zwerg fischte eine kleine aus gebranntem Ton gefertigte Feuerschale aus seiner Tasche und ein paar trockene Zweige. Diese schlug er mit einem Feuerstein und etwas Zunder an. Erst füllte beißender Qualm die Schwitzhütte, dann wurde der Rauch weniger und zurück blieb etwas Glut. Der Zwerg griff abermals in die Tasche und holte eine Reihe von Gegenständen heraus. Einige Bündel mit Kräutern. Ein größeres Messer und einen kleinen Tomahawk aus Holz und Stein. Beides reichte er Alofan, während er die Kräuter auf der Glut in der Feuerschale verbrannte.

„Nimm die Waffen, du wirst sie in den weiten Ländern benötigen. Und nun atme den Rauch ein. Der Weg zu den Geistern der Toten führt nicht über einen klaren Verstand, sondern über das Unterbewusste. Und vergiss nicht: keine Namen!"

„Ich habe es vernommen, Seher."

„Gut."

Der Zwerg griff in seine Tasche und holte noch mehr Dinge aus der unendlich groß erscheinenden Tasche. Weitere Schalen und kleine Lederbeutel mit Pigmenten. Und eine kleine Karaffe mit Pflanzenöl. Geschickt mischte der Zwerg Pigmente und Öl und trug dann die Paste auf Alofans Haut auf. Dabei murmelte er Beschwörungen und sang dabei ein unverständliches Lied.

Alofan wurde schummerig und seine Gedanken trübten sich. Bald sang er das ihm unbekannte Lied des Zwerges voller Inbrunst mit. Schatten huschten durch seinen verschwommenen Blick und er vernahm heiseres Wispern und zitterte wie vor Kälte. Der Zwerg murmelte weiter und klopfte an die Außenwand der Schwitzhütte. Die geflochtenen Äste wurden von außen hereingedrückt und wölbten sich dann über die Grube mit den heißen Steinen. Alofan vernahm ein fernes Grollen, als die Steine aus der Grube geholt wurden und neue, noch leicht glühende Steine hineingekippt wurden. Die Außenwand schnappte zurück und trockene Hitze erfüllte den Raum. Alofan hörte auf zu zittern. Ein Teil der Äste fing von der Wärmestrahlung Feuer, aber der Zwerg schlug es mit einem feuchten und noch mit Blättern versehen Ast aus.

„Regenmacher, Regenmacher, Regenmacher", wisperten die Schatten.

„Was wollt ihr?", fragte Alofan.

„Was wir wollen? Leben wollen wir, aber dennoch können wir es nicht. Was willst du, Regenmacher, du hast uns gerufen, nicht wir dich."

„Frag sie nach ihrer Welt und ihrer Geschichte, Imbrifer. Frag sie, wie sie die Welt der lebenden Hünen sehen. Frag sie nach dem Kloster. Und denke daran, keine Namen!", flüsterte ihm der Zwerg ins Ohr. Alofan nickte benommen. „Woher kommt ihr? Wie sieht eure Welt aus? Wie ist sie entstanden? Was ist in ihr geschehen?"

„Viel willst du wissen, Regenmacher, sag uns deinen Namen."

„Ich bin der Regenmacher. Sprecht, Geister, sprecht!"

„Wohl an, dann lausche. Lausche den Stimmen der Verwehten. Lausche den Stimmen einstmals wichtiger und großer Hünen. Lausche den Verbrannten."

Eine Stimme wurde präsenter und drängte die anderen in den Hintergrund. Diese Stimme war nicht laut, aber allgegenwärtig. Selbst wenn sie schwieg. „Lass mich berichten, vom Pfad der Tiefe und vom Pfad der Zeitenwechsel. Einstmals war ich ein stolzer Hüne. Kräftig und groß gewachsen. Vertraut mit den Dingen der Welt und den

Dingen des Geistes. Lange lauschte ich den Worten der Meister und beobachtete ich ihre Taten. Dann wurde ich in die Tiefen entsandt, um der großen Schlange zu trotzen. Ich erreichte den Grund und stieg wieder empor. Ich diente der Kontinuität. Ich bewachte das Tor in andere Welten. Äonen für Äonen. Bis zu jenem Tag, als das Feuer über unsere Welt hineinbrach. Es schlug aus dem Tor. Ich versuchte es zu schließen. Ich versuchte das Feuer zurückzudrängen. Ich versuchte das gemeinsam mit meinen Brüdern. Aber einer nach dem anderen verbrannte. Verbrannte und zerfiel zu Staub. Der Feuerwind trug ihre Asche davon. Nichts blieb außer Feuer und ein dummer Mönch der Kontinuität. Einem Zeitalter der Wende hielt ich alleine den anbrandenden Feuerwogen stand. Alles um mich herum verbrannte. Auch ich, aber mein Wille hielt stand. Er hielt stand, bis ich begriff, was ich getan hatte. Nicht der Retter der Welten der Hünen war ich, nein, ich war der Narr, der dem Verderben den Weg bereitete. Hätte ich nur das Tor gleich verbrennen lassen, es wäre wenig Unheil in diese Länder gelangt. Meine Standhaftigkeit war mein Fluch. War der Fluch dieser Welten. Das ist geschehen. Und nun bewache ich die verbrannten Ebenen, bis jemand kommt und sie wieder fruchtbar macht.

Bist du derjenige, Regenmacher? Komm, ich zeige dir die verbrannten Ebenen. Rufe den Regen, um das Land zu löschen. Rufe den Regen, um die Asche wegzuspülen. Komm und lass dir zeigen, was geschah."

„Geh mit ihm!", raunte der Zwerg Imbrifer ins Ohr. „Ich kenne ihn. Er ist ein starker Geist aus den alten Zeiten. Stark genug zu widerstehen. Stark genug, um den Tag herbei zu sehnen, an dem er vergehen und die Last dieser und der vergangenen Welten hinter sich lassen kann. Er wird dich schützen und er wird keinen Besitz von dir ergreifen. Geh in die verbrannten Ebenen!"

37. Die verbrannten Ebenen

„Geh in die verbrannten Ebenen."

Diese Worte halten in Imbrifers Kopf wider. Seine Sinne klärten sich langsam. Stechender Kopfschmerz durchzuckte ihn, als Imbrifer seinen Kopf hob, um sich festzustellen, wo er sich gerade befand.

Die verbrannten Ebenen machten ihrem Namen alle Ehre. Asche und kalter Rauch, wohin er blickte. Als der Schatten seinen Arm ausstreckte, um Imbrifer auf die Beine zu helfen, bemerkte er, dass der Geist des Hünen handfest geworden war. Mühelos zog er ihn hoch.

„Ich bin der Verbrannte. Hier siehst du das, was vom einstmaligen Zentrum der Hünenzivilisation übriggeblieben ist: Asche. Die Asche unseres Stolzes. Die Asche unserer Überheblichkeit. Die Asche geliebter und nicht so geliebter Hünen. Die Asche unserer Stätten. Die Asche unserer Berge, Täler und Wälder. Die Asche der Bauten der Kontinuität. Und die Asche von all dem, was sonst noch so wuchs, kreuchte und fleuchte. Nichts ist geblieben."

„Dennoch sind wir hier. Du bist hier, Verbrannter."

„Meine Asche ist hier. Der Schatten eines einstmals großen Hünen. Aber dennoch hast du recht. Es gibt noch Leben auf dieser Welt. Nicht mehr viel im Vergleich zu der Zeit vor dem Weltenfeuer, aber es ist Leben und es breitet sich wieder aus. Das ist das Wesen der Hünen, wir sterben nicht einfach, etwas bleibt immer zurück. Der vollständige Tod ist eine seltene Sache. Gewesen. Im Weltenfeuer gab es unzählige vollständige Tode. Ich habe das Feuer gespürt, es hat mich verbrannt, aber dennoch lebt ein Schatten von mir weiter. Es ist nicht so, dass ich nicht verwehen könnte. Jedoch mein Eid gegenüber der Kontinuität hält mich hier."

Imbrifer schwieg. Er, beziehungsweise sein anderes Ich, hatte unzählige Tode gebracht und noch viel mehr gesehen, aber das Ausmaß der Ascheebene erschreckte selbst ihn. Er wusste nicht, was er auf die Enthüllungen des Verbrannten antworten sollte. Andächtiges Schweigen und Gedenken der Vernichteten erschien ihm angemessen.

„Du tust gut daran zu schweigen, Mensch. Es war eure Art, die den Feuerstein warf. Deine Ehrfurcht vor den Gefallenen ehrt dich. Aber nicht der Feuerstein alleine hat dieses verursacht. Für ein Feuer benötigt man ebenso etwas, was brennt, und den Wind, der die Glut antreibt. Und einen Narren, der das Feuer außer Kontrolle geraten lässt. Diesen Narren siehst du vor dir. Es wäre ein Leichtes gewesen, das Kloster und den Anker und eine der Welten vergehen zulassen. Alle dort wären gestorben und unsere Verbindungen zu den anderen Völkern der Kontinuität wären verloren gewesen. Wie vielleicht auch einige der verbundenen Völker."

„So hast du diese Völker gerettet?"

„Wahrscheinlich, aber fast alle Hünen haben einen sehr hohen Preis dafür bezahlt. Ich habe sie ihn bezahlen lassen. Das ist der Grund, warum ich nicht einfach verwehen kann, so sehr ich es mir auch wünschen würde. Jemand muss Zeugnis ablegen und jemand muss sich vor der Kontinuität verantworten."

„Ich verstehe. War nach den unzähligen Zeitenwenden noch niemand von der Kontinuität hier und hat nachgeschaut, was hier passiert ist?"

„Natürlich war jemand hier. Sie haben IHN geschickt und ER hat all die Narren mitgenommen, die überlebt haben und dumm genug waren, IHM zu folgen. Seit einem Zeitalter hat man sie nicht mehr gesehen."

„Wer ist ER?"

„Keine Namen! Hat dir der Seher das nicht gesagt? Namen haben Macht. Und in dieser Ebene tragen Worte weit. Es gibt nichts mehr, was sie aufhalten würde."

„Hast du mit IHM gesprochen?"

„Ich habe es versucht, aber die Lebenden hören nicht auf Geister. ER interessiert sich nicht für kleine Dinge, ER ist ausgezogen, um die Verknüpfung neu zu weben, das zu reparieren, was zerbrochen ist. Und er ist in einer Wende der Zeiten gescheitert. Ich habe viel gesehen, in unzähligen Zeiten meiner Wacht, aber es gab nur wenig, was ER nicht in einer Zeitenwende tun konnte. Vielleicht kehrt ER in dieser Zeitenwende erfolgreich hierher zurück. Oder in einer der darauffolgenden."

„Er scheint mächtig zu sein."

„ER hat die Kontinuität gegründet. ER hat die Wege gebaut. ER findet neue Mitglieder für die Kontinuität. ER und Leute wie der Seher. Einst wurde ER als Werkzeug der Hünen erschaffen. ER wurde zu gut erschaffen. Jetzt dienen die Hünen ihrem eigenen Werkzeug und dem, das er erschaffen hat. Seit unendlichen Zeitaltern."

„Das hört sich bitter an."

„Bitterkeit verfliegt mit den Zeitaltern. Vielleicht nicht nach einem oder zehn oder hundert, aber nach tausenden. Spätestens nach zehntausenden."

„Das sind lange Zeiträume."

„Nicht für einen Bund, der auf Ewigkeit angelegt ist."

„Nichts unter der Sonne ist ewig."

„Natürlich nicht. Selbst Sonnen entstehen und vergehen. Das berücksichtigen die Statuten der Kontinuität. Völker entstehen, gedeihen, erben, vergehen und vererben, aber die Kontinuität bleibt bestehen."

„Solange es IHN gibt?"

„Möglicherweise auch länger. Das Volk der Seher ist nicht so mächtig wie ER, aber sie sind viele und ihnen ist es ebenfalls gelungen, einen Augenblick einzufangen."

„Was können wir tun?"

„Was wollt ihr tun? Die Wende der Zeiten rückt mit rasenden Schritten näher, dann ist vieles möglich. Findet heraus, was ihr wollt, dann könnt ihr es tun."

„Deswegen bin ich hier."

„Das dachte ich mir. Aber hier findest du nur die verbrannten Länder und ihre Schatten. Selbst die Vergangenheiten sind nicht mehr zugänglich. Das Volk der Seher hat es versucht und ist gescheitert. Sie haben eine Sonne nach der anderen verbrannt und dennoch den Schaden hier nicht richten können. ER ist die letzte Chance dieses

Landes. Aber nun komm, ich zeige dir fröhlichere Länder. Es sind nur Schatten, aber es wird dir zeigen, wie es vor dem Weltenbrand war."

Der Schatten führte Alofan und die Ebene um ihn herum wandelte sich. Die Asche begann zu rauchen und dann zu glühen. Flammen schlugen aus der Asche und die Asche verbrannte zu Bäumen, Gebäuden und Hünen. Der Himmel klarte auf und Imbrifer konnte reges Treiben erkennen. Er öffnete seinen Geist und versuchte alles in sich aufzunehmen. Je mehr er es versuchte, desto unklarer wurde alles. Dann plötzlich Stille. Wasser. Er war wieder im Wasser und er war wieder ein Fisch.

38. Zurück im Tank

Kullat Nunu war wieder er selbst. Er war müde und erschöpft. Die Wesen außerhalb seines Beckens löcherten ihn mit ihren Fragen, aber es fehlte ihm die Kraft zu antworten.

„Kullat Nunu müde. Kullat Nunu schlafen, Kullat Nunu tanken Kraft für Sehen mehr."

„Ruh dich aus, Nunu, du hast uns viel gezeigt."

„Nunu und Imbrifer Kullat Nunu. Nicht einer gemacht alles alleine. Beide gemacht. Nunu gezeigt Bilder und Imbrifer gereist und geschaut was gezeigt."

„Dann ruht euch aus." Rena ließ den Knopf der Gegensprechanlage los und drehte sich schulterzuckend um.

„Mehr wird heute wohl nicht mehr gehen. Er hat eine öde Gegend dort draußen erkundet. Es muss noch mehr dort zu sehen gegeben haben, aber ihn hat die Kraft verlassen, oder Nunu hat nicht verstanden, was Imbrifer ihn hat sehen lassen."

„Nun, es war beeindruckend, was wir zu sehen bekommen haben. Soweit haben wir vorher noch nie in die Welt der Hünen hinausblicken können." Organisator Polanz war begeistert. „Wann können wir mit den nächsten Bildern rechnen?"

„Nach den Werten schätze ich, das wir Kullat Nunu mindestens 48 Stunden Ruhe gönnen sollten. Die Konzentration an schwerem und überschwerem Wasser wird sich in ein paar Stunden wieder richtig eingestellt haben. Insofern wir Nachschub von den anderen Zweigstellen bekommen", wandte sich Organisator Hamji an seinen Kollegen.

„Ich tue, was ich kann", schnaubte Organisator Polanz entrüstet. „Wir haben höchste Priorität in der Orga, aber die Mengen sind begrenzt. Dieser Versuchsaufbau verbrennt Unmengen. Versuche, den Verbrauch in den Griff zu bekommen, die Reserven sind fast erschöpft und die Produktion der Zentrifugen am Wasserstoffzapfer hat noch nicht ihre volle Kapazität erreicht."

„Vielleicht bringt der Zwerg ja neue Impulse mit, wenn er wieder hier auftaucht."

„Falls er wieder auftaucht. Er ist seit zwei Tagen spurlos verschwunden. Als ob er sich in Luft aufgelöst hätte."

Rena runzelte ihre Stirn. Sie mochte es nicht, wenn die beiden Organisatoren in ihrer Nähe so redeten, als ob sie nicht da wäre. Ida hatte ihr eingeschärft, sich ruhig zu verhalten und die Ohren zu spitzen. Wenn Ida in der Nähe war, drückte sich Organisator Polanz deutlich distanzierter und vorsichtiger aus. Er hatte die Abfuhr der Virtuellen immer noch nicht ganz verwunden.

Aber der Organisator hatte recht, der Zwerg hätte sich längst blicken lassen können. Am Abend vor zwei Tagen hatte er sich kurz von ihr verabschiedet, er müsse noch ein paar Dinge erledigen und würde bald zurück sein.

„Na, was machen deine Fische so?"

Rena schreckte hoch. Sie hatte den Zwerg nicht kommen hören. Er war einfach wie aus dem Nichts aufgetaucht. Er sah magerer, aber ausgeschlafen aus. Rena schielte zu den Organisatoren, die brüteten über Tabellen und Diagrammen und bemerkten ihre Umwelt nicht.

„Wo kommst du denn jetzt her?"

„Ein Geheimnis! Aber erzähl mir, wie geht es Kullat und Nunu?"

„Beide sind erschöpft. Sie waren zwei Tage unter Dauerfeuer. Und dann stieg die Aktivität in der letzten Stunde drastisch an, bis die Sache irgendwie kollabiert ist."

„Das kann man wohl so sagen", murmelte der Zwerg in seinen Bart und fuhr dann weiter fort.

„Kullat Nunu werden eine Weile ruhen müssen. Und sie könnten eine Gefährtin brauchen."

„Wie, eine Gefährtin? Es gibt nur einen Fisch!"

„Der Fisch ist ein Fischschwarm. Nein, ich meine etwas anderes."

„Und was genau? Nein! Du wirst dort keinen weiteren Menschen hineinstecken, oder?"

„Ich? Um Hydors Willen, das ist nicht meine Aufgabe. Diese Entscheidung muss seine zukünftige Partnerin selbst treffen. Aus freien Stücken. Sonst wäre es ein vergebliches Opfer."

„Ein freiwilliges Menschenopfer?"

„Es wäre bei Hydor nicht das einzige Menschenopfer in der Geschichte der Menschen. Oder in der Geschichte irgendeines anderen Volkes. Aber der Preis erkauft etwas. Etwas, das sich lohnen könnte. Rede einfach mal mit Imbrifer."

39. Der Katzenjammer

Er war wieder im Tank. Direkt und ohne den Umweg über das Reich derer von Querlitzenfalls in den Inneren Landen. Sein Schädel brummte und schmerzte nicht, er war einfach nur leer. Selbst die Ödnis der verbrannten Ebene wäre ihm jetzt lieber gewesen als diese Leere. In sich unsicher schwamm er ein paar Bahnen durch das Becken und fühlte sich weiterhin leer dabei. Schließlich sprach eine Stimme von außerhalb zu ihm. Es war Rena.

„Wie geht es dir?"

„Ich fühle mich leer. Die Weite ist weit weg."

„Die Weite ist weit weg? Du hörst dich an wie jemand, der einen Kater hat."

„Was hat eine männliche Katze damit zu tun? Ah ... ich verstehe. Hm, ich weiß nicht. Es fühlt sich eher an wie das Loch, in das man fällt, wenn man eine große Sache getan hat und dann wieder in der langweiligen und bedeutungslosen Normalität angekommen ist. Ich habe Dinge gesehen, die ein normaler Mensch nicht sehen kann. Ich war dort draußen. Ich habe einen Geist der Hünen gesehen und mit ihm geredet. Es war viel und dennoch nur ein Schatten. Um wie viel beeindruckender muss ein echter und lebendiger Hüne sein?"

„Das hört sich nach einem Spiel mit dem Feuer an. Der Zwerg hat mir die Geschichte von einem Vater und seinem Sohn erzählt, die sich Flügel aus Wachs gebaut haben und dann ist der Sohn der Sonne zu nahe geflogen und die Flügel sind geschmolzen und der Junge ist abgestürzt und gestorben."

„Ikarus? Ja, die Gefahr besteht immer. Das Gleichnis sagt nicht, man solle nicht hochfliegen, sondern man soll nicht höher fliegen, als die Ausrüstung es erlaubt."

„Diese Auslegung ist ... kalt!" Rena war verstimmt.

„So kalt, wie ich mich fühle. Es ist zu wenig Energie im Becken, die man nutzen könnte, um wieder auf Reisen zu gehen."

„Organisator Hamji hat dir-euch Ruhe verschrieben. Ihr seid übersäuert gewesen."

„Angeschmolzene Wachsflügel."

„Was?"

„Ikarus. Wäre er niedriger geflogen, als die ersten Federn sich gelockert hätten, wäre er nicht abgestürzt. Was hat der Zwerg dir noch erzählt?"

„Warum willst du das wissen? Er sagte, ich solle mit dir reden. Meinst du er hatte Hintergedanken?"

„Natürlich. Unser Zwerg hat immer Hintergedanken. Er schubst gerne jeden in die richtige Richtung. Zwerge können wundervolle Dinge vollbringen, aber man muss aufpassen, dass sie einen nicht über den Tisch ziehen. Du solltest die Sagen über Zwerge lesen."

„Zwerg mag diese Sagen nicht. Er sagt, viele sind nur aus der Sicht der Menschen geschrieben und Menschen versuchen auch, einen über den Tisch zu ziehen."

„Da hat er nicht unrecht. Mit beidem. Dennoch wird man einen wahren Kern finden. Die Sagen sind mit spitzer Feder geschrieben. Wenn man zwischen den Zeilen liest, erfährt man vieles. Über die Helden und über ihre Gegner."

„Das stimmt. Und was hast du über unsere Gegner erfahren?"

„Vielleicht sind sie keine Gegner. Sondern mehr ... Riesen. Riesen in Fleisch und Geist. Und wir entkommen ihnen nur, weil wir klein sind."

„Wenn wir uns größer machen, dann werden sie uns finden?"

„Wahrscheinlich. Wenn wir eine Bedrohung darstellen und auffallen. Aber ebenso, wenn wir auffallen und keine Gefahr darstellen. Es ist ein schmaler Grat, auf dem wir uns bewegen."

„Wie Ikarus. Auf der Grenze zwischen hoch und zu hoch? Ich verstehe, was du meinst. Warst du nur draußen?"

„Nein, ich war auch in den Inneren Landen. Im Reich des Herrn Olywn und der Frau Ida. Ich war zu Gast an ihrer Tafel und ihn ihrem Rat. Dem großen und auch dem geheimen."

„War es gut? War es schön dort? Erzähle mir davon. Ich war noch nie in den Inneren Landen."

„Schönheit ist kein Problem dort. Es erfordert Arbeit, dort hässlich zu sein. Die Inneren Lande sind vielleicht eine Sackgasse. Wer sich selbst genügt, genügt nachher niemandem mehr."

„Du bist heute weise, Alofan, fast so wie der Zwerg, wenn er keine Späße macht. Dann ist er furchtbar ernst."

„Ich bin nicht mehr Alofan. Der alte Alofan ist vergangen, jetzt bin ich Imbrifer. Jemand, der ins Wachs gefallen ist." Gegen seinen Willen musste Imbrifer lachen. Es tat gut, mit Rena zu reden. Er verstand nun, warum Nunu einen Narren an ihr gefressen hatte. Rena lachte mit. „Du bist ein bisschen mehr wie der Zwerg geworden. Nicht mehr so ernst und gefährlich."

„Täusche dich nicht. Manche Scherze können auch auf die Kosten dessen gehen, über den gelacht wird."

„Man muss über sich selbst lachen können. Dann ist das Leben nicht mehr so schwer."

Nach einer Pause setzte sie fort. „Ich würde gerne mit dir schwimmen."

Imbrifer war überrascht, aber nicht abgeneigt. Etwas weibliche Gesellschaft würde die Schwermut vertreiben helfen. Besonders solch angenehme Gesellschaft.

„Komm ins Wasser."

Weder Imbrifer noch Rena dachten über mögliche Gefahren nach. Rena streifte ihre Kleidung ab und kletterte über die Wartungsleiter in das Becken. Kühles Wasser glitt über ihre Haut, als sie zuerst ein Bein ins Wasser eintauchte und dann das zweite folgen ließ. Ein wohliger Schauer lief durch ihre Adern und die feinen Härchen auf ihrer Haut stellten sich auf. Dann ließ sie sich ganz ins Wasser gleiten und schwamm in Richtung des leicht leuchtenden Fischschwarms.

Weiche Flossen streichelten wie Federn über ihre Haut und Renas Gesicht und Ohren röteten sich. Sie tauchte auf und holte kurz Luft, um dann wieder in die Kühle des Wassers hinunterzugleiten. Es war wie eine Vereinigung mit dem Schwarm. Die Fische fingen an zu glühen und wundervolles Licht schimmerte um Rena. Das Licht war um sie herum und ging durch sie hindurch. Erregung ergriff sie und das Spiel in den Wellen wurde wilder. Lust durchströmte sie und sie sehnte die tatsächliche Vereinigung herbei. Ihr Puls wurde schneller und dann setzte das bewusste Denken aus. Sie war und sie war glücklich, eins mit sich und der Welt um sie herum. Dann kam der kleine Tod und wieder und wieder. Bis auch er eins mit der Welt wurde.

40. Erwachen

Rena erwachte und hielt Imbrifer fest umschlungen.

„Das war unglaublich."

„Ja, das war es."

Sie lagen auf weichem Moos und neben ihnen plätscherte ein kleiner Wasserfall auf einen Teich. Imbrifer hatte wohl noch nicht genug, denn er ließ seine Hände überall über Renas nackte Haut gleiten und sie liebten sich ein weiteres Mal.

Schließlich bekam Rena Hunger und sie setzte sich auf. „Wo sind eigentlich meine Sachen?"

„Schau hinter dem Busch nach, dort müsste auf einer Bank Kleidung bereitliegen."

„Hinter dem Busch? Was geht hier vor sich? Wir waren doch im Labor. Meine Sachen müssten vor dem Tank ..."

„Keine Panik. Wir sind in den Inneren Landen. Du wolltest die doch unbedingt sehen, oder nicht?"

„Ja, aber ich wollte meine Existenz als Mensch im Perimeter nicht aufgeben."

„Du wolltest schwimmen und du wolltest die Vereinigung. Beides hast du bekommen. Ich hätte nicht gedacht, dass so etwas so einfach möglich wäre, aber es scheint geschehen zu sein. Du bist hier mit mir in den Inneren Landen. Gehen wir los und schauen wir, ob wir etwas zu essen finden."

„Wie kannst du jetzt an Essen denken?"

„Du wolltest doch essen. Und was zum Anziehen!" Alofan grinste schelmisch und zeigte auf Renas immer noch splitterfasernackten Körper. Renas schon gerötetes Gesicht wurde eine Nuance dunkler. Hastig huschte sie hinter den Busch. Es folgte Stille, dann ein Jauchzen und dann eine Frage.

„Wie zieht man das an?"

„Wie zieht man was an?"

„Hier liegt eines dieser Kleider, die ich immer schon mal tragen wollte, aber ich weiß nicht, wie man sie richtig anlegt. Es scheint komplizierter als ein Overall zu sein."

„Einfach hineinschlüpfen. Soll ich kommen und helfen?"

„Das schaffe ich schon alleine. Das kann ja so schwer nicht sein, wenn ich das System erst mal durchschaut habe."

Imbrifer zuckte mit den Schultern und legte sich wieder auf das zerdrückte Moos und schaute in den Himmel. Ein leichter Wind ging und brachte die Blätter der Bäume zum Rauschen. Es war wunderbar beruhigend. Imbrifer fühlte sich glücklich. Dann riss ihn ein Fluch aus seinen wohligen Gedanken.

„Ich kriege das Kleid nicht alleine zu! Das ist ja die Höhe. Warum benötigt man zwei Personen, um die Kleidung einer Person zu schließen?"

„Soll ich dir helfen?"

„Nein, auf keinen Fall. Verdammt! Nun komm schon her."

Imbrifer stand auf und schlenderte um den Busch herum und erblickte Rena, die sich in ein enges Jagdkleid gehüllt hatte. Feines Leder umschmiegte sie und sie sah aus wie die Göttin der Jagd. Eine nicht ganz fertig angezogene Göttin der Jagd und eine rot werdende Göttin der Jagd.

„Steh hier nicht so rum und zieh dir um Gotteswillen etwas an. Ich kann dein Ding sehen und es steht schon wieder! Du bist unersättlich."

„Oh, ist mir gar nicht aufgefallen. Das liegt vielleicht an der nur halb angezogenen Frau in dem aufreizenden Kleid."

„Oh, Mann. Na gut, aber das Kleid lasse ich dabei an. Es schmiegt sich wie eine zweite Haut an mich."

„Dein Wunsch ist mir Befehl."

Schließlich schafften Rena und Imbrifer es, das Kleid mit vereinten Kräften zu schließen und Imbrifers Kleidung hinter einem anderen Busch zu entdecken.

„Und wo finden wir jetzt Nahrung?"

„Folge deiner Nase. Und vertraue auf deinen Instinkt."

„So sucht man in den Inneren Landen Nahrung?"

„Teilweise. Oder man riecht das Lagerfeuer, in dem etwas gekocht oder gebraten wird. Folgen wir dem Kaninchen."

„Welchem Kaninchen?"

„Dem im Eintopf."

41. Eintopf

Rena und Imbrifer schlugen sich durch das Unterholz und gelangten schließlich zu einer kleinen Lichtung, an deren Rand eine kleine Holzfällerhütte stand. Vor der Hütte brannte ein Lagerfeuer und darüber hing an einem Dreibein ein Topf. Eine in einen Kapuzenumhang gehüllte, kleinwüchsige Gestalt rührte den Inhalt gerade um und schmeckte ihn ab.

Als sie auf die Lichtung traten, winkte der Koch ihnen, näher zu kommen. Rena kam die Gestalt trotz ihrer Vermummung bekannt vor.

„Zwerg?"

„Hallo, Rena, hallo, Alofan. Der Eintopf ist gleich soweit. Ihr kommt genau passend."

„Was machst du denn hier? Wie kommst du hierher?"

„Ich koche. Das ist ein Geheimnis."

„Was?" Rena war verwirrt über die lockere Selbstverständlichkeit, mit der der Zwerg ihre Fragen beantwortete. Er zuckte mit den Schultern, kostete erneut und gab noch etwas Salz aus einem kleinen Lederbeutel in den Eintopf, rührte um und schmeckte ab. Er nickte zufrieden und fuhr fort.

„Das ist kein Geheimnis." Er deutete auf den Topf. „Das ist Kanincheneintopf. Jetzt ist er genau richtig. Holt euch Hocker aus der Hütte und dann können wir essen. Ihr müsst hungrig sein."

„Aber ..." Rena setzte zu einer Erwiderung an, doch Imbrifer löste die Sache pragmatisch. Er schob Rena Richtung Hütte und fragte den Zwerg.

„Sollen wir noch Schüsseln oder Teller mitbringen?"

„Nein, alles da. Bis auf die Hocker. Nehmt jeder zwei mit raus." Rena ließ sich in Richtung Hütte schieben und raunte Imbrifer zu: „Findest du das nicht merkwürdig? Der Zwerg ist hier und dann noch zeitlich genau passend?"

„Nein. Er ist halt der Zwerg. Immer zur Stelle, um Menschen einen kleinen Schubs in die richtige Richtung zu geben. Das muss dir doch schon aufgefallen sein, als du mit ihm im Perimeter zusammengearbeitet hast."

„Ja, natürlich. Aber meinst du nicht, er will uns vergiften oder sowas?"

„Warum?"

„Wegen, du weißt schon!"

„Ist der Zwerg früher eifersüchtig gewesen?"

Rena grübelte intensiv nach und zählte mit ihren Fingern, bis ihr der neugierige Blick Alofans auffiel. Mit verschränkten Armen beantwortete sie dann die Frage.

„Eigentlich nicht, aber er hat mir danach kein Frühstück gebracht. Eigentlich ist er bei solchen Gelegenheiten immer längere Zeit weg gewesen. Er ist immer mal weg und mal da gewesen. Eben jemand, der mit alten Teilen handelt und dabei viel herumkommt. Aber er war immer da, wenn ich seine Hilfe benötigt habe. Manchmal auch, ohne dass ich es vorher wusste."

„Siehst du? Wir sind hier in den Inneren Landen. Es kann dir hier nichts passieren. Vertraue mir. Und sei etwas freundlicher zum Zwerg, er bekocht uns und er hat dir dein Wunschkleid organisiert. Das ist eine sehr nette Geste, findest du nicht?"

„Doch, schon. Warum sollen wir eigentlich jeder zwei Schemel holen? Wir sind zu dritt und er hat schon einen Hocker für sich."

„Es ist ein großer Topf und mehr als ein Kaninchen drin. Ich denke, wir werden noch weiteren Besuch bekommen."

„Wen?"

„Das werden wir sehen, sobald er da ist."

Rena murmelte etwas von Männern und schleppte dann zwei der schweren, groben Hocker zum Lagerfeuer, während Imbrifer die beiden anderen brachte.

„Ah, da seid ihr ja endlich wieder! Stellt die Hocker ums Feuer. Und dann esst!"

Der Zwerg reichte erst Rena und dann Imbrifer eine erstaunlich feingearbeitete hölzerne Schale mit Eintopf und dazu je einen hölzernen Löffel. Den Topf bugsierte er aus der Hitze, indem er ein

Bein des Dreifußes mehr nach außen stellte. Schließlich nahm er sich selbst eine Schale.

„Und, schmeckt er euch?"

„Köstlich." Rena grinste den Zwerg an. „Ich wusste nicht, dass du kochen kannst. Hätte ich das eher gewusst, dann ..."

„... hättest du mich zum Küchendienst einteilen lassen?"

„Äh, nein."

„Das wäre also ein Wissen gewesen, das für niemanden einen direkten Nutzen gehabt hätte. Aber essen wir erst. Reden lässt es sich leichter mit gefülltem Bauch und einem Schluck Branntwein, während das Feuer herunterbrennt."

„Was ist Branntwein?" Rena blickte den Zwerg fragend an. „Doch hoffentlich nichts, was die Destillateure aus den Überresten von wer weiß was gebrannt haben?"

„Ich habe den vom Herrn des Landes geschenkt bekommen und glaube mir, er würde nichts verschenken, das er nicht selbst trinken würde. Besonders nicht, wenn er das dann bei seinen Besuchen vorgesetzt bekommt." Der Zwerg lachte. Rena stimmte mit ein, wohingegen Imbrifer schwieg.

„Du bist so still, Freund Imbrifer, was ist mit dir?"

„Ich habe Hunger. Hast du noch eine weitere Schüssel für einen guten Freund, oder sollen wir erst auf die anderen Reisenden warten?"

„Natürlich nicht! Gib mir deine Schüssel, es wäre schade, den guten Eintopf verkommen zulassen. Rena?"

„Gerne, der Eintopf ist wirklich zu köstlich. Wie hast du den zubereitet?"

„Das zeige ich dir, wenn wir den nächsten zusammen zubereiten. Das wird eine Information sein, die für sich noch von Nutzen sein kann. In den weiten Landen wird für euch vieles fremd, aber doch seltsam vertraut sein. Sie ähneln dem Perimeter in ihrer Endgültigkeit und dem Inneren in ihren Umgangsformen. Beim Inneren liegt das daran, dass eure Gönner ein bisschen nachgeholfen haben.

Wenn man vom Teufel spricht. Zwei der Gestalten nähern sich uns. Haben dir Alofan oder Ida von unseren Gastgebern aus dem Inneren erzählt?"

Rena schüttelte mit dem Kopf.

„Kein Wort. Wer sind sie? Haben sie etwas mit der merkwürdigen Kleidung zu tun, die wir in dieser Welt tragen?"

Der Zwerg lachte, richtete sich auf und präsentierte mit großer Geste seine Gewandung. Gugel, Wams, eine schwere Wolltunika mit einem handbreiten Gürtel unter seinem Bauch und was man von seinen kurzen Beinen sehen konnte, steckte in hohen ledernen Stiefeln.

„Direktive 548 des Flottenrates, beschlossen nach der dritten großen Chance und gültig für alle neuen Welten in den Inneren ab dem zweiten Endlosen Sommer: Fortan sind Gewandung, Sprache und Lebensführung anzupassen an Vorgabe 538 zur Schonung unserer Ressourcen und zur Vorbereitung auf kommende Ereignisse."

Rena war über die Erläuterung des Zwerges rechtschaffen verwirrt.

„Direktive 548 und 538? Wovon zum Teufel redest du, Zwerg?"

Alofan kürzte die Ausführungen des Zwerges etwas ab.

„Spöttische Zungen nennen das die ‚Mittelalter-Direktive'. Eine Epoche lange vor dem Aufbruch zu den Sternen, vor der Umsiedlung der Menschheit ins Alpha Centauri System, lange vor den Zeitkriegen, dem Kollaps, der langen Restauration oder gar dem Aufstand auf Secundus Al Catraz, der uns in letzter Instanz mit der Schlacht von Epsilon Eridani in die Welten des Konglomerates geführt hat. Korrigiere mich, Zwerg: über 300 Ewige Sommer in die Vergangenheit."

„Wen interessiert das, Mensch? Im Leben sind Luft, Wärme, Wasser und Nahrung wichtig. Und das Wohlwollen derer, die selbiges bieten. Wie das dieser zwei Gestalten dort."

Der Zwerg deutete in den Wald, aus dem gerade ein Mann und eine Frau die Lichtung des Zwerges betraten.

„Wer sind die beiden?", fragte leise Rena in die Runde.

„Herr Olywn und Frau Ida von Querlitzenfall. Die Herren dieses Landes", kam Alofan dem Zwerg zuvor.

„Ida ist hier? Aber Ida lebt doch noch im Perimeter. Wie kommt sie hier her?" Rena war verwirrt.

„Diese Ida war schon immer in den Inneren Landen. Unsere Ida stammt aus der realen Welt. Es sind zwei vollkommen verschiedene Personen. Verwirrend, ich weiß." Alofan lächele Rena aufmunternd zu. Rena zog ihre Stirn kraus.

„Gibt es auch von mir, dir und dem Zwerg mehrere Personen?"

„Du bist eine Perimetergeborene, dich gibt es nur einmal. Der Zwerg kommt von wer weiß woher und ich stamme aus dem Realen. Herr Olywn stammt aus dem Inneren, seine reale Person wird seit der Schlacht von Epsilon Eridani vermisst. Es sollte also erstmal nur Ida doppelt vorhanden sein. Was nicht heißen soll, dass wir hier keiner Person begegnen können, die es nicht auch in den Äußeren Landen gibt."

„Konzentrieren wir uns auf das Naheliegende, wir haben Besuch", unterbrach der Zwerg Rena, die zu weiteren Fragen ansetzen wollte und rief lauter in Richtung der herannahenden Besucher.

„Hey, Reisende. Kommt her und teilt das Essen mit uns, wenn ihr nichts Arges im Schilde führt."

Frau Ida aus dem Virtuellen antwortete dem Zwerg.

„Gerne. Wir haben eine längere Wanderung hinter uns und können wirklich etwas Warmes zur Stärkung vertragen. Es riecht verlockend, was hast du uns dieses Mal gezaubert, Meister Zwerg? Kaninchen?"

Die von Querlitzenfalls trugen ebenfalls Jagdkleidung. Leichtes Leder, darunter feines Tuch. Je einen reich verzierten Hirschfänger und zwei kleinere Vorderlader Pistolen. Olywn trug einen Sack auf seiner Schulter und hielt eine Saufeder im Arm, während Ida einen Bogen geschultert hatte und ein Bündel Pfeilschäfte über ihre rechte Schulter hinausragte.

Der Zwerg reichte beiden je eine Schale mit Eintopf. Den angebotenen Holzlöffel lehnten beide aber ab. Sie hatten ihre eigenen

Löffel mitgebracht. Fast schon freundlich kommentierte das Herr Olywn.

„Wie du siehst, Herr Zwerg, haben wir dein Geschenk gut verwahrt."

„Ihr ehrt einen einfachen Zwerg." Der Zwerg deutete eine kurze Verbeugung an und wies auf die beiden bereitstehenden Hocker.

„Setzt euch, esst und erzählt, was es neues in eurem Reich gibt."

„Einiges, aber auf dieser Lichtung sollten demnächst die Interessanteren Dinge geschehen. Die Pläne für das Portal sind fertig und ..."

„Stell uns doch erst deine Gäste vor", unterbrach Frau Ida den Redefluss ihres Mannes, der nicht sonderlich glücklich über diese Unterbrechung aussah.

„Herrn Imbrifer den Regenmacher kennen wir schon, aber wer ist die reizende junge Dame bei ihm?"

„Das ist", verkündete der Zwerg mit großer Geste, „Rena die Schmiedin. Sehr geschickt mit Werkzeugen aller Art und immer begierig auf Neues aller Art."

Den letzten Punkt unterstrich der Zwerg mit einem anzüglichen Grinsen und einem Zwinkern in Richtung Rena, der prompt die Röte ins Gesicht stieg.

„Sehr schön, erzähl mir mehr von dir, Rena." Frau Ida deutete Alofan an, mit ihr den Platz zu tauschen. Dieser zuckte mit den Schultern und nahm neben Olywn Platz und sprach diesen an.

„Herr Olywn, du erwähntest etwas von einem Portal?"

Das Grimmige wich aus Olywn Gesicht, das Thema schien dem Herrn des Landes am Herzen zu liegen.

„Der Weg über den Weiher erfüllt seinen Zweck, ist aber etwas umständlich. Unsere Gelehrten haben alle Berichte ausgewertet und einen Plan für einen schnelleren und der aktuellen Konstellation angemessenen Übergang erarbeitet. Wir haben einiges erreicht, aber es ist noch viel mehr möglich. Lasst mich das ausführen und sagt mir, was ihr davon haltet."

Beim letzten Wort blickte Olywn sowohl zum Zwerg als auch zu Alofan.

42. Der Übergang

Organisator Polanz war glücklich. Er hatte zwei große und gewichtige Projekte abschließen können. Und beides hatte direkt mit der Aussicht aus seinem Büro zu tun. Er hatte die große Wand gegenüber seinem Schreibtisch auf transparent geschaltet und blickte nun auf sein eigenes persönliches Riesenaquarium. Genau genommen war es Eigentum der Orga, aber der Blick in die gewaltige Wasserwelt, die gehörte ihm allein. Und er würde sie stolz mit vielen seiner Besucher teilen können.

Es war eine gewaltige organisatorische Leistung gewesen, eine neue Heimstätte für seinen bisherigen Stolz, das 8,5-m-Schiffsteleskop zu finden, es auszubauen und abzutransportieren. Und dann natürlich am Bestimmungsort wiederaufzubauen und an den neu zuständigen Organisator zu übergeben. Es war ihm in Rekordzeit gelungen. Egal was die aus dem Inneren über ihn meinten, er hatte die Pläne für den Umbau nicht ignoriert, er hatte dafür gesorgt, dass er seinen Ruhm von dem Projekt abbekam. Sein Zeitplan hatte in kürzerer Zeit funktioniert, als es die Virtuellen für möglich gehalten hätten.

Aber nun das Kapitel, nein das Buch, in seinem Leben war zu Ende. Jetzt blickte er in eine über 30 Meter durchmessende Sphäre aus Wasser. Über 120.000 Kubikmeter Wasser. Über 120 Millionen Kilogramm Wasser. Es war kein leichtes Unterfangen gewesen, diese Mengen an Wasser aufzutreiben. Besonders, wenn er bedachte, dass dort tausende Tonnen an schwerem und überschwerem Wasser mit eingeschlossen waren. Die Zentrifugen, die aus der sie umgebenden, Jupiter ähnlichen Atmosphäre die schweren Isotopen isolierten, liefen seit geraumer Zeit ununterbrochen unter Volllast. Dennoch waren die Mengen, die hinzukamen, nur ausreichend, um die Verluste auszugleichen, die für den angenommenen Betrieb benötigt werden würden. Es wurden gerade Ersatzteile zu einem neuen Zentrifugenpark zusammengebaut. Und natürlich war der gesamte Markt leer gekauft worden. Die Ausschlachter mussten so fett geworden sein, dass sie das nächste Jahr nur noch würden rollen können.

Polanz hatte sogar die laufenden Fusionsreaktoren umstellen lassen, dass sie einen Anteil von Deuterium und Tritium produzierten, ohne die Energieproduktion zu sehr zu beeinträchtigen. Das geschah in zu Brütern umgebauten, nicht benötigten Reaktoren. Und alles das nur für eine gigantische Goldfischkugel. In deren Abgründe er gerade hineinschaute. Während Organisator Polanz sinnend in das Wasser starrte, wurde hinter ihm das Büfett für die Projektmitglieder und die geladenen Ehrengäste aufgebaut. Noch ein paar Stunden, dann würde er ein virtuelles und überdimensioniertes Handrad drehen und damit die Verbindung zwischen dem Labor von Organisator Hamji und seinem neuen Observatorium öffnen.

Hinter ihm vernahm Organisator Polanz ein quietschendes Geräusch, das seine Sphäre der Zufriedenheit empfindlich störte. Er drehte sich um, um den Verursacher zur Schnecke zumachen.

Es war der Zwerg. Natürlich, wer sonst würde es wagen, hier mit einem verbeulten und zusammengeschluderten Apparat einzudringen und ihn dabei auch noch so unverschämt anzugrinsen? Von dem langen dicken Kabel, das er hinter sich herschleifte, ganz abgesehen.

„Ah, Organisator Polanz. Dich habe ich gesucht! Ich habe ein direktes Gespräch mit dem Inneren für dich. Ich stelle durch."

„Was? Aber nicht hier und vor allen Leuten!" Polanz wollte aufbrausen, aber der Zwerg kam ihm zuvor und so blickte der Organisator direkt in ein Hologramm mit dem Antlitz des Herrn Olywn und Frau Ida von Querlitzenfall, sowie den beiden verschwundenen Mitgliedern des Projektes F.I.S.H.Y, Alofan und Rena.

Das Bild war an den Rändern leicht verschwommen, aber man konnte alle gut erkennen, wie sie am Rand einer Waldlichtung saßen und auf ihn herabschauten. Also hieß es gute Miene zum bösen Spiel zu machen.

„Ah, das ist eine Überraschung. Ich freue mich, dass wir solch einen Wunderapparat vom Zwerg gestellt bekommen, in dem schon längst nicht mehr für möglich gehaltene technische Spielereien vonstattengehen. Willkommen in meinem Raum, in dem wir gerade die Eröffnung unseres gemeinsamen und nun quasi fertiggestellten Projektes harren. Seid gegrüßt."

„Sollten die Verzögerungen nun endlich ein Ende haben? Wir hinken dem ursprünglichen Plan noch immer hinterher und du planst eine weitere Verzögerung für eine Eröffnung?"

„Nun, ich hätte mit einer freundlicheren Begrüßung gerechnet, aber die Verzögerung der Inbetriebnahme ist nicht der Eröffnungsfeier geschuldet, sondern der Tatsache, dass wir hier, in 120 Millionen Kilogramm Wasser, die richtigen Mischungsverhältnisse der geforderten Stoffe herstellen müssen. Es verläuft nach Plan und erreicht das geforderte Minimum kurz vor der angesetzten Eröffnungsfeier. Wie ihr beide sehen könnt, haben wir hier alles so weit im Griff. Die Orga ist fähig und effizient."

„Sehr gut! Dann scheinst du also doch der richtige Mann und die Dragon Kerr das richtige Schiff zu sein."

„Können Sie mir etwas zu den bis dato Vermissten sagen? Ich meine Alofan Haragieri und Schweißerin Rena."

„Der physikalische im Perimeter vorhandene Alofan Haragieri ist tot, ebenso Schweißerin Rena. Vor dir stehen Navigator Imbrifer und Rena die Schmiedin. Beide sind nun Teil von Kullat Nunu. Wann kann der Tank von Kullat Nunu gefahrlos bezogen werden? Und vor allem, wann erreichen wir das angepeilte Maximum an Sättigung?"

„Nach meinem Plan ist der Tank in drei Stunden bezugsfertig, die maximale Sättigung erreichen wir erst im Laufe von Monaten, vor allem wenn der Tank schon vorher in Betrieb gehen soll. Die Förder- und Separierungsanlagen erzeugen einen Überschuss selbst über den angepeilten Maximalverbrauch hinaus, aber die insgesamt benötigte Menge wird gigantisch sein."

„Dieser Teil hätte schon abgeschlossen sein können, wenn du gleich damit begonnen hättest."

„Bei diesen gewaltigen Dimensionen wäre das ohne nachweisliche praktische Evaluation absolut unverantwortlich gewesen. In der Orga hätte es berechtigten Zweifel gegeben, den es jetzt natürlich immer noch gibt, aber die vorhandenen Beweise und natürlich die Eröffnungsshow werden diese in Überzeugung umwandeln."

„Das wird ein Luxus sein, den wir uns nicht erlauben können. Lass Kullat Nunu schon jetzt in das Becken. Den Mangel an Sättigung können wir temporär durch übersättigte Krabben ausgleichen. Der Zwerg hat dafür die nötigen Spezifikationen. Für die Eröffnung haben wir etwas Praktischeres geplant, das deutlich spektakulärer ausfallen dürfte als das einfache Einschwimmen eines Fischschwarms, und sei er noch so speziell."

„Was schwebt euch da vor?"

„Das ist ein Geheimnis bis zur großen Show!" Der Zwerg lachte. „Du willst doch nicht, dass die Kellner vorher alles ausplaudern, oder?"

Organisator Polanz blickte vom Holoprojektor zum Büfett. Es war dort verdächtig still geworden, alle schauten neugierig herüber.

„Also das ist doch die Höhe! Es bleibt beim Zeitplan für das Büfett. Haltet euch gefälligst ran, dass alles bis zur Eröffnungsfeier bereit ist! Die Bühnenshow mag sich ändern, aber das ist nichts, was einen Profi aus dem Konzept bringen sollte. The show must go on! Und wenn sie durch eine Änderung besser wird, was will man mehr?"

Die inspirierende Rede und wohl noch mehr der gestrenge Blick des Organisators sorgten dafür, dass das Büfett wieder hektisch vorbereitet wurde. „Nun denn, Herr Zwerg. Dann kläre die noch notwendigen Details mit Organisator Hamji. Von meiner Seite ist technisch alles bereit. Es liegt nur noch an dem Sättigungsgrad, aber wenn ihr dieses Problem temporär umgehen könnt, soll es mir recht sein. Und nun raus aus meinem Büro, bis der offizielle Einlass beginnt. Ich habe eine Eröffnungsrede vorzubereiten."

„Aber natürlich, Organisator Polanz. Bis später."

Das Hologramm verblasste und der Zwerg grinste den Organisator immer noch an. „Das wird deine Sternstunde, Organisator! Herr Olwyn ist dafür bekannt, grummelig zu sein. Ich schiebe den mobilen Projektor dann mal zum anderen Organisator. Krabbencocktail fällt ja heute leider aus, die werden für Kullat Nunu benötigt."

„Raus aus meinem Büro!" Den hochroten Kopf des Organisators hätte man wohl auch bei ausgeschalteter Beleuchtung noch gesehen.

43. Aufbruch

Kullat Nunu verabschiedete sich von seinem bisherigen Becken. Der Tank war klein und beengt gewesen, aber sein Zuhause. Er schwamm ein paar Runden umher. Durch die Scheibe konnte er ein paar Menschen sehen, die ihm bei seinen Runden zusahen.

„Es sieht so friedlich aus, wie sie dort ihre Runden ziehen, findest du nicht, Hamji?"

„Ja, Ida, aber alle zusammen sind ein Wesen. Und das Wesen trägt den Namen Kullat Nunu. Du selbst hast ihn ausgesucht."

„Dennoch gibt es dort einen Navigator Imbrifer und eine Schmiedin Rena."

„Und demnächst eine Herrin der weiten Länder", unterbrach sie eine bekannte, aber in Idas Fall nicht sonderlich geliebte Stimme.

„Zwerg, in den weiten Ländern werde ich keine Herrin sein. Die Länder gehören den Hünen. Es ist ihr Revier und sie machen dort drüben die Regeln. Wir sind Eindringlinge und wir wären außerdem nur eine kleine Gruppe, wenn ich denn mitgehen würde."

„Frau Ida hat hier eine Aufgabe für das Projekt übernommen", warf Organisator Hamji ein und fuhr dann leiser fort.

„Und ich brauche dich."

Der Zwerg war da anderer Meinung.

„Es ist deine Bestimmung, Ida. Du weißt das. Und wer sagt, dass wir Organisator Hamji zurücklassen müssen? Die Orga sollte ihren eigenen Vertreter in den weiten Ländern haben."

Ida starrte den Zwerg aus zusammengekniffenen Augen an.

„Zwerg, es gibt einen Grund, warum ich dich nicht mag, und das ist genau der, den du gerade geliefert hast. Mal wieder!"

„Welchen?", fragte der Zwerg unschuldig.

„Du verführst Menschen dazu, unvernünftige Dinge zu tun", echauffierte sich Ida.

„Dafür sind Zwerge da. Wo bliebe sonst der Spaß im Leben? Und jemand sollte drüben ein Auge auf den Zwerg haben. Ich gehe mit dorthin", verkündete der Zwerg jovial wie immer.

„Und du bleibst hier. Je nachdem, was dir gerade am besten zupass kommt." Ida verschränke ihre Arme vor der Brust und blickte auf den Zwerg herab.

„Natürlich. Schließlich bin ich ein Zwerg. Etwas Durchtriebenheit gehört zur Stellenbeschreibung."

„Herr Zwerg, du machst dich über Frau Ida und mich lustig!"

„Das auch."

„Lass ihn, Hamji. Die letzte Ladung Krabben kommt, dann geht es für Kullat Nunu in sein neues Zuhause. Egal, wofür ich mich immer auch entscheiden mag. Wir beide sollten zusammen auf dem Empfang gesehen werden. Schließlich wollen wir die Lorbeeren nicht Organisator Polanz alleine überlassen."

„Du weißt, dass ich mich auf Versammlungen mit vielen Menschen unwohl fühle, Frau Ida?"

„Du hast gute Arbeit geleistet und deine Ehrung wird nicht übermäßig lange dauern. Dafür wird Organisator Polanz schon sorgen."

„Gut. Gehen wir auf den Empfang. Ich nehme vorher nur noch ein paar letzte Tests vor und werde Kullat Nunu anschließend durchschleusen." Er verschwand eilig.

Ida wandte sich dem Zwerg zu. „Organisator Hamji soll mitkommen?"

„Ein Gelehrter macht sich immer gut in einer Gruppe, die auf eine Mission geht. Findest du nicht?"

„Er wäre eine Bereicherung", gab sie zu.

„Würde Alofan das auch so sehen?"

„Möglicherweise nicht, aber Imbrifer ist jemand anderes. Und was meinst du in Bezug auf Schmiedin Rena, Herr Zwerg?"

„Ah, touché. Wir werden sehen, wer wir sind, sobald wir den Fuß auf die weiten Länder setzen. Genießt euren Empfang."

„Du kommst nicht mit?"

„Natürlich nicht. Mein Hiersein ist ein ... Geheimnis. Keine offiziellen Aufzeichnungen. Ich muss mich noch um ein paar Dinge für die Reise kümmern. Man sieht sich auf der anderen Seite des Wassers."

„Bis auf die andere Seite des Wassers."

Der Zwerg verschwand durch die Tür und ließ Ida alleine mit ihren Gedanken zurück. Dann brachte sie das Gurgeln von Wasser wieder in die Realität zurück. Hamji hatte das Reinigungsprogramm für die von Wasserlebewesen freien Tanks gestartet. Gründlich und gewissenhaft wie immer würde er das Labor an seinen Nachfolger im bestmöglichen Zustand übergeben.

„Was soll's! Das hier ist vorbei. Zeit für etwas Neues." Mit diesen Worten verließ Ida das Labor zum letzten Mal.

44. Kein Zurück mehr

„Sollten wir jetzt nicht unsere Schiffe hinter uns verbrennen?",
scherzte Ida.

„Dumme Witze sind mein Revier, Frau Ida", beschwerte sich der
Zwerg.

„Aber schaut durch mein Fernglas. Wenn ihr euch konzentriert,
werdet ihr die brennende Stadt dort sehen."

Ida war entsetzt: „Das Konglomerat brennt?"

„Natürlich nicht", antwortete der Zwerg. „Ihr werdet es so sehen,
wie die Hünen es sehen. Ein brennender Schatten aus der
Vergangenheit, der sich weigert zu vergehen."

„Die Hünen wissen von uns?", fragte Ida mit gerunzelter Stirn.

„Natürlich, aber niemand kann sich vorstellen, dass dort außer
Geistern noch jemand leben sollte. Würdest du auf der verbrannten
Ebene leben wollen?"

Ida schüttelte sich bei dem Gedanken. Das war die große
Überraschung auf der Eröffnungsfeier gewesen. Der Verbrannte hatte
einen Monolog gehalten, den nicht einmal Organisator Polanz gewagt
hatte zu unterbrechen. Danach waren Ida und Organisator Hamji in
den großen Tank gestiegen und zu Kullat Nunu hinunter getaucht.
Wie das Publikum diesen Teil der Show aufgenommen hatte, konnte
Ida nicht sagen. Sie war ... abgelenkt gewesen. Hamji hatte umdrehen
wollen, als er bemerkte, wie die Verschmelzung vonstattengehen
sollte, aber Nunu hatte ihn eingeholt gehabt, bevor er einen Meter
hatte schwimmen können. Seitdem war der Forscher verstimmt und
sehr wortkarg. Ida fühlte mit ihm, aber drang nicht zu ihm durch.
Imbrifer hatte ihr geraten, erst etwas Zeit verstreichen zu lassen. Und
so blickte sie nun durch das Fernrohr des Zwerges in einen endlosen
Himmel. Erst sah sie nichts, aber dann erkannte sie einen kleinen
Punkt, der näher rückte, je mehr sie sich auf ihn konzentrierte. Dann
sah sie die brennende Stadt. Eine flammende Wand und dahinter
Palisaden und Türme. Die Palisaden waren aus Holz, ebenso wie die

Türme. Die Türme brannten, aber sie vergingen nicht. Es war, als ob diese in der Zeit eingefroren wären. Menschen sah sie keine.

„Sehen die Hünen das wirklich so? Ich sehe eine brennende Festung, die aber nicht zu Asche zerfällt, da sie in der Zeit eingefroren zu sein scheint."

„Die Hünen sehen genau das, allerdings mehr in der hünischen Variante. Same same but different."

„Gut, ich verstehe! Hamji, schau durch das Fernglas und sag uns, was du siehst."

Es war nur ein Versuch, aber der ehemalige Organisator näherte sich und ließ sich das Fernglas reichen. Er schaute eine geraume Weile hindurch und reichte es dann an Ida zurück.

„Ich sah eine Stadt aus Stein, mit Hainen und Gärten. Die äußeren Mauern glühten, aber die Bäume, Sträucher und sonstige Pflanzen verbrannten nicht. Ich sah Menschen und Tiere. Ja, sogar Elefanten, richtige Elefanten, könnt ihr euch das vorstellen? Einige lebten, andere waren zu Asche verbrannt. Ja, es sah wirklich so aus, als ob alles Leben dort in der Zeit eingefroren wäre. Es ist ein Ort, der keine Gefahr darstellt, wenn man sich von ihm fernhält, aber ein Schritt in die Hölle, wenn man es wagen würde, sich ihr zu nähern, oder, bewahre, sie auch betreten zu wollen. So ist es kein Wunder, dass das Konglomerat nie behelligt worden ist. Die brennende Stadt, ja, der Name trifft es. Was hätten wir gesehen, wenn du diesen Namen nicht vorher ausgesprochen hättest, Zwerg?"

Der Gelehrte baute sich drohend vor dem Zwerg auf. Die anerzogene Zurückhaltung war wie abgefallen.

„Ha, der Gelehrte, ich habe mich doch nicht in dir getäuscht. Ihr hättet vielleicht ein brennendes Segelschiff gesehen, oder ein brennendes Dorf, oder vielleicht ein brennendes Aquarium. Wer weiß das schon. Ihr hättet jedenfalls eine Menge in der Zeit eingefrorener zerstörerischer Energie gesehen."

„Und was würde ein Hüne sehen?"

„Ein kleines Stück des Weltenbrandes, das in der Zeit gefangen ist. Eine Lichtung, eine Weide, einen Berg oder ein Dorf. Gerade in dem Moment, in dem der Weltenbrand es verschlingen wird.“

„Schauerlich. Warum sehen wir vor hier aus nicht die blühenden Inneren Lande? Ist das, was wir sehen, der Schutzschild oder der Perimeter?“

„Sehr gut, Hamji. Es ist beides. Der Schild ist das Feuer und die in der Zeit eingefrorenen Gebäude sind der Perimeter.“

„Das wurde mit Absicht so konstruiert?“

„Ja.“

„Ich verstehe. Wohin wenden wir uns nun? Die verbrannte Ebene ist öde und leer. Wenn wir nichts Bestimmtes dort suchen, dann sollten wir uns ein Ziel setzen. Oder die Umgebung erkunden.“

„Oder nicht auf dem Präsentierteller herumstehen, während ich versuche, die Umgebung so leise und unauffällig wie möglich zu erkunden.“ Imbrifer hatte sich leise und unauffällig an die Gruppe angeschlichen. Rena kämpfte sich hinter ihm noch schnaubend durchs Unterholz, während Imbrifer berichtete. „Ich habe ein Lager nicht weit von hier ausgemacht. In einer Stunde können wir es erreichen. Die Frage ist, was wir dort für eine Geschichte erzählen, was wir hier draußen treiben.“

„Schaut mich nicht so an! Ich bin hier nur Zaungast. Ihr müsst das ohne mich hinbekommen. Der Zwerg hat schon mehr als genug getan. Zum Beispiel schleppt er euer ganzes Arsenal an Waffen und Werkzeug. Nutzt eure Fähigkeiten. Ich werde euch unauffällig folgen.“

Der Zwerg verschränkte die Arme vor der Brust und setzte sich demonstrativ auf den großen Sack, den Olywn an der Holzfällerhütte in den Inneren Landen zurückgelassen hatte.

„Gut, dann auf die altmodische Tour.“ Bestimmte Imbrifer das weitere Vorgehen.

„Wir schleichen auf sichere Entfernung und ich werde mich dann näher heranpirschen, um zu lauschen.“

„Verstehst du die Sprache der Hünen?“ wandete Hamji ein.

„Nunu kann nicht nur morsen, sondern auch übersetzen. Das sollte ohne größere Probleme klappen. Wenn nicht, versuchen wir es dann halt anders."

„Ich werde dich begleiten."

„Ich werde sehr schnell und leise sein müssen, Hamji."

„Ich war lange mit Späher Frindorg unterwegs. Wann hast du uns beide das erste Mal bemerkt?"

„Während der Auseinandersetzung mit dem Mob. Aber ihr wart außerhalb der Reichweite meines Nadelgewehrs und gut getarnt. Hätte ich nicht stundenlang auf der Lauer gelegen, dann hätte ich euch erst viel später bemerkt."

„Dann haben wir doch noch eine Chance. Frindorg sagte, dass wir uns nie näher als 2000 Meter an dich heranwagen dürften."

„Ein guter Mann. Wir hätten ihn vielleicht mitnehmen sollen."

„Es hätte bestimmt nicht geschadet, aber er hat seine Aufgaben im Perimeter. Brechen wir auf?"

„Folge mir."

Imbrifer und Hamji verschwanden lautlos im Unterholz.

„Warum diese Eile? Wir sind doch gerade erst von der Erkundung der Umgebung zurück." Rena setzte sich laut schnaufend auf einen Stein. „Ich bin fix und fertig von der Schleicherei durch den Wald. Hat jemand einen Schluck Wasser für mich?"

45. Die Fremden

Imbrifer bewegte sich schnell und lautlos durch das Unterholz. Hamji folgte ihm zwar langsamer, aber dafür einigermaßen lautlos. Imbrifer wartete an einer günstigen Stelle auf Hamji und spähte durch das Fernglas, das ihm der Zwerg zugesteckt hatte. Es konnte keine normale Optik sein, den es zoomte unglaublich dicht heran und es konnte definitiv um Hindernisse herumsehen. Fragen diesbezüglich war der Zwerg gleich zuvorgekommen: „Es ist ein Geheimnis."

Imbrifer beschwerte sich nicht, im Gegenteil, er war froh über diesen Vorteil. Das Lager unter ihm bestand aus einer kleineren Gruppe von Hünen. Einem Leibwächter, einem Diener und einer gewichtigen Person, die eine Gruppe von Schülern um sich geschart hatte. Zwei, drei, vier, nein sechs Schüler. Das machte insgesamt neun Hünen. Eine Art Schulausflug? Gut, eine langweilige Schulstunde war genau das Richtige, um Informationen zu sammeln, mit denen Nunu etwas anfangen konnte, um die Sprache zu übersetzen. Allerdings mussten sie dafür etwas von der Sprache hören. Der Zwerg hatte ihm noch eine Art Hörrohr mitgegeben. Ein Trichter aus Blech, der sich auseinanderfalten ließ. Er funktionierte, aber sie waren immer noch nicht nahe genug heran, um etwas zu verstehen außer ein paar erstaunten Ausrufen und dem einen oder anderen Kontrapunkt, den der Lehrer von sich gab.

Der Aussichtspunkt war perfekt. Es würde keinen besseren Platz geben, um die Gruppe zu beobachten, aber sie mussten trotzdem näher heran.

‚Gib mir das Fernglas oder den Lauscher. Nunu verbindet uns beide. Einer beobachtet und dirigiert, der andere lauscht.'

Imbrifer war überrascht und zuckte zusammen. Hamji hatte sich tatsächlich unbemerkt herangeschlichen und ihn überrascht. ‚Du bist besser, als ich gedacht habe, Hamji.'

‚Du bist zu schnell, Imbrifer. Frindorg sagte, das wäre deine Schwachstelle.'

‚Gut, dann geh mit dem Lauscher näher heran. In deinem eigenen Tempo. Ich dirigiere dich, falls notwendig. Sei vor allem leise. Bevor du gehst, wirf erst einen Blick durch das Fernglas. Du wirst eine Gruppe aus drei erwachsenen und sechs jungen Hünen sehen. Den Größten halte ich für einen Leibwächter, den Großen in der Mitte der Kleinen für eine Art Lehrer und den kleinsten der Erwachsenen für eine Art Diener oder Koch. Er präpariert dort irgendetwas. Alle bis auf den Leibwächter sollten beschäftigt sein. Der wird ab und zu die Umgebung checken und sich dann ansehen, was die anderen so treiben.'

‚Sollte er nicht die ganze Zeit über aufmerksam sein?'

‚Dann würde er einschlafen. Präge dir seinen Rhythmus ein. Er zählt ab. Diener, Lehrer, Schüler, und dann blickt er eine Weile in die Umgebung. Und dann das Ganze wieder von vorne.'

Auf Diener bewegst du dich vorwärts, bei Schüler gehst du in Deckung. Nutz die Zeit zwischen Schüler und Diener für die Planung deines nächsten Zugs. So sollten wir sehr nahe herankommen.'

‚Gut. So machen wir das.'

Hamji rückte langsam und vorsichtig voran, bis Nunus Stimme die Unterhaltung der Gruppe live übersetzte.

„... und so, meine Schüler, endete das große Zeitalter der fünfundneunzigsten Restauration der Klöster von Steilwirbel und Tiefensog. Dieses Wolkental begann sich aufzulösen und die Klöster wurden nach Großtal verlegt. Dort blieben die Klöster der Kontinuität, bis nach der dreitausendvierhundertsechsundsiebzigsten Restauration das große Weltenfeuer über uns kam. Die fünfte Restauration nach dem Weltenfeuer wäre nun fällig, aber es wurde immer noch kein Kloster wiedererbaut. Das vierte Zeitalter hätte die Restauration einleiten sollen, aber der Golem Hydors kehrte nicht während der Flut der Zeitenwende zurück und so liegt unsere Hoffnung nun in der Zeitenwende zum fünften Zeitalter seit dem großen Weltenfeuer."

„Meister, Meister, erzählt uns nochmal von den Vorkommnissen bei der Besteigung der Schiffe der Kontinuität."

„Nochmal? Ihr habt die jetzt schon so oft gehört, dass ihr sie mir erzählen solltet. Gut, ich werde euch die Geschichte erzählen, wenn ihr mir alle Bruderschaften und Horden aufzählen könnt und wisst, wer die jeweiligen Anführer sind."

Die Begeisterung der Schüler hielt sich daraufhin gewaltig in Grenzen, aber der Lehrer machte seine Sache gut. Nach einer halben Stunde waren Imbrifer und Hamji über die politischen Gegebenheiten im Großen und Ganzen informiert. Und darüber, dass sich die Gruppe auf dem Weg zur ersten Restauration nach Hydor Golems Erscheinen nach dem großen Weltenfeuer befand. Es würde ein Großthing aller Hünen geben. Und die ganze Gruppe würde im Anschluss an die Lektion den Berg besteigen, um einen Blick auf die brennenden Reste der gefallenen Verursacher zu werfen. ‚Hamji, Rückzug antreten!'

‚Aber es gibt noch viel zu erfahren.'

‚Die Gruppe wird bald in unsere Richtung aufbrechen, dann haben wir Erklärungsnotstand, wenn wir hier noch in den Büschen herumhocken. Und wir müssen die anderen warnen.'

‚Gut, ich komme zurück. Können wir die anderen nicht über Nunu warnen?'

‚Die sind zu weit entfernt, wir benötigen die Konzentration erst für den Rückzug.'

‚Und wenn wir den Rückzug nicht schaffen?'

‚Moment! Die brechen das Lager ab und packen zusammen. Der Leibwächter ist abgelenkt, da er mithilft. Mach dich alleine auf den Rückweg in unser Lager. Nimm einen Umweg und bleib in Deckung. Ich eile zurück und warne die anderen. Wir bleiben über Nunu in Verbindung.'

Imbrifer verwischte seine Spuren und eilte zurück zu den anderen. Er versuchte unterwegs über Nunu Kontakt zu Ida, Rena oder dem Zwerg zu bekommen, aber er erreichte niemanden.

‚Nunu, was ist los? Warum bekomme ich keinen Kontakt?'

‚Zwerg nicht Teil von Kullat Nunu. Rena und Ida sprechen viel miteinander, hören Nunu nicht.'

‚Verdammt, das hatte ich verdrängt! Der Zwerg ist nicht Teil von Kullat Nunu, wie ist er dann mitgekommen?‘

‚Nunu nicht wissen. Zwerg haben Geheimnis viel. Zwerg nicht erzählen Geheimnis Nunu.‘

Nunu klang eingeschnappt und so beschloss Imbrifer, nicht nachzubohren, sondern beeilte sich, schneller zum Lager zu kommen. Dort bot sich das Bild, das er zuletzt sehen wollte. Es brannte ein Feuer und alle hatten es sich gemütlich gemacht.

„Zwerg, Ida, Rena, was macht ihr hier? Wir kriegen gleich Besuch!"

„Wo ist Hamji?", wollte Ida wissen.

„Der kommt nach und beobachtet die Gruppe Hünen, die zu uns unterwegs ist. Könnt ihr Nunu nicht hören?"

„Nunu?", fragte Rena laut ins Leere.

„Nunu hier. Lauscher Hamji sieht und hört Gruppe. Gehen langsam. Nehmen langen Weg, Bogen weit. Weg leicht. Kommen hier kurz vor Abend."

„Gut, dann hätten wir noch Zeit gehabt, wenn hier kein Feuer gebrannt hätte. Der Rauch sollte weit zu sehen sein."

„Wir könnten die Gruppe erwarten und mit ihr ins Gespräch kommen", schlug Rena vor.

„Und was sagen wir ihnen, wer wir sind und was wir hier tun? Das ist ja uns selbst noch nicht klar", gab Ida zu bedenken.

„Die sind auf dem Weg zu einem großen Thing der Hünen. Wenn sich nicht alle Hünen persönlich kennen, dann sollten wir dort nicht auffallen. Das wäre schon mal ein Grund, warum wir auf Reisen sind", wandte Imbrifer ein.

„Klingt plausibel, dann wäre nur noch die Frage, woher wir kommen."

„Gruppe uns kommen aus Blase lange verschlossen. Jetzt erst bemerkt, dass Weltenfeuer nicht mehr brennt."

„Die Idee klingt brauchbar. Was sagen wir, wenn wir gefragt werden, wer wir sind?", hakte Ida nach.

„Kullat Nunu neu! Wissen nicht Elter. Zwerg Kullat Nunu gefunden und zeigen Weg! Rest lügen Zwerg."

„Was? Du durchtriebener Fisch! Ich hätte dich zum Abendessen grillen sollen!" Der Zwerg schnaufte erbost und lachte dann auf.

„Gut, dann einigen wir uns darauf", stimmte Imbrifer zu. „Mich kennt man bei den Hünen", führte der Zwerg aus. „Die Geschichte ist glaubhaft. Es tauchen immer Junglinge von unter einer Zeitenwende auf einem Treffen der Großen auf und versuchen sich im Glanz der Großen zu sonnen. Warum nicht. Haltet nur die Klappe, wenn die Großen reden. Wir wollen nicht diszipliniert werden, wenn ihr versteht, was ich meine. So, wie sieht es mit Abendessen aus?"

„Wir haben unsere Reiserationen, aber was gibt es hier an jagdbarem Wild?", fragte Ida, als sie ihre Vorräte inspizierte.

„Nichts, was Rena nicht längst verscheucht hätte." Der Zwerg lachte. Rena fand das nicht lustig.

„Imbrifer hat mich durch den Wald gehetzt. Er war zu schnell, als dass ich mich leise hätte bewegen können und außerdem liegt hier überall dieses organische Gerümpel herum. Räumt denn niemand auf?"

„Das Gerümpel ist Vegetation. Das ist in einer natürlichen Umgebung normal. Der Perimeter ist kein Vorbild für eine natürliche Umgebung", dozierte der Zwerg.

„Ich bin dort geboren!", ereiferte sich Rena.

„Imbrifer ist wirklich zu schnell. Eile mit Weile. Die Gruppe wird erst noch die verbrannte Ebene besuchen, bevor sie hierherkommt, um die letzten Reste des Weltenbrandes zu besichtigen. Wir haben also noch etwas Zeit für eine passende Legende." Hamji war lautlos aus dem Gebüsch getreten.

46. Das erste Aufeinandertreffen

Bruder Magister schritt hinter seinen Novizen her und half Bruder Cellerar, die Dinge zu tragen, die sie für ihre Reise benötigten. Zusammen mit Bruder Cellerar bildete er die Nachhut und konnte dadurch sicherstellen, dass keiner seiner Novizen zurückblieb. Bruder Guardian ging voraus und bahnte den Weg für die Gruppe des noch nicht entstandenen neuen Klosters der Kontinuität. Magister und Cellerar waren als Novizen mit ihrem Guardian auf einer endlosen Pilgerreise gewesen, auf die sie ihr Novizenmeister geschickt hatte. Bruder Guardian war damals schon ein Bruder und Guardian gewesen. Somit hätte er das Amt des Magisters und Abtes nach den Regeln des Klosters innegehabt, nachdem das ursprüngliche Kloster der Kontinuität und mit ihm alle anderen Brüder vergangen waren. Dennoch hatte er die kleine Gruppe sicher durch alle Unbilden der nachfolgenden Zeitalter gebracht und dann die Novizen in seiner Eigenschaft als letzter überlebender Bruder in den Rang von Mitbrüdern erhoben. Für sich selbst hatte er das Amt des Consilius gefordert und alle weiteren Aufgaben seinen jüngeren Mitbrüdern übertragen.

„Ich bin nur für das Amt des Guardian geeignet. Geeignet, um zu schützen. Aber die Zeiten erfordern den Wiederaufbau des Klosters und vorher der Gemeinschaft. Das wird Eure Aufgabe sein, Bruder Magister. Findet und lehrt geeignete Kandidaten für das Noviziat. Bruder Cellerar wird seine Bestimmung in der Wiedererrichtung des Klosters der Kontinuität finden. Wann immer ich kann, werde ich Euch mit meinem Rat zur Seite stehen. So wie ich es seit Beginn dieser Reise immer tat. Ich schwor, euch sicher zum Kloster zurückzubringen und ich werde nicht eher von dem Schwur entbunden sein, als bis ich euch alle im neuen Kloster der Kontinuität wieder in die Obhut des Abtes übergeben habe. Und wenn wir den Abt dafür vom Novizen an erziehen und jeden Stein für das Klostergebäude einzeln sammeln müssen. Aber vorher sollten wir einen geeigneten Platz für das Kloster finden. Gehen wir suchen!"

Das war die längste zusammenhängende Rede, die der Guardian jemals geführt hatte. Und wie immer taten sie das, was der Guardian vorgeschlagen hatte. Sie nahmen jede heimatlose Waise auf, oder wer ihnen von der Gemeinschaft des Ordens anvertraut wurde. Viele hatten sie schon erzogen und viele wieder verloren. Die Anforderungen an einen Novizen der Kontinuität waren hoch und der Guardian war ein strenger Lehrmeister. So hatten sie an vielen Orten Schüler zurückgelassen, in dem Wissen, dass diese dort ein gefälliges Leben führen konnten. Ein paar waren verschwunden, nachdem der Guardian mit ihnen einen Spaziergang unternommen hatte. Zwei hatte der Magister danach erschlagen aufgefunden. Es waren Tunichtgute gewesen, aber gleich erschlagen? Der Guardian hatte darauf geantwortet: „Ich habe ihnen die Wahl gelassen. Sie konnten sich bessern, gehen oder streben. Das Amt des Guardians kann hart sein, sehr hart. Nur das Amt des Inquisitors steht noch an Härte über dem Amt des Guardians. Ich habe einen Eid geleistet, den Orden und die Gemeinschaft zu schützen."

„Würdest du uns auch erschlagen?"

„Wenn es nicht anders ginge, ja. Aber dann hätte ich vollkommen versagt. Bitte bring mich niemals in eine solche Situation, mein Bruder."

Bruder Magister hatte darüber niemals mit Bruder Cellerar gesprochen, aber er vermutete, dass dieses Gespräch auch zwischen dem Guardian und dem Cellerar stattgefunden hatte. Nun denn, die Gruppe kam gut voran und keiner der Novizen ahnte, welch düstern Gedanken ihr Magister nachhing.

Dann stoppte der Tross. Der Guardian hatte seinen Arm erhoben.

„Fremde voraus. Es sind merkwürdige Wesen. Eines der Wesen meine ich zu kennen. Bleibt hier. Ich werde ein Stück vorausgehen und mit ihnen reden."

„Was wird aus uns, wenn Euch etwas zustoßen sollte?", fragte einer der größeren Novizen.

„Dann wirst du Mönch und Guardian werden und meinen Platz einnehmen. Ich war sehr streng mit dir, aber ich halte dich für geeignet. Dieses sage ich öffentlich und auch als Consilius an meine Brüder. Und nun lasst mich sehen, was diese dort im Schilde führen."

Der Guardian hob seine Hände und zeigte damit, dass er nicht bewaffnet war. Eine erlaubte Täuschung. Die Hände des Guardians waren Waffen, an denen Bruder Magister echte Waffen hatte zerbrechen sehen. Bruder Guardian erreichte die fremde Gruppe und sprach zu einem kleineren Wesen, das ihm entgegengetreten war.

„Bruder Zwerg. Euch hat die Welt der Hünen lange nicht mehr gesehen. Was für ein Ereignis, Euch wiederzusehen. Hatte Eure letzte Reise den Erfolg, den Ihr wünschtet?"

„Bruder Guardian, das hatte sie. Kommt näher und berichtet, was Euch in der Zwischenzeit widerfuhr. Dies ist ein Platz, der Euch interessieren könnte. Schaut Euch um. Eure Reise könnte hier zu Ende gehen."

„Das könnte sie an jedem Tag und an jedem Ort. Aber mein Eid verlangt, dass es der richtige Ort sein muss. Sehen wir ihn uns also an. Brüder, kommt herbei. Der Zwerg ist ein bekanntes Wesen. Freundlich, aber hütet euch vor seinen Späßen! Sein letzter Spaß führte mich auf eine Reise, die länger wurde, als ich es mir je gewünscht hätte."

47. Geschichten

„Der Zwerg ist wirklich überall!" Ida saß etwas abseits bei Imbrifer und hörte den Geschichten zu, die der Zwerg und der Guardian erzählten. Alle anderen lauschten gebannt.

„Und er schubst wohl nicht nur Menschen zur richtigen Zeit in die richtige Richtung", stimmte Imbrifer zu.

„Scheint so."

„Mehr hast du dazu nicht zu sagen?"

„Außer dass die Sache extrem verdächtig ist und der Zwerg bisher nur zu unserem Vorteil eingegriffen hat? Nein. Ich verstehe dein Misstrauen seit dem Tag, an dem wir den Zwerg kennengelernt haben, aber er hat sich bisher immer als vertrauenswürdig erwiesen. Natürlich könnte sich das ändern, aber einem Freund ist man näher als einem Feind."

„Du meinst, dass es ein Fehler von mir war, ihn spüren zulassen, dass ich ihm misstraue?"

„Nein, du bist nur ehrlich, das schätzt er an dir am meisten."

„Du hast mit dem Zwerg über mich geredet?"

„Natürlich. Von Freund zu Freund. Aber lass uns mal hören, ob die kleinen Hünen mehr aus dem Zwerg herausbekommen als 'das ist ein Geheimnis'."

„Das glaubst du doch selbst nicht."

„Nein. Aber man hat schon Pferde kotzen sehen."

„Was sind Pferde?" Ida und Imbrifer zucken zusammen. Einer der Novizen hatte sich angeschlichen und offenbar gelauscht. Den entsetzten Gesichtsausdruck konnte der Hüne offenbar auch interpretieren.

„Habt keine Sorge. Pater Magister und Pater Cellerar sind sich auch nicht sicher, was Pater Zwerg angeht. Aber Pater Guardian solltet Ihr das nicht erzählen. Er ist sehr streng! Und er erschlägt böse Novizen und frisst die dann auf!"

„Novize Freemji! Erzählst du schon wieder Schauergeschichten über Bruder Guardian? Ich habe dir jetzt wer weiß wie oft gesagt, dass Geschwätzigkeit nicht der Weg der Kontinuität ist."

„Aber Pater Magister, ich bin doch konstant in meinem Betragen? Ihr habt doch selbst gesagt, dass ich nicht gegen meine Natur handeln soll."

„Möchtest du das lieber mit dem Pater Guardian disputieren oder nimmst du meinen Rat in der Sache an?"

„Ich nehme den Rat an. Bitte nicht mit Pater Guardian disputieren!"

„Gut. Dann geh zu Bruder Cellerar und hilf ihm."

Bruder Magister verscheuchte den vorwitzigen Novizen. Er schien nicht auf den Kopf gefallen. „Verzeiht dem Novizen Freemji, er ist etwas vorlaut, aber ein guter Junge. Und er steckt öfter seine Nase in Dinge, die ihn in Schwierigkeiten bringen könnten. Ich hoffe, er hat Euch nicht zu sehr belästigt."

„Aber nicht doch", erwiderte Ida höflich. „Wir unterhielten uns, verwundert darüber, welche bedeutenden Persönlichkeiten Herr Zwerg kennt. So bescheiden und fröhlich er auch auftritt, er muss sehr weit herumgekommen sein."

„Nun, das ist ein Vishnui meistens." Der Magister schaute in ihm sehr vertraute Gesichtsausdrücke: Vollkommene Ahnungslosigkeit und fuhr überrascht fort:

„Ah, Ihr wisst nicht, dass Bruder Zwerg ein Vishnui ist?"

„Wir wissen nicht einmal, was ein Vishnui ist. Verzeiht uns unsere Unwissenheit, Pater Magister."

„Die Aufgabe eines Magisters ist das Lehren, also gibt es keinen Grund, sich zu entschuldigen, wenn man lernen möchte. Möchtet Ihr lernen?"

„Aus diesem Grund sind wir auf dieser Welt."

„Ah, nicht ganz unbeleckt in den Mysterien. Nun denn:

Die einzelnen Mitglieder der Kontinuität entstehen, entwickeln sich, stagnieren, vergehen und hinterlassen, aber die Kontinuität als Entität bleibt bestehen. Jedem Volk der Kontinuität wird dieser Werdegang gewährt.

Verschiedene Völker der Kontinuität befinden sich in unterschiedlichen Stadien ihrer Entwicklung. Wir Hünen sind das Volk, das den Keim für die Entstehung der Kontinuität gelegt hat. Aber dennoch sind wir bei weitem nicht das erste und älteste Volk der Kontinuität. Diesen Rang und dieses Privileg gebührt einem anderen Volk, den Vishnui. Der Gründungsmythos liegt am Ende der Geschichte von Hydors Golem und seinen Reisen als freier Golem.

Hydors Golem starb nicht, er hatte noch zwei alte Meister, die ihn bändigten, aber diese waren fast genauso alt wie sein Schöpfer und gingen auch bald von der Welt. ,Hydorgol' beschloss, dass es nun Zeit wäre für ihn, da er nun frei war zu tun und zu lassen, was ihm beliebte, herauszufinden, was die Welten boten, die die kleinen Lichter am Himmel umkreisten. So begann das eigentliche Zeitalter des Hydorgols und das Zeitalter der Meister und Golems endete ebenso wie das der 12 kleinen Welten.

Nun denn, Hydorgol reiste durch das Universum. Von einem Ende zum anderen. Zum Anfang des Universums und zum Ende des Universums. Er traf dabei viele Wesen, gute und schlechte, einfache und unglaublich mächtige, aber wohin Hydorgol auch während der großen Chancen reiste, jemand war immer schon vor ihm da gewesen. Jemand aus dem Volke der Vishnui. Hydorgol beschloss, das Volk zu suchen und nach Äonen des Reisens und Suchens fand Hydorgol schließlich das Volk der Vishnui. Hydor hatte den großen Augenblick der Möglichkeiten in Hydorgol gefangen, aber woher kam dieser Augenblick der Möglichkeiten? Nun, jemand hatte lange vor Hydor einen Augenblick der Möglichkeit erschaffen und genutzt. Dieses Volk hatte seinen Einflussbereich weit in seine unmittelbare Umgebung ausgedehnt und war dann lustlos und müde geworden, als es feststellte, dass das Universum noch jung und leer von Leben war. So beschloss dieses Volk, sich dem Inneren zuzuwenden.

Das Volk der Vishnui hatte sich entwickelt, war gewachsen, stagniert und hatte dann beschlossen, mit einem Knall zu vergehen. In diesem Moment fand Hydorgol das Volk, das schon vor ihm an allen Stellen des Universums gewesen war. Ein Volk, das von dieser Tatsache nichts wusste. Ein Volk, das erst zu dem werden würde, was er suchte. Hydorgol fand Kontakt und redete mit den Weisen des Volkes. Und zusammen fanden sie einen Weg, um zu vergehen und zu hinterlassen. Sie beschritten den Weg der letzten Blüte. Alles würde sich exponentiell weiterentwickeln und dann in einem Punkt der Allmacht vergehen."

„Eine Singularität? Das ist wirklich möglich?", unterbrach Imbrifer den Redeschwall des Magisters, während sich Ida, über Imbrifers esoterische Seite erstaunt, zurückhielt.

„Wenn man sehr weit fortgeschritten und verrückt genug dafür ist? Natürlich. Hydorgol überredete die Vishnui, ihren Plan für ein paar Jahre zu verschieben und einen bestimmten Augenblick für ihr Unternehmen abzupassen."

„Den Wandel der Zeiten?"

„Den Wandel der Zeiten. Sehr gut! Exakt der Augenblick, in dem alles möglich ist. Die Singularität kam und war vollkommen. Alles vereinigte sich auf einen Punkt. Keine Dimension mehr, keine Zeit mehr. Alles war eins und auf einen Punkt gebracht. Vollkommenheit und das Ende aller Dinge."

„Aber wie konnten die Vishnui dann überall und jederzeit im Universum sein?"

„Wenn alles ein Punkt ist, ist alles gleichzeitig überall. Es gibt keine Entfernungen, Hindernisse und Zeitabläufe mehr. Man ist auf einem Punkt und dennoch überall gleichzeitig."

„Das hört sich verwirrend an. Wie behielten sie ihren Verstand?"

„Gar nicht! Die Vishnui tranzendierten. Es gab sie nur zu diesem einen Zeitpunkt. Sie sind vergangen."

„Aber was ist mit dem Zwerg und den Vishnui, die Hydorgol getroffen hat?"

„Schatten der Vishnui. Abdrücke der Transzendenz im Universum. Nichts und doch unendlich viel, denn ein Schatten eines Vishnui ist mehr als jedes andere Wesen. Reale Wesen sind dagegen substanzlos wie Geister. Wobei es andere Völker gibt, die real weniger real sind als die Geister der Hünen. Und so gliedern sich die Völker der Kontinuität. Nichtige Völker, niedrige Völker, kleine Völker, Völker, große Völker, hohe Völker, Hochvölker und dann die Transzendierten."

„Und wo stehen die Hünen in diesem Modell?"

„Wir? Nun, wir sind auf dem Weg. Wie alle anderen Völker auch. Wir waren einst ein großes Volk, aber nun erholen wir uns vom Weltenbrand und sobald es uns gelungen ist, die Kontinuität auf dieser Welt wiederzuerwecken, werden wir ein hohes Volk sein. Für ein Hochvolk ist noch zu sehr Niedriges in uns. Streit, Zank, Hader und Missgunst bestimmen auch das Volk der Hünen."

„Es gibt Völker der Kontinuität, die weiterentwickelt sind als die Hünen? Die Vishnui mal ausgenommen."

„Natürlich. Die Kontinuität ist ewig."

„Habt Ihr schon mal ein solches Volk mit Euren eigenen Augen gesehen?"

„Nein, leider nicht. Bevor es für mich an der Zeit war, kam der Weltenbrand aus dem Ankerportal und verheerte unsere Welt und unser Volk. Damals war ich noch ein Novize und nicht bereit für eine Kontaktaufnahme mit einem hohen Volk, geschweige denn mit einem Hochvolk. Die fünfte Wende der Zeiten seit dem Weltenfeuer nähert sich und ich, wir, sind froher Hoffnung, dass der Orden der Kontinuität sein Kloster wiedererrichtet und Hydorgol zu uns herabsteigt und ein neues Portal in die anderen Welten öffnet. Die Kontinuität ist ewig."

Ida und Imbrifer schluckten kurz und erwiderten dann ebenfalls das Mantra der Kontinuität:

„Die Kontinuität ist ewig."

48. Der Plan

„Glaubt mir, Bruder Guardian, das Gelände hier ist günstig. Es kreuzen sich Möglichkeiten und Wege in andere Welten."

„Der Platz ist klein, liegt direkt am Abgrund und man starrt von hier aus auf die Unheil verheißenden Überreste des Weltenbrandes. Kein Platz würde mir ungeeigneter erscheinen, Bruder Zwerg.

Zudem liegt die verbrannte Ebene nicht weit von hier. Dort waren die mächtigsten und fähigsten Hünen an einem Ort versammelt. Das benötigt einen ganz besonderen Ort. Wie soll hier ein Zentrum der Kontinuität entstehen, das ebenso allumfassend und zentral die Wege der Kontinuität bündelt?"

„Gar nicht, Bruder Guardian! Lernt Ihr denn nichts aus Eurer Vergangenheit? Hybris und Größenwahn haben zum Weltenfeuer geführt. Verursacht von einem kleinen Volk. Unbeabsichtigt und versehentlich. Sollte ein großes Volk oder gar ein hohes Volk nicht solche Dinge in Betracht gezogen und Maßnahmen gegen so etwas getroffen haben?

Hört auf, nach einem noch perfekteren Platz als dem Letzten zu suchen. Nutzt, was Ihr habt, und baut viele Plätze. Kleinere Plätze. Abgesicherte Plätze. Plätze, in denen ihr alle das Weltenfeuer ins Leere laufen lassen könnt und nicht das Feuer auf euch selbst lenken müsst, um andere Völker vor Schaden zu bewahren. Fangt wieder klein an. Das fünfte große Jahr steht bevor und dennoch habt Ihr nicht viel in dieser Zeit erreicht."

Die Muskelberge des Guardian zuckten und man sah ihm an, dass er kurz davor war, sich auf den Zwerg zu stürzen. So hatte man seit langer Zeit nicht mehr gewagt, mit ihm zu reden. Dann beschloss der Riese sich wieder auf den mönchischen Pfad der Argumentation zu begeben.

„Der Weg der Kontinuität ist die endlose Reise. Nichts ist von Dauer, daher richtet Euch nicht dauerhaft ein."

„Ah, die Wegweisungen der Kontinuität. Glaubt mir, niemand wüsste besser über Dauerhaftigkeit und Vergänglichkeit Bescheid als ich hier und das Wir meiner Instanzen. Nutzt diese Gelegenheit, oder es wird ein weiteres Mal der Rat der Meister sein, an den sich Hydorgol wenden wird. Wollt Ihr wirklich die Geschicke der Kontinuität in die Hand der Meister, Gilden und Horden legen? Baut jetzt hier oder baut nie mehr!"

„Was für ein Ereignis bewegt diesen Entschluss?"

„Habt Vertrauen in den guten Willen eines Vishnui, mein Freund und Bruder. Habe ich euch je schlecht beraten?"

„Gut, so sei es. Ich werde diesen Vorschlag meinen Mitbrüdern unterbreiten. Vielleicht ist es wirklich Zeit, die endlose Reise enden zu lassen und eine neue zu beginnen."

„Das große Kloster der Kontinuität hat auch mal klein angefangen. Ein paar kleine Hütten und eine Handvoll Mönche."

„Wir sind drei Mönche."

„Ihr seid drei Mönche und sechs Schüler. Macht die Novizen zu Brüdern und gebt jedem zwei Schüler. Dann wiederholt das ein paar Mal und bald wird Euer Kloster eine weite Ebene bedecken."

„Die Kontinuität ist ewig, auch wenn einzelne Völker vergehen und neue Völker entstehen. Ja, das steht meiner Meinung nach im Einklang mit der Kontinuität. Dennoch zeugen Eure Worte, die Größe der Niederlassung zu begrenzen, von Weisheit. Ich werde mit meinen Brüdern sprechen. Habt Dank für Eure Worte, Bruder Zwerg."

„Die Weisheit der Kontinuität möge Euch den rechten Weg beleuchten."

Der Riese nickte dem Zwerg zu und stampfte von dannen, um seine Mitbrüder zu suchen. Bruder Magister waltete seines Amtes, er unterrichtete die Begleiter von Bruder Zwerg. Bruder Cellerar dagegen errichtete mit einigen der Novizen das Lager für die Nacht. Novize Freemji zuckte zusammen, als er Bruder Guardians gewahr wurde, und arbeitete noch eifriger beim Aufbau des Lagers mit. Er hatte wohl wieder getratscht und nun ein schlechtes Gewissen. Er war jung und hatte einiges an Talent. Er würde mit ihm über seine zukünftige Berufung reden, aber nicht jetzt, da er offensichtlich Angst vor dem Guardian hatte. Respekt war angemessen, aber Angst etwas anderes. Er würde mit Bruder Magister ein ernstes Wort über dessen Disziplinierungs-maßnahmen bezüglich des Jungen reden müssen. Einen Mitbruder als Schreckmittel zu nutzen war nicht in Ordnung.

Alle waren mehr oder weniger beschäftigt, also würde Bruder Guardian sich ein wenig in der näheren Umgebung umsehen. Vielleicht taugte der Platz ja doch für ein Kloster. Einen Vorteil hatte der Ort, man konnte es sich sparen, ein Denkmal für die Opfer des Weltenfeuers zu errichten. Die Unheil verheißenden Überreste würde man aber dafür wohl in die mahnenden Überreste umbenennen müssen.

49. Neuanlage

Zwerg schaute über den Abgrund auf das brennend erscheinende Konglomerat. Aus dem Wald ertönte Baulärm. Sägen, Hämmern und das Quietschen von aufeinander gepresstem Holz. In der Senke, in der die Reisegruppe der Hünen gelagert hatte, entstand das erste neue Kloster der Kontinuität seit dem Weltenbrand. Zwerg wusste, dass die Geräusche kein Sägen, Hämmern, oder sonstige menschliche Baugeräusche waren. Es war das, was die Simulation den Menschen sagte, um das Geschehen in für Menschen verständliche Bilder umzuformen. Er selbst sah die Dinge in ihrer wahren Form. Wenn er wollte. Aber in diesem Moment wollte er es nicht. Sägen, Hämmern, Rollen und Hebeln hatte etwas beruhigend Handfestes. Etwas Festes und Greifbares, keine der flüchtigen Möglichkeiten und Wahrscheinlichkeiten, die die eigentliche Welt der Hünen ausmachte.

„Du schwelgst wieder in Erinnerungen?"

Die Frauenstimme hatte er seit langer Zeit nicht mehr gehört und dennoch basierte sein ganzes Sehnen darauf, sie wiederzuhören.

„Frau Lashmi, was machst du auf dieser Welt? Du kannst nicht real sein. So sehr ich mir das auch wünschen würde."

„Nicht? Ich bin so real oder besser nicht real wie du auch. Deine Frage kränkt mich etwas."

„Das tut mir leid. Aber was sagen wir den Wesen auf dieser Welt, wenn sie Dich-Euch sehen?"

„Denen, die auf diese Welt gehören, oder den anderen?"

„Sowohl als auch."

„Wir könnten uns auf die Statuten beziehen, die eine Einmischung in die inneren Angelegenheiten der Einheimischen begrenzen."

„Du hast mich zu dieser Reise überredet, wie zu der letzten Reise und der Reise davor und so weiter. Soll ich meine Position hier aufgeben, bevor die Verbindung wiedererrichtet ist?"

„Die Zeit läuft dir davon. Der Wechsel der Zeiten ist sehr nahe gerückt und es sieht noch nicht so aus, dass die Verbindung rechtzeitig wiedereröffnet werden würde. Das Vishnat ist besorgt."

„Ich kann die Vorgänge hier nicht weiter beschleunigen. Ich habe schon viel zu viel eingegriffen. Ich falle schon seit einigen Wechseln auf. Mach das dem Vishnat klar. Und die Bauarbeiten für die Wiedererrichtung haben begonnen, wie du hören kannst."

„Für das Kloster, ja, aber drei Mönche reichen beim besten Willen nicht für einen Anker. Der Anker muss ausreichend gesichert werden, sonst nützt er nichts! Der Orden muss bis zum Wechsel der Zeiten seiner Aufgabe gewachsen sein. Was ist mit all den anderen Novizen passiert?"

„Die endlose Wanderung ist kein leichtes Unterfangen. Aber ich habe etwas arrangiert, das in mehrfacher Hinsicht nützlich sein könnte." Der Zwerg deutete mit einer kurzen Bewegung des Kopfes auf das brennende Konglomerat.

„Dieser Haufen brennenden Strandguts? Inwieweit soll der nützlich sein?"

„Es besteht eine Verbindung zum ursprünglichen Anker."

„Ah, ich verstehe, was du meinst. Das könnte sich als nützlich erweisen. Beschleunige den Ausbau des Klosters. Bis zum Wechsel der Zeiten müssen mindestens sechzig vollwertige Mönche anwesend sein."

„Sechzig? Wie soll das denn zu schaffen sein?"

„Ein Mönch nimmt zwei Schüler und ernennt die dann zu Mönchen und diese nehmen wiederum zwei Schüler, und ehe du dich versiehst, füllt das Kloster eine große Ebene?"

Ein Räuspern ließ beide Vishnui zusammenfahren. Der Guardian hatte sich unbemerkt angeschlichen. Was für sich genommen schon eine gewaltige Leistung war. Dass er durch seine Anwesenheit verhindern konnte, dass sich die Vishnui ihm entziehen konnten, zeugte von der beeindruckenden Kraft des Hünen.

„Der Orden der Kontinuität besteht so lange, wie es einen Mönch gibt, der sich auf der ewigen Wanderschaft befindet. Sesshaftigkeit und das ewige Verweilen an einem Ort widerspricht dem Wesen der Hünen und besonders widerspricht es dem Wesen ihrer Welt. Wer sagt Euch, dass es nur eine Gruppe von Hünen gibt, die sich auf der

ewigen Reise befindet? ‚Treibe nicht alle Flöhe in dieselbe Senke',
lautet ein altes Sprichwort aus der Zeit vor der Erschaffung des
Hydorgols. Ich tat mit einigen, was Bruder Zwerg vor fast fünf
Wenden mit mir tat: Ich setzte Stecklinge in die Erde, wann immer es
ging. Die Wüste ist keine Wüste mehr, wenn man lange genug Bäume
in ihr pflanzt. Es wird Zeit, ein Konklave einzuberufen.

Lasst uns alle gemeinsam den Ruf der Sammlung anstimmen. Er
mag leise sein, aber er reicht weit."

50. Das Konklave

„Du lebst? Was für eine Freude!"

„Natürlich lebe ich, aber auch ich freue mich, dich wiederzusehen."

Diese beiden Sätze hörte man im Kloster von morgens bis abends. Jedes Mal, wenn ein neuer Reisender das gerade fertiggestellte Kloster betrat. Und bei jedem neu Erscheinenden wurde der Blick des Magisters finsterer, während sich der Blick des Guardian aufhellte. Der Blick des Cellerars dagegen schwankte zwischen Freude und Sorge um die knapp bemessenen Schlafplätze und um die knapp bemessenen Vorräte. Schließlich platzte dem Magister der Kragen und er zog den geschäftigen Cellerar unsanft zur Seite. „Du wusstest davon?"

„Ich habe es geahnt. Niemand nimmt so viele Lebensmittel mit, wenn es nur um eine Henkersmahlzeit geht. Bruder Guardian hat mich zum Schweigen verpflichtet und schließlich übe ich mein Amt aus und Bruder Guardian sein Amt. Ich mische mich auch nicht ein, wenn du das deine ausübst."

„Das wäre ja noch schöner!"

„Eben! So, und nun entschuldigst du mich. Ich habe viel Arbeit und die erledigt sich nicht nur mit Worten."

„Gut. Reden wir später."

„Du könntest dich nützlich machen, indem du dir ihre Reiseberichte anhörst."

„Das ist die Aufgabe des Guardians."

„Die Aufgabe des Guardians ist der Schutz der Gemeinschaft, deine ist die Mehrung des Wissens der Gemeinschaft und der einzelnen Brüder. Genauso überschneiden sich die Aufgaben des Bruder Guardians und die meinen, wenn es um die körperlichen Belange geht. Das ist allemal besser, als mürrisch dreinzublicken und den Ankömmlingen den Eindruck zu vermitteln, sie hätten jetzt so tot zu sein wie in deiner Vorstellung."

„Du hast wahrscheinlich recht. Dennoch hat mich Bruder Guardian hinters Licht geführt. Eine Sache, die unter Brüdern eigentlich nicht vorkommen sollte."

„Das solltest du in einem ruhigen Moment mit ihm unter vier Augen klären. Auf dem Konvent würde ich das nicht machen. Dort gibt es wichtigere Dinge zu bereden."

„Wichtigere Dinge als die charakterliche Einstellung unseres Guardians?"

„Er hat uns sicher und gut durch fast fünf Zeitalter geführt. Das verdient deinen Respekt, wenn nicht mehr. Er tat, was nötig war und er nahm die Last auf sich. Prüfe, was du an seiner statt getan hättest."

Der Magister überlegte eine Weile, dann stimmte er zu. „Vielleicht bist du der Weiseste von uns allen. Danke, ich will dich nun nicht länger von deinen Pflichten abhalten, es gibt viele hungrige Münder zu füttern und viele müde Häupter zu betten. Ich brauche noch einen kleinen Moment, dann werde ich meinen Beitrag leisten."

Der Cellerar nickte und eilte dann weiter zur nächsten Stelle, an der er benötigt wurde. Als der Mitbruder außer Sichtweite war, murmelte der Magister noch ein paar Worte in seinen Bart.

„Auch du, Bruder? So viele Brüder und dennoch fühle ich mich verlassener als jemals zuvor. Nun denn, ich werde deinem Rat folgen und Wissen für die Bruderschaft sammeln. Wissen, unabhängig von Bruder Guardian, denn weitreichende Entscheidungen sollten von der Gemeinschaft getroffen werden. Nicht von einem Einzelnen."

51. Der Rat hinter dicken Mauern

„Solche Entscheidungen dürfen nur vom Rat getroffen werden und nicht von einem einzelnen kleinen Mönch!" Ratsherr Farron hatte im wahrsten Sinne des Wortes Schaum vorm Mund. So sehr Ratsherr Hullon seinen ärgsten Widersacher auch hasste, in diesem Punkt musste er ihm voll und ganz Recht geben. Hullon blieb ruhig und zeigte seinen Zorn nicht öffentlich. Wenn er es tat, dann würde es der Zorn der Horde der Erneuerung sein. Einmal entfacht, würde sich dieser Zorn nicht mehr stoppen lassen. Er musste also seine Worte und Gedanken sorgsam wählen, er durfte nicht in das zustimmende Stampfen in der Ratskammer einfallen. Füllvater Fran hatte seinen Stellvertreter gut ausgewählt, er würde sich auf ihn verlassen können, so wie er es seit einem Zeitalter konnte. Das war Hullon Fran schuldig.

„Ich stimme Euch vollkommen zu, Ratsherr Farron. Das ist eine Sache, die so nicht ohne Ankündigung hätte geschehen dürfen."

Ratsherr Farron schaute Hullon an, als ob ihn der Blitz getroffen hätte. Ebenso verstummte das Stampfen und wurde durch leiseres Klopfen des Rates abgelöst. Zustimmung von seinem ärgsten Widersacher hätte er als Letztes erwartet. Eine Falle des Hordenanführers?

„Ihr stimmt mir vollkommen zu, Meister Hullon? Das haben diese Mauern noch nie gesehen. Wird die Horde der Erneuerung also mit den Truppen des Rates gegen dieses Weltenverderben ziehen?"

„Die Horde der Erneuerung wird nirgendwo blind hinziehen. Eine Versammlung der eigenen Gemeinschaft einzuberufen ist das Recht und das Privileg eines jeden Anführers einer Gemeinschaft. Und solange es nur um die internen Angelegenheiten einer Gemeinschaft geht, sieht die Horde der Erneuerung darin keinen Fall für den Rat. Anders sieht es aus, wenn alle Hünen davon betroffen wären. Wie Ihr schon sagtet, Meister Farron, es steht einem kleinen Mönch nicht zu, für alle Hünen zu sprechen. Aber Ihr seid ein Hitzkopf und Ihr seid noch jung. Entsenden wir eine Kommission, um die Versammlung des Ordens der Kontinuität zu untersuchen."

„Eine Kommission, alter Mann? Bis diese ihr Urteil gefällt hat, sind Dinge längst geschehen. Der Wandel der Zeiten steht kurz bevor. Es bleibt keine Zeit zu zaudern. Entsenden wir die Truppen und verhindern wir einen weitcren Weltenbrand, bevor es zu spät ist. Oder müsst Ihr auf Euren Herrn und Meister, Füllvater Fran, warten? Ich muss Euch enttäuschen, er wird nicht kommen!"

Zorn durchströmte Hullon. Ratsherr Farron hatte sich seinen Rang als sein Feind wirklich redlich verdient. Aber ein Anführer musste für die seinen mitdenken und bedacht handeln. Ein einziger Hitzkopf konnte das Verderben aller sein.

„Niemand hat gesagt, dass wir lange diskutieren müssen. Niemand hat gesagt, dass wir unsere Truppen nicht bereitmachen dürfen. Niemand hat gesagt, dass wir unsere Kämpfer nicht in Reichweite bringen dürfen. Ihr seid wahrlich noch jung, Meister Farron, und wenn Ihr nicht das erneuerte Spaltungskind Eures Elters währt, dann säßet Ihr hier nicht in dieser Ratskammer. Ich habe schon lange vor Eurer Entstehung gewaltige Schlachten geschlagen. Das ist keine Sache, die man leichtsinnig und leichtfüßig angeht. Seid Ihr Bruder Guardian schon einmal begegnet, Meister Farron? Nein? Ich schon. Bruder Guardian ist kein kleiner Mönch. Er ist der Bruder Guardian des Ordens der Kontinuität. Und er ist alt und sehr gefährlich. Ich erinnere mich noch gut an die Zeiten vor dem Weltenbrand. Dieser Bruder Guardian wurde nur entsandt, wenn der Orden anderweitig nicht weiterkam. Erinnert Euch an die Inquisitoren des Ordens! Ihre Fragen waren hart und scharf, aber das Urteil hat entweder der weltliche Arm der lokalen Autorität oder einer ihrer Guardians vollstreckt.

Entsenden wir also unsere Kommission und halten unseren weltlichen Arm bereit. Stellen wir unsere Fragen höflich und freundlich. Erregen wir keinen Verdacht, senden wir eine offizielle Delegation des Rates. Lassen wir sie an unserem Dissens teilhaben.

Wie Ihr sagtet, Ratsherr Farron, die Entscheidungen des Rates dauern gewöhnlich ewig. Ich selbst werde die Delegation anführen."

„Ihr werdet die Delegation anführen, Ratsherr Hullon? Das wird der Rat entscheiden! Ich werde diese Delegation begleiten, um sicherzustellen, dass nichts auf die lange Bank geschoben wird. Eure Erfahrungen in Schlachten wären bei den bereitstehenden Truppen nützlicher!"

„Es wird ein besonnener und feinfühliger Leiter der Delegation vonnöten sein. Und Euer Temperament würde sich besser auf dem Schlachtfeld machen als in langweiligen Gesprächen mit vergeistigten Mönchen."

„Wer auch immer die Leitung der Delegation übernehmen mag, ich werde diese Delegation mit einer Eskorte des Rates begleiten. Ich schlage Euch dennoch als Anführer der Hauptarmee vor. Ratsherr Omaleui von der Gilde der leisen Künste hat sich in meinen Augen als besonnener Diplomat hervorgetan. Man mag mir vielleicht Hitzköpfigkeit vorwerfen, aber hier geht es um die Verhinderung eines weiteren Weltenbrandes. Da müssen persönliche Differenzen zurückstehen!"

„Ihr überrascht mich! Gut. Stimmen wir ab!"

Hullon warf seine Arme nach oben, und die Mehrheit der anderen Ratsmitglieder erhoben ebenfalls beide Arme. Dann kamen Stimmen aus der zweiten und den hinteren Reihen.

„Wer wird die Delegation noch begleiten? Wer wird mit an entscheidender Stelle sein? Das alles könnt Ihr beide nicht unter Euch alleine ausmachen!"

Das Geschachere um die Anzahl der Plätze und die Teilnahme an der Delegation hatte begonnen. Ratsherr Hullon hatte gewonnen. Er hatte den Oberbefehl über alle Truppen des Rates bekommen. Was auch immer die Delegation herausfinden würde, es war nebensächlich. Sein Mann war schon vor Tagen zum Kloster aufgebrochen. Gleich, als der leise Ruf vernommen worden war. Diese Narren hätten ohne seine Warnung nichts von dieser Angelegenheit erfahren. Die alten Kontakte des Füllvaters waren immer noch äußerst nützlich. Und er war Hullon ein guter Lehrer gewesen, neue Bande waren in aller Stille und Heimlichkeit geknüpft worden. Hullon würde seinen Teilelter überflügeln. Die Horde der Erneuerung würde diese Welt nicht wieder dem Orden überlassen, der sie einst in den Untergang geführt hatte. Hoffentlich würde Hydors Golem seinen Weg auch in diesem Zeitenwandel nicht finden. Er hatte hier alles unter Kontrolle. Die Welt der Hünen erblühte wieder. Niemand wollte die Zustände, die zum Weltenbrand geführt hatten, zurück. Selbst dieser Rat war in seinen Augen überflüssig.

52. Der erste Tag des Konklave

Bruder Folmaii führte seine Gruppe den engen und langgewunden Weg zur Steilküste empor. Die Gruppe, die er anführte, schnaufte in seinem Rücken, aber sie murrte nicht. Er war der einzige Bruder in der Gruppe, aber er beschwerte sich nicht. Er hatte mehr Anschluss gefunden, als dass es einem Bruder und Mönch zustand. Den Guardian würde es vielleicht nicht freuen, aber die vierbeinige Nahrung, die seine Gruppe den Berg hinauftrieb, würden willkommen sein. Er hatte den leisen Ruf der Sammlung vernommen und viele Antworten gehört. Viele würden Nahrung für die Reise und ein paar Tage mit sich führen, aber ob die ausreichen würden, um so viele Münder über einen längeren Zeitraum zu stopfen, bezweifelte Bruder Folmaii stark. Noch über eine Lichtung und dann ging es wieder in einen Wald hinein. Vielleicht wäre es günstiger, die Herde hier lagern zu lassen und nur mit einer kleinen Gruppe zum Kloster zu gehen.

„Feukla, wir sollten hier lagern. Was meinst du?"

„Hier? Wie weit ist es denn noch bis zu diesem Kloster, das es letztes Mal hier noch nicht gegeben hat?"

„Es befindet sich in dem Wäldchen dort. Es ist nicht mehr sehr weit."

„Bis zur Aussicht sind es von hier aber noch ein paar Stunden durch den Wald. Wenn ich hier eine Siedlung errichten sollte, dann würde ich das in der Senke vor dem Wald tun. Wenn überhaupt. Der Platz ist weitab von den normalen Routen. Es ist zu ruhig."

„Schlecht für eine Siedlung, die vom Handel lebt, aber gut, wenn man einen Ort der Stille und Kontemplation errichten will."

„Wofür sollte man den denn benötigen? Die Herde wandert von einem Weidegrund zum nächsten. Kontemplieren kannst du dich, wenn die Tiere fressen und keine andere Arbeit ansteht."

„Ja, ja, Frau Feukla."

„Was bist du nun so förmlich, Mann Folmaii?"

„Wir nähern uns dem Kloster der Kontinuität."

„Und?"

„Und damit dem Guardian."

„Ah, ich verstehe! Den feinen Herrn Mönch plagt das Gewissen. Das hättest du dir überlegen sollen, bevor du dir einen warmen Platz mit etwas mehr Anschluss gesucht hast. Oder sind wir jetzt an dem Punkt: ›Ich reise mit euch, bin aber noch an meinen Eid gebunden‹?"

„Es kann passieren, dass mir eine neue Aufgabe zugewiesen wird."

„Na, dann gehen wir mal schauen, was dieses neue Kloster der Kontinuität so darstellt." Feukla drehte sich von Folmaii weg und bildete mit den Händen einen Trichter vor dem Mund. Ihre Stimme erschallte über den ganzen Platz.

„He-ho, wir rasten hier. He-ho, wir rasten hier."

Von allen Ecken der Lichtung kamen Bestätigungen. Einer der Hirten kam auf Feukla und Bruder Folmaii zugelaufen. Es war Kalmkorg, der zweite Anführer der Gruppe. „Wir rasten hier? Das Kloster, von dem Folmaii gesprochen hat, kann nicht mehr weit weg sein."

„Ja. Folmaii und ich gehen vor und erkunden die Lage. Der Platz hier ist gut und wir wollen doch keine voreiligen Begehrlichkeiten wecken, wenn du verstehst, was ich meine, Kalmkorg?"

„Ah ja, ich verstehe, was du meinst. Gut, du bist die Anführerin, Feukla. Bisher waren deine Weisungen immer zum Besten der Herde. Gute Erkundung und saftige Weiden. Ich kümmere mich darum, dass das Lager aufgeschlagen wird."

„Saftige Weiden. Ich weiß, ich kann mich auf dich verlassen."

Hirte Kalmkorg wandte sich wieder zur Lichtung um. Feukla und Folmaii machten sich auf den Weg zum Durchgang in den Wald.

Das Licht wurde schummerig, aber die Augen gewöhnten sich schnell an das Zwielicht. Der Weg war nicht zu übersehen. Viele Füße hatten ihn platt getreten und die Büsche an den Rändern wiesen abgeknickte Zweige auf. Nach einer geraumen Weile hörten sie beide Baulärm und Geräusche, die auf geschäftiges Treiben hinwiesen. Es dauerte allerdings noch eine Weile, bis sie die Senke erreichten, in der das neue Kloster der Kontinuität entstanden war. Die Gebäude sahen so aus, als ob sie schon immer hier gestanden hätten und nun für das anberaumte Konklave erweitert würden. Überall wurden die Bauten erweitert und tiefer in den Wald und den ansteigenden Boden gebaut. Der Aushub wurde in die Lücken zwischen die Bauten gekippt und erzeugte den Eindruck, dass die Senke steiler wäre als sie eigentlich war. Die Herde hätte den zentralen Platz zur Gänze ausgefüllt und es wäre kein Platz mehr für die Gruppen von Reisenden und Brüdern gewesen, die sich dort umarmten und ihre Erlebnisse austauschten.

„Du hattest recht, Folmaii. Und an wen wenden wir uns nun?"

„Gehen wir den Guardian oder besser den Cellerar suchen. Er wird wissen, wie die Lagerbestände aussehen und wo man lagern kann."

„Da kommt ein Mönch auf uns zu. Ist das der Cellerar?"

„Nein, das ist der Magister."

„Hat der Magister auch einen Namen?"

„Hm, möglich, aber für uns war er immer nur Bruder Magister."

„Du hast hier deine Jugend verlebt und kennst nicht die Namen der Mönche, die dich großgezogen haben? Ist das in der Gemeinschaft normal? Komische Sitten!"

„Pst! Lass mich mit dem Magister reden."

„Pst? Ich pst dir gleich einen!"

„Ah, Vater Magister. Welch eine Freude, Euch zu sehen! Es ist lange her, dass wir uns sahen."

„Folmaii, oder ist es jetzt Bruder Folmaii? Es ist wahrlich lange her. Wann habt Ihr uns verlassen? In der Senke der Windpfeifer?"

„In der Schlucht der pfeifenden Winde. Es ist nun fast zwei Zeitenwenden her. Seitdem wandere ich die endlose Pilgerreise. Bruder Guardian gab mir seinen Segen vor meinem Aufbruch und erhob mich zum Bruder."

„Den letzten Satz habe ich in den letzten paar Tagen schon unzählige Male vernommen. Ich sehe, Ihr wandert nicht alleine, wer ist Eure Begleiterin?"

„Bruder Magister, das ist Feukla, die Anführerin der Herde, mit der ich in der letzten Zeit gereist bin. Feukla, das ist der Bruder Magister."

„Hat Bruder Magister auch einen Namen?"

„Bruder Makleu, Anführerin Feukla. Es freut mich, Euch kennenzulernen. Ihr müsst mir bei Gelegenheit von Euren Reisen erzählen. Aber nun drängt die Zeit. Das Konklave beginnt bald. - Wartet einen Moment. Bruder Cellerar! Bruder Cellerar!"

Bruder Mekleu hatte wie die Anführerin die Hände zu einem Trichter vor den Mund gelegt. Es dauerte nicht lange, und der sichtlich gehetzt wirkende Cellerar kam herbeigelaufen.

„Bruder Magister. Was gibt es so Dringendes?"

„Bruder Folmaii hat zu uns gefunden."

„Das ist schön. Guten Tag. Und bis später. Auf mich warten einige hungrige Brüder, denen ich etwas zu Essen organisieren muss."

„Vielleicht kann die Begleiterin des Bruders dir dabei behilflich sein. Sie ist die Anführerin der Herde, mit der Bruder Folmaii angereist ist."

„Eine Herde? Warum hast du das nicht gleich gesagt? Freundin Feukla, mein Name ist Bruder Laupas, ich bin der hiesige Cellerar der Bruderschaft der Kontinuität. Kommt mit mir, vielleicht kann ich Euch ein paar Tiere für die Kontinuität abkaufen."

„Abkaufen hört sich gut an. Was offeriert Ihr im Austausch?"

„Was benötigt Ihr? Wir haben seit Kurzem ein paar Brüder mit einigem Talent auf verschiedenen Gebieten hier versammelt. Es wird sicherlich etwas dabei sein, das für Euch von Nutzen ist."

„Das kommt darauf an. Wie viele Tiere benötigt Ihr denn?"

Der Cellerar und Herdenführerin Feukla waren schnell in ihre Verhandlungen vertieft und bewegten sich rege feilschend Richtung Wald. Bruder Folmaii wollte ihnen folgen, wurde aber von Bruder Magister festgehalten.

„Lassen wir die beiden. Unsere Berufung führt uns jetzt und heute auf einen anderen Weg. Den Weg zum Konvent. Wir verlassen die

Ebene der weltlichen Angelegenheiten und wenden uns den geistigen Ämtern zu. Die Wende der Zeiten rückt mit großen Schritten näher und der Orden der Kontinuität hat erst begonnen, seine wahre Tätigkeit wiederaufzunehmen. Das Konklave wird in Kürze beginnen. Bruder Guardian und die meisten Brüder warten schon im Konvent auf uns. Gehen wir den ursprünglichen Weg. Dann haben wir noch etwas Zeit, um uns darüber auszutauschen, was Ihr auf Eurer endlosen Pilgerreise erlebt habt."

"Das war einiges in fast zwei Zeitaltern. Berichtet mir lieber mehr über den vor uns liegenden Konvent. Ich habe nur den Ruf vernommen und bin über den Ablauf noch im Dunklen."

„Ah ja, das sind fast alle. Bruder Guardian hat den Konvent einberufen um alle Brüder des Ordens wieder zusammenzuführen. Ein Konklave wird anschließend die Wege erörtern, um die Tore in die anderen Welten wieder zu öffnen."

„Aber was sagt der Rat der Meister zu einem solchen Unterfangen?"

„Der Rat der Meister? Die Angelegenheiten der Kontinuität sind die Angelegenheiten des Ordens der Kontinuität und nicht die des Rates der Meister und Gilden. Aber das sind Punkte, die im Konvent besprochen werden sollten. Lasst Euch lieber von der Aussicht im Konvent berichten. Wir können von dort aus die Flammen der Vergangenheit sehen, aber auch die Zukunft."

„Die Flammen der Vergangenheit? Ihr meint doch nicht den Überrest des Weltenfeuers? Ist das kein schlechtes Omen für die Zukunft des Ordens?"

„Es sind die mahnenden Überreste. Zehntausende Wechsel der Zeiten hat der Orden seine Aufgaben verrichtet, ohne dass es auch nur die geringsten Störungen gegeben hat. Es kann also nicht alles falsch gewesen sein, was der Orden in diesen Äonen getan hat. Das Weltenfeuer war eine Katastrophe, die unsere Welt verwüstet hat, aber wir müssen untersuchen, wie sich das in Zukunft verhindern lässt."

„Wurde nicht eine Expedition der Kontinuität beim letzten Zeitenwechsel zusammen mit dem großen Golem Hydors ausgesandt, um genau diese Vorfälle zu untersuchen? Ist das nicht deren Aufgabe?"

„Die Expedition ist bisher nicht zurückgekehrt. Aber es sind zwei Vishnui anwesend. Das ist ein deutliches Zeichen der Kontinuität, das unser Vorhaben legitimiert."

„Das Vishnat unterstützt den Orden der Kontinuität? Und das, nachdem sich der Golem Hydors letztes Mal an den Rat der Meister der Gilden und Bruderschaften gewandt hat? Das sind Nachrichten, die alles hier in einem anderen Licht erscheinen lassen."

„In der Tat, aber greifen wir Bruder Guardian nicht vor. Wir sind auf dem Platz des Konklave angelangt. Es sind nun fast alle versammelt."

„So viele Brüder?"

Bruder Folmaii verschlug es die Sprache, als er den weiten Platz betrat. Ein Feuer in der Mitte und viele Fackeln beleuchteten die Stätte und die Hunderte von Brüdern, die sich dort versammelt hatten. Mit so vielen Mitbrüdern hätte er nicht in seinen kühnsten Träumen gerechnet. Dann erhob sich die mächtige Stimme des Guardian über das allgemeine Gemurmel auf dem Platz. Schlagartig trat Stille ein.

„Werte Mitbrüder! Ich begrüße euch. Es freut mich, dass so viele dem Ruf zum Konvent gefolgt sind. Dem ersten Konvent des Ordens seit hundert Zeitenwenden. Es ist das erste Mal seit nun fast fünf Zeitenwenden, dass sich so viele Brüder auf einem Platz versammelt haben. Stimmen wir den gewaltigen Gesang der Kontinuität an. Und vertreiben wir damit die Schatten der Vergangenheit und überstrahlen wir die mahnenden Überreste.

Die Kontinuität ist ewig!"

„Die Kontinuität ist ewig!"

Bruder Folmaii wurde kalt und heiß zu gleich. Es war erschreckend und erhebend, mit welcher Wucht und Inbrunst der Gesang der Kontinuität sich über den Platz erhob. Das konnte mit den Gesängen einer Horde mithalten. Es war weniger wild; getragener, feierlicher und dadurch eindringlicher und weit erhabener. In diesem

Moment war er ein Mönch der Kontinuität. Mehr als in jedem anderen Moment. Frei von Zweifeln und anderen Bindungen.

53. Zweiter Tag des Konklave

Das Konvent, und damit der erste Tag des Konklaves, endete spät. Einmütig hatten sie lange zu Ehren der Kontinuität gesungen und die gemeinsamen Rituale ausgeführt, die es erforderten, dass mehr als ein paar Mönche der Kontinuität anwesend waren. Bruder Guardian hatte erhebende Worte gesprochen und den Abend in stiller Andacht ausklingen lassen. Gemeinsam nahmen sie dann das Mahl ein, das reichhaltiger war, als so mancher auf Grund der improvisierten Versorgungslage befürchtet hatte. Bruder Cellerar übertraf sich selbst. Bruder Folmaii hatte im Refektorium einen Blick auf Kalmkorg erhaschen können, der Gebratenes zusammen mit dem Cellerar in den Speisesaal schleppte. Also waren sich Herdenanführerin Feukla und der Cellerar handelseinig geworden. Und Kalmkorg hätte niemals freiwillig andere bewirtet, wenn es nicht ein sehr gutes Geschäft für die Herde gewesen wäre. Das Mahl wurde in stummer Eintracht eingenommen, nur die Stimme des Magisters erfüllte den Raum. Er rezitierte aus der Chronik der Kontinuität, über die Gründung des ersten Klosters vor ewigen Zeiten. Zum Abschluss des Abends erhob noch einmal der Guardian das Wort und sandte die Brüder zur Nachtruhe. Morgen würde direkt nach dem Laudens ein einfaches Frühmahl eingenommen werden und dann das eigentliche Konklave beginnen. Während des Konklaves würde dann gefastet werden, bis die Weichen für die Zukunft des Ordens gestellt sein würden.

Mit vollem Magen trottete Bruder Folmaii hinter seinen Mitbrüdern in Richtung des frisch erweiterten Dormitoriums. Er war nervös wie eines der Tiere aus der Herde, die zur Schlachtbank getrieben wurden.

*

Nach einer unruhigen Nacht erlöste ihn der Weckruf des Bruders, der für die Nachtwache eingeteilt war, aus seinem unruhigem Schlaf. So eng mit ihm Unbekannten zu schlafen war nicht Folmaiis Sache. Er bevorzugte die Ungebundenheit der endlosen Pilgerreise. Im Necessarium herrschte Gedränge und Geschubse, bis jemand beschloss, die Sache in die Hand zu nehmen und die Abläufe zu organisieren. Dann ging es zwar auch nicht schneller, aber ruhiger und gesitteter zu. Das Laudens begann mit reichlicher Verspätung, war aber dennoch eine erhebende Zeremonie.

Die Brüder, die die Abläufe im Necessarium geregelt hatten, gingen bei der weiteren Organisation dem Cellerar zur Hand und das Frühmahl verlief störungsfrei. Über das Mahl beschloss niemand viele Worte zu verlieren, es waren die Reste des Nachtmahls.

Dann begann der eigentliche Konvent mit der Prozession zum Platz des Konklaves. Bruder Guardian erhob sich langsam und begann getragen seine Rede, nachdem alle ihre Plätze eingenommen hatten.

„Mitbrüder. Ihr alle kennt mich. Ich bin der älteste, noch lebende Mönch der Kontinuität auf der Welt der Hünen. Wir alle haben uns nun fast fünf Zeitenwenden auf der ewigen Pilgerreise befunden und dabei neue Brüder für den Orden der Kontinuität gefunden und ausgebildet. Jeder Mönch hat zwei Schüler genommen und zu neuen Mönchen ausgebildet. Und so haben sich heute an diesem Ort genau einhundertundsechsundachtzig Brüder versammelt.

Ihr alle mögt euch fragen, warum wir uns hier versammelt haben. Ich selbst bin alt geworden und der Weg der ewigen Pilgerreise wird beschwerlicher. Ihr mögt anmerken, es sollte einfacher geworden sein, nachdem meine Füße schon breite Wege mehrmals um diese Welt getrampelt haben. Ihr habt recht!"

Gelächter und zustimmendes Klopfen erfüllte den Raum. Der Guardian hatte den richtigen Ton getroffen.

„Wir sind hier nicht versammelt, um meine Füße zur Ruhe kommen zu lassen. Ganz im Gegenteil. Wir sind hier versammelt, um mehr für die Kontinuität zu bewirken und nicht weniger."

„Was können wir denn hier tun, um die Kontinuität zu mehren?"

Mehrere Brüder stellten diese Frage in die Stille, die das plötzliche Verstummen des Guardians hervorgerufen hatte. „Mitbrüder. Genau aus diesem Grund sind wir hier an diesem Ort versammelt. Der fünfte Wechsel der Zeiten, seit jenem verheerenden Versagen unseres Ordens, bricht in Kürze an und noch immer erfüllen wir unsere Aufgabe in der Kontinuität nicht zur Gänze. Es wird Zeit, dass wir wieder die Wege zu den anderen Welten öffnen, die Tore sichern und uns auf die wirklich endlosen Pilgerreisen in die weiten Fernen begeben."

Stille kehrte in den Raum des Konvents ein. Dann erhob sich zustimmendes und ablehnendes Gemurmel. Laute Rufe für und wider wurden durcheinander gerufen.

„Brüder!" Die Stimme des Guardians ließ die Menge verstummen.

„Brüder. Jeder wird angehört werden. Und jeder wird sprechen dürfen. Bruder Liumgh, Ihr sprecht Euch vehement dagegen aus. Euch sei das Wort gegeben. Kommt nach vorne und legt Eure Bedenken dar. Dann möge Bruder Kjei sprechen, er stimmt für die Sache. Weitere Meldungen nehme ich danach entgegen."

Folmaii reckte sich. Bruder Liumgh war ihm kein Unbekannter, schließlich hatten beide beim Magister gelernt und waren dann gemeinsam vom Guardian auf die endlose Pilgerreise gesandt worden. Ihre Wege hatten sich aber schnell getrennt. Es würde eine interessante Rede werden. Bruder Liumgh redete viel und gut. Und immer dagegen, manchmal auch gegen das, was er selbst gerade gesagt hatte. Bruder Kjei dagegen kannte Folmaii nicht, aber er schien ihm ebenfalls wortgewandt, wenn auch vielleicht etwas zu leicht zu begeistern. Es würde ein Disput werden, der Folmaii wehmütig an seine Streitgespräche mit Herdenführerin Feukla zurückdenken ließ. Er würde heute ein denkwürdiger Tag werden.

„Freunde, Hünen, Mitbrüder ..."

„Hey, hey, hört, hört, es beginnt mit einem Klassiker!"

Stille kehrte im Konklave ein, Folmaii schlug sich vor den Mund, als der bemerkte, dass er es war, der laut dazwischen geredet hatte. Bruder Guardian beruhigte Bruder Liumgh und wandte sich tadelnd an Folmaii.

„Bruder Folmaii, Ihr seid als Nächster nach Bruder Kjei an der Reihe und ich hoffe für Euch, dass Ihr dann mehr zu sagen habt als ein Herdenhirte, der Flöhe über die Weide treibt."

„Jawohl, Guardian, verzeiht meinen Zwischenruf. Ich werde schweigen, bis ich an der Reihe bin."

„Gut, Bruder Folmaii, dann fangt gleich damit an!" Bruder Liumgh ließ sich die Retourkutsche nicht nehmen und setzte erneut an.

„Freunde, Hünen, Mitbrüder! Schaut aus dem Konzil hinaus auf den brennenden Überrest des Weltenfeuers. Wollen wir wirklich erneut die Tore dafür öffnen? Das sollten wir nicht leichtfertig tun. Es gibt viele Gründe, die dafür sprechen, weiterhin still und leise unsere endlose Pilgerreise fortzusetzen. Wir sollten aus unserer Vergangenheit lernen und gelernt haben."

Zustimmendes Gemurmel erfüllte den Konvent. Bruder Liumgh hatte gut gesprochen, aber nun würde es interessant werden. In der Vergangenheit hatte er den Punkt immer verpasst, an dem er hätte aufhören sollen zu reden. Folmaii lauschte gespannt, wie die Rede seines ehemaligen Lernkameradens weiterging.

„Es gibt viele Punkte, die gegen die Wiedereröffnung der Tore in die anderen Welten sprechen. Führt euch diese vor Augen. Bedenkt die verbrannte Ebene, gedenkt diesen kleinen, euch vielleicht unschuldig erscheinenden Rest des Weltenfeuers. Und dann gedenkt der weiten, wieder erblühenden Ebenen, die ihr auf eurer persönlichen endlosen Pilgerreise gesehen habt. Bedenkt eure Verantwortung für den Erhalt dieser Welt, über die ihr wandert. Gedenkt Brüder, gedenkt. Ich danke für euer Gehör."

Folmaii traute seinen Ohren nicht. Bruder Liumgh hatte eine perfekte Rede gehalten. Nun war es an Bruder Kjei, dagegenzuhalten. Aber diese Rede überzeugte weder Folmaii noch die anderen Mitbrüder. Also oblag es nun ihm! Er konnte Liumgh nicht diesen Disput gewinnen lassen, egal was er selbst dachte. Er würde für das Kloster reden müssen. Ob er es wollte oder nicht. Aber er wusste nicht, was er selbst wollte. Wie sollte er dann seine Zuhörer und

Mitbrüder überzeugen können? Vielleicht wirkte schonungslose Ehrlichkeit. Das tat sie meistens. Er würde improvisieren müssen. Bruder Guardian winkte ihn nach vorne, um mit seiner Rede zu beginnen. Bruder Folmaii stand auf, deutete eine Verbeugung in Richtung Bruder Guardians an, blieb dann aber auf seinem Platz stehen.

„Verehrte Mitbrüder. Verzeiht einem einfachen Wandermönch, der auf seinen langen Wegen zu einem Flohhirten geworden ist. Mein Zwischenruf war ungebührlich, aber nun, da ich das Wort erhalten habe, will ich nicht schweigen.

Mich hat der Ruf des Guardian überrascht und mich hat die schiere Menge an Brüdern überrascht, die der Orden mittlerweile aufweist. Einige habe ich selbst ausbilden dürfen."

Folmaii deutete eine Verbeugung zu der kleinen Gruppe von Mönchen an, deren Älteste er während seiner Wanderung ausgebildet hatte.

„Und es erfüllt mein Herz mit Freude, dass es euch allen gut geht und ich das Privileg erhalten habe, euch wiederzusehen.

Über Sinn und Zweck dieser Zusammenkunft wusste ich bis zum Beginn dieses Konvent nichts und noch weniger weiß ich, ob ich diesen Zweck gutheißen und unterstützen, oder ob ich ihm ablehnen soll. Möglicherweise geht es vielen von euch, meine Mitbrüder, nicht anders. Aber es ist der Zweck dieser Zusammenkunft: Mehr herauszufinden und zu beratschlagen.

Die Worte Bruder Liumghs waren gut gesprochen und zeugten von der richtigen Einstellung eines Mönches der Kontinuität zu der ihm anvertrauten Schöpfung. Ich selbst kann dies als Flohhirte nur zu gut nachvollziehen. Auch mich treibt die Sorge um das Leben und das Wohlergehen der Schöpfung in Form der Herde. Aber dennoch reicht das nicht aus, um ein guter Hirte für die Herde zu sein. Es gibt Momente, in denen muss man die Herde von der fetten und sicher erscheinenden Weide führen, um größere Unbill abzuwenden. Mag es einer der Räuber dieser Welt, ob in Form von wilden Geschöpfen oder nicht wohlgesonnenen Hünen sein, oder um ein Quartier zu erreichen, in denen man den nahenden Sturm überstehen kann.

Gutes zum Schutz der Herde. Aber dann und wann kommt der Moment, in dem man die Herde ihrem eigentlichen Sinn und Zweck zuführen muss. Gute Nahrung und alle anderen nützlichen Dinge für gute Hünen abzugeben.

Der Sinn und Zweck einer Herde ist es, Gutes bei anderen Wesen zu bewirken. Gedenkt dieses, wenn ihr mit einem Rest des großen Festmahls zwischen euren Zähnen kämpft!"

Leises Gelächter erfüllte den Raum und Folmaii wusste, er hatte den richtigen Ton gewählt.

„Mitbrüder aus dem Orden der Kontinuität. Es ist nicht unsere Aufgabe, ewig umherzuwandern und auf grünen Auen zu grasen. Es ist unsere Aufgabe, der Bestimmung nachzukommen, die die Kontinuität unserem Orden gestellt hat!

Erfüllen wir unsere Aufgabe! Gehorchen wir der Kontinuität!

Vergebt einem einfachen Flohhirten seinen Ausbruch. Ich danke euch für euer Gehör."

Gemurmel und Gespräche erfüllten den Raum. Folmaii nahm die zustimmenden Zeichen seiner ihn direkt Umgebenden demütig entgegen. Bruder Guardian schaute dem Treiben einen Moment lang zu, dann ergriff er selbst das Wort. „Brüder."

Schlagartig sorgte seine gewaltige Stimme für Ruhe.

„Brüder. Ich vernahm Konsens in euren Äußerungen und schlage vor, über das generelle Ja zur Gründung dieses Konvents abzustimmen, bevor wir zu den Details der Gründung und den anstehenden Aufgaben kommen. Wer dafür ist, mag sich erheben und auf die von mir aus linke Seite des Platzes gehen. Wer dagegen ist, mag sich ebenfalls erheben und zur rechten Seite des Platzes gehen. Noch Unentschlossene mögen in der Mitte sitzen bleiben."

Folmaii schielte zu Liumgh hinüber, der mit einer kleinen Gruppe förmlich auf die rechte Seite gestürmt war. Folmaii verfluchte sein Geschick und gab ihm wohlgesonnen versteckte Zeichen, ihm zu folgen. Die Gruppe der Befürworter war um einiges größer als die

Gruppe der Ablehnenden, aber es gab noch eine ganze Menge Mönche, die in der Mitte sitzengeblieben waren. Unter ihnen entdeckte er seinen Sitznachbarn vom Festmahl. Dieser schaute ihn nachdenklich an. Folmaii tat so, als ob er einen Speiserest zwischen seinen Zähnen entfernen musste.

Der Mönch sah das und ein leises Lächeln flog über sein Gesicht, bevor es wieder ernst und überlegend wurde. Dann erhob er sich und ging auf die Gruppe der Zustimmer zu. Demonstrativ setzte er sich vor die Gruppe.

„Mitbrüder. Ich würde gerne mit Ja stimmen, aber mich quälen noch ein paar Bedenken und Fragen. Können wir diese lösen, dann zählt mich zu den Befürwortern."

Gemurmel erhob sich und die Gruppe der in der Mitte Sitzenden teilte sich ebenfalls in zwei Lager. Die Gruppe der Zustimmenden war nun bedeutend größer als die der Ablehnenden. Bruder Guardian erhob sich abermals.

„Mitbrüder. Ich vernehme eine breite Zustimmung zur Gründung dieses Klosters, aber ich sehe auch, dass ihr gewillt seid, dieses mit der nötigen Bedachtsamkeit anzugehen. Genau damit dient ihr in hervorragendem Sinne der Kontinuität. Erhebt euch nun und besprecht, welche Fragen euch noch quälen und was zu dessen Lösung unternommen werden kann. Fahren wir mit dem Konklave fort! Zur Nona mögen Fragen und Lösungsvorschläge offiziell vorgestellt werden."

Der Bruder Guardian verließ den prominenten Platz des Vortragens und mischte sich unter die Brüder. Erst trat er zu den Zustimmenden, dann wandte er sich den Ablehnenden zu.

Folmaii hatte einen Sieg über seinen Rivalen Liumgh errungen. Innerlich verfluchte er sich dafür, denn damit hatte er den lange begrabenen Krieg zwischen ihnen wieder entfacht. Die damalige Trennung ihrer Gruppe war umsonst gewesen.

Aus seinen Grübeleien riss ihn Liumghs Stimme.

„Bruder Folmaii! Ich gratuliere Euch zu Eurer Rede. Wie habe ich Eure Meisterwerke der Rhetorik auf meinen Reisen vermisst. Den folgenden Jahren fehlte diese Tiefe. Ich bedaure das sehr. Erzählt mir von Euren Reisen mit der Herde und wie Ihr sie durch die Unbill geführt habt."

Bruder Liumgh schien ernsthaft an Versöhnung gelegen, aber Folmaii beschloss, wachsam zu bleiben.

„Ihr zollt mir mehr Lob als mir gebührt. Aber ich freue mich, Euch wiederzusehen und im brüderlichen Disput der Kontinuität zu dienen. Meine Reisen als kleiner Helfer in der Herde der Anführerin Feukla gaben mir viel Zeit zum Kontemplieren. Wie ist es Euch ergangen, geliebter Mitbruder? Erzählt zuerst Ihr mir von Euren Reisen. Ihr müsst Wundersames erlebt haben. Wie waren die Gipfel der weißen Wolkentürme und die Täler der roten Tiefen?"

„Phantastisch! Diese Reisen hätten Euch gefallen!"

Folmaii hatte den richtigen Punkt bei Bruder Liumgh gefunden, er hörte sich selbst gerne reden. Aber seine Schilderungen waren wirklich überwältigend. Bruder Folmaii wäre am liebsten sofort losgewandert. Vor diesem Entschluss bewahrte ihn Bruder Guardian.

„Bruder Liumgh, so fesselnd Eure Schilderungen auch sein mögen, Ihr schweift von Eurer Aufgabe ab."

„Verzeiht, Bruder Guardian, ich bat Bruder Liumgh darum, mir zur Freude des Wiedersehens und unserer Versöhnung ein wenig von seinem Weg zu erzählen."

„Natürlich, Bruder Folmaii, aber auch in einem festen Kloster wird es die ewigen Pilgerreisen weiterhin geben. Neben anderen wichtigen Aufgaben. Wir sollten die Aufstellung der Viatoren und möglicher geeigneter Brüder aber später erörtern, nicht wahr, Bruder Liumgh?"

„Selbstverständlich, Bruder Guardian, es muss zudem Brüder geben, die die Ergebnisse dieser Reisen aufnehmen und auswerten. Meint Ihr nicht?"

„Dem stimme ich zu, Bruder Liumgh. Wir werden ein Amt finden, das von Euren Talenten und Fähigkeiten bestmöglichen Gebrauch machen wird."

Bruder Folmaii beobachtete, wie Bruder Guardian und Bruder Liumgh um Posten feilschten. Bruder Liumgh würde das Klosterleben lieben. In einem unbeobachteten Moment trafen sich die Blicke von Bruder Folmaii und dem Guardian. Der Guardian zwinkerte Folmaii zu. Folmaii hatte sich die Dankbarkeit des Guardians gesichert. Er würde eine zu ihm passende Aufgabe anregen können.

Es mochte ein Kloster und ein Konvent sein, aber am Ende würde es auch hier wie auf einem Flohmarkt zugehen. Der Blick des hütenden Mönches verließ das Konklave und wandte sich dem brennenden Rest des Weltenfeuers draußen in der Leere zu. Es schien ihm, als ob sich etwas vom Platz des Klosters gelöst hätte und auf das Feuer zusteuerte. Aber das mochte nur eine Täuschung der Sinne gewesen sein. Folmaii kam nicht mehr dazu, weiter zu grübeln. Sein Sitznachbar vom Abendessen hatte ihn gefunden und wollte mit ihm über die Dienste zur Mehrung der Kontinuität reden. Die Sinnestäuschung würde warten müssen, falls sie denn jemals von Bedeutung werden würde.

54. Zurück ins Warme

Imbrifer beobachtete missmutig, wie Ida und Hamji sich gegenseitig unter einer Decke wärmten. Es brannte kein Feuer und die neblige Kälte des Berges schnitt durch seine Knochen. Der Zwerg hatte die Gruppe abseits des in unglaublichem Tempo aus dem Nichts entstandenen Klosters geführt. Hier waren sie vor Entdeckung weitestgehend geschützt, aber es war ungemütlich und abweisend.

„Was sollen wir hier, Zwerg? Was immer wichtig sein mag, wird dort im Kloster passieren und dort können wir nicht sein."

„Meinst du? Du hast recht. Du wirst bald auf eigene Faust handeln können. Meine Aufenthaltsfrist hier ist überstrapaziert und ich werde mich sehr bald wieder meinen Kunden in den Äußeren Landen zuwenden müssen, will ich nicht pleitegehen."

„Das ist doch wohl ein Scherz?"

„Weder noch. Eine Frage, Imbrifer: Können Fische frieren?"

Imbrifer schaute den Zwerg überrascht an. Er meinte diese Frage offensichtlich ernst.

„Fische schwimmen im Wasser. Niedrigere Temperaturen sorgen für einen höheren Sauerstoffgehalt des Wassers. Wasser erreicht seine höchste Dichte bei vier Grad Celsius. Fische schwimmen also auf den Grund, wenn die Oberfläche zufriert. Ich würde sagen, Fische, die im kalten Wasser zuhause sind, frieren nicht. Wie das mit Warmwasserfischen aussieht? Keine Ahnung. Ich war nicht so lange in der Hydroponikanlage beim Fischmeister. Und ich bin kein Fisch."

„Kullat Nunu. Ihr alle seid ein Teil von Kullat Nunu und Kullat Nunu ist ein Fisch."

„Ein besonderer Fisch. Und wir können offenbar unsere Herkunft nicht vergessen."

„Offensichtlich nicht. Kälte ist nur eine Erinnerung. Vergiss, was nicht ist. Konzentriere dich auf das, was ist."

Imbrifer erinnerte sich an den Moment, an dem er als Alofan in den Tank gegangen war und mit Kullat Nunu verschmolzen war. Ihm wurde dabei warm. Das Gefühl blieb, als er in seinen Gedanken wieder in die Welt zurückkam, in der er beim Zwerg in Kälte und Dunkelheit saß.

„Ah, Imbrifer, du fängst an zu verstehen."

„Was wird mit jenen, die nicht verstehen?"

„Ihr seid eins. Was aber nicht heißen muss, dass ihr alle gleichzeitig an einem Ort sein müsst. Man kann in der Menge einsam sein und in der Einsamkeit von Freunden umgeben."

„Der Assassine passt sich perfekt seiner Umwelt an. Er heult mit den Wölfen, er schwimmt mit den Fischen. Und er handelt, wenn der Moment gekommen ist. Dann verschwindet er wieder so spurlos in der Menge, wie er aus ihr aufgetaucht ist. Wie ein Fisch im Schwarm."

„Finde einen Schwarm, der dich aufnimmt. Heul mit den Wölfen. Und handle, wenn der Moment gekommen ist. Mein Moment hier ist vergangen. Wir sehen uns in den anderen Ländern."

„Wie wird das geschehen?"

„In deinen Träumen."

Bevor Imbrifer sich versah, war der Zwerg verschwunden. In einer schnellen Bewegung hinter dem nächsten Hindernis. Als Imbrifer aufstand, um sich das Hindernis zu besehen, fand er einen Weg, auf dem der Zwerg verschwunden sein könnte. Aber Imbrifer war sich sicher, dass er dem Zwerg auf diesem Weg nicht folgen oder ihn einholen würde. Hamji und Ida froren offensichtlich erbärmlich unter ihrer Decke. Rena ging auf und ab, ihr war wohl nur etwas kühl. Imbrifer flüsterte jedem die Frage des Zwerges ins Ohr und beobachtete, was passierte.

Ida und Hamji froren weiter, während Rena stehenblieb und förmlich anfing zu glühen.

„Wo ist der Zwerg, Imbrifer?"

„Zurück in die Äußeren Lande gegangen. Sein Geschäft dort braucht jemanden, der es führt, Rena."

„Ich verstehe. Was werden wir tun? Ihm folgen?"

„Ida und Hamji sollten vielleicht im Tank nach dem Rechten schauen."

„Und wie kommen sie dort wieder hin?"

„Der Zwerg ist diesen Weg da hinten gegangen."

„Zwerg kann man nicht folgen, wenn er es nicht will. Glaube mir, ich habe das oft genug versucht."

„Dann gibt es einen anderen Weg. Lass mich darüber meditieren."

„Gut, ich werde die Frostbeulen etwas auf Trab bringen, vielleicht wird denen dann etwas wärmer."

„Mach das!"

Imbrifer schloss seine Augen und spürte dem Nass nach. Er wurde zum Nebel und verdichtete ihn um sich herum. Der Nebel wurde so dicht, dass der einstige Alofan nicht mehr hätte atmen können. Imbrifer machte es jedoch nichts aus, mit dem Fisch im Wasser zu schwimmen. Dann tauchte Kullat Nunu aus dem Nass auf.

„Nunu."

„Freund Imbrifer. Nunu braucht eine Pause. Andere Teile von Kullat müssen auch schlafen."

„Ja, aber nicht hier."

„Nunu kennt Versteck. Nunu führt."

„Wir folgen dir."

Imbrifer führte den Nebel und den Fisch Nunu zu den anderen.

„Kommt mit. Nunu kennt einen besseren Schlafplatz. Hier werdet ihr erfrieren."

„Das wurde aber auch Zeit. Das hier ist keine Gegend für eine zivilisierte Dame wie Frau Ida." Hamji würde sich nie für sich selbst beschweren, aber man merkte ihm seine Erleichterung an. Ida und er steckten auch im Gehen noch unter derselben Decke.

„Folgt mir, Nunu kennt eine Abkürzung."

Ida und Hamji waren wohl schon so durchgefroren, dass sie ohne nachzudenken dem im Nebel schwimmenden Fisch folgten, ohne sich über die Unsinnigkeit dieses Vorgangs Gedanken machten. Nunu schwamm am Stein vorbei, der zu dem Pfad führte, den der Zwerg genommen hatte, bog aber auf einen anderen Weg ab.

„Freund Nunu, könntest du dem Zwerg folgen?"

„Weg Zwerg nicht Weg Nunu. Freunde in Kullat müssen Weg folgen führen in Wärme nicht in Kälte. Aber Antwort Frage: manchen Weg ja, manchen Weg nein."

„Ist es noch weit?"

„Weg weit, Weg nah. Bald da, lange gehen. Gehen dann kommen an. Reden nicht, kommen an."

„Freund Nunu meint, mehr gehen, weniger quatschen?"

„Fisch nicht stumm und Fisch nicht taub, wie Menschen meinen. Menschen Fisch nicht verstehen Vergangenheit. Nunu immer da. Nunu immer helfen Menschen."

Imbrifer ließ sich etwas zurückfallen und beobachtete, wie Rena und das Deckengespann Ida-Hamji dem Fisch auf seinem verschlungenen Pfad durch den Wald folgten. Schließlich erreichten sie eine Hütte, vor deren Eingang ein großes Feuer brannte. Es war die Holzfällerhütte des Zwerges. Das Feuer schürte allerdings jemand anderes. Der Herr des Landes, Olywn persönlich.

„Freund Zwerg meinte, euch würde kalt sein. Meine Leute errichten gerade eine Sauna, die sollte in Kürze fertiggestellt sein. Die Steine glühen jedenfalls schon."

„Sauna? Hört sich gut an! Ich fühle mich wie ein Eiswürfel." Idas Lebensgeister erwachten, als sie beobachtete, wie Olwyns Männer die glühenden Steine mit Zangen in eine hölzerne Trage luden und im Wald verschwanden.

„Geht schon mal vor. Ich werde euch in Kürze folgen. Ich muss nur noch ein paar Worte mit Imbrifer wechseln."

Olywn und Imbrifer schauten der im Wald verschwindenden Gruppe nach und sagten eine Weile nichts. Als sie die Lichtung für sich alleine hatten, ergriff Oylwn das Wort.

„Sind die weiten Länder wirklich so unwirklich?"

„Für jemanden, der seine alten Länder nicht hinter sich lassen kann und die neuen Länder so annimmt, wie sie sind, wird jedes andere Land unwirklich sein."

„Ich erinnere mich an deine Probleme nach der Gründung des Konglomerats."

„Die weiten Länder sind anders und ich habe die Hilfe eines Freundes."

In dem Augenblick bemerkte Imbrifer, das Nunu nicht mehr bei ihnen war. Panisch blickte er sich um.

„Kullat Nunu ist der hellste Stern des Sternzeichens Fische." Olywn deutete in den Himmel über der Lichtung. Es war eine klare kalte Nacht und die Sterne glitzerten über ihnen.

„Dies sind die Inneren Lande. Hier sind die Sterne zum Greifen nah. Was man sich vorstellen kann, kann man hier sein und tun."

„Schlechte Voraussetzungen, um in der Menge unterzutauchen. Ich werde zurückgehen. Es tut sich einiges bei den Hünen und alleine kann ich mich viel unauffälliger bewegen."

„Wie eine Maus?"

„Wie eine Maus."

„Gutes Gelingen. Wir erwarten bald deinen Bericht. Folge den Fischen, sie werden dich führen. Wir werden uns um Ida und Hamji kümmern. Wir haben Körper für die Äußeren Lande in Reserve. Mach dir keine Sorgen. Du bist in diesem Reich jederzeit willkommen. Kullat Nunu wird dich überall hinführen, wohin du willst."

Imbrifers Blick folgte Olwyns Handweisung zum Sternbild der Fische. Imbrifer nickte und folgte der Richtung, die ihm das Sternenbild zeigte. Er blickte noch einmal zurück und sah Herrn Olywn in Richtung der Sauna im Wald verschwinden. Als sich Imbrifer umdrehte, lief er überraschenderweise in eine kleine Bank aus Bodennebel, die über die Lichtung zog. In einer Pfütze erblickte er das Sternenbild der Fische und blieb stehen. Imbrifer konnte den Nebel spüren und griff nach ihm. Einen beherzten Schritt in den Wald und er erkannte den Weg wieder, den die Gruppe hierher genommen hatte.

„Nicht folgen alten Weg. Weg vergangen. Weg neu führt zu Ort neu."

„Nunu, der Weg ist nicht das Ziel. Führe mich in die Nähe des neuen Klosters der Kontinuität, ich werde mich in dessen Umfeld umsehen müssen. Und eine große Gruppe Hünen finden, in der ich untertauchen kann."

„Horde Hünen rücken auf Kloster vor. Horde großer Schwarm."

„Das hört sich vielversprechend an. Aber ich werde dort erst beobachten und mich anpassen müssen."

„Wie neuer Fisch in Schwarm?"

„Wie neuer Fisch in Schwarm."

„Nunu versteht. Imbrifer und Nunu müssen werden Kullat, dann können schwimmen mit Hünen. Schatten in Nunu wie Hüne. Können sein Hüne in Welt Hünen."

Imbrifer verdrängte sein Sein und verschmolz mit Nunu zu Kullat Nunu. Mit kräftigen Bewegungen durchquerten sie den Nebel, stiegen hoch auf und erblickten dann die unendlichen Weiten unter sich. Wolkenberge türmten sich auf und verschwammen in der Wahrnehmung Kullats zu einem endlosen Wald, der sich über weite Täler in alle Himmelsrichtungen erstreckte. Er erblickte hinter ein paar Felsgraten die festen Mauern eines Klosters. Es war das Kloster der Kontinuität. Tiefer unter sich, in einer vom Kloster aus nicht einsehbaren Talsenke dagegen, erblickte er etwas ganz anderes. Ein Lager. Hünen über Hünen, so weit das Auge reichte. Das würde sein Ziel sein, das Heerlager der Horde der Erneuerung. Kullat beschloss, sich einen versteckten Lagerplatz in der Nähe zu suchen, von dem aus er die Hünen beobachten konnte. Etwas Schlaf würde die Wärme zurückbringen.

55. Das Heerlager

Kullat schlich sich gegen den Wind an die Meute an. Seine Instinkte sagten ihm „lauf, lauf so schnell du kannst". Noch hatte er keinen Anhaltspunkt gefunden, um in die Menge einzutauchen. Noch wäre er ein Fremdkörper. Zeit, Geduld und noch mehr Fingerspitzengefühl würden das Problem lösen.

Dinge, für die er keine Zeit mehr hatte. In der Horde brodelte es. Krieg lag in der Luft. Die Stimmung war gereizt und die Meute wollte auf ihre Beute losgelassen werden. Es gab Stimmen, die bremsten und es gab Stimmen, die heizten ein. Aber selbst die Stimmen, die bremsten, taten das nur dem Schein nach. Das Beruhigen und Mahnen war ein verstecktes Locken und Sticheln. Mord, Gewalt und Kampfeslust würden bald ein gemeinsames Ziel finden müssen, oder es würde sich gegen ihre Träger selbst wenden. Gesprächsfetzen drangen zu Kullat durch. Sie ergaben wenig Sinn, außer der Tatsache, dass sie alle auf den erlösenden Ruf ihres Herrn und Meisters, ihres Anführers warteten. Namen wie Hullon, Farron und Omaleui fielen und die Namen vieler Unterführer. Wertvolle Hinweise, aber noch nichts Brauchbares. Diese Namen waren zu bekannt. Zu wichtig, zu tief ins Geschehen involviert. Kullat brauchte einen Namen, den ein Zeuge bestätigen konnte, aber ihn selbst nicht so gut kannte, dass seine Täuschung auffallen würde.

Dann kam ihm der Zufall zu Hilfe. Nun, vielleicht war es kein Zufall, eher Verwandtschaft. Ein alter und verhutzelter Narr erkannte seinen verloren gegangenen Sohn wieder.

„Kalmiol, mein Sohn, Kalmiol, meine Larve. Nein, du wurdest zum Hünen. Hydor! Meine Sinne müssen vom Frostgrass zerfressen sein. Bist du es wirklich?"

Die Gruppe, die dem auf Kullat zustürmenden Hünen mit etwas, aber nicht zu viel, Pietätsabstand folgte, spottete.

„Klar ist sein Verstand vom Frostgrass zerfressen!"

Kullat fühlte eine Verbindung. Es war merkwürdig. Flüstern überlagerte sich und er kannte auf einmal den Namen des Hünen, der auf ihn zugerannt kam.

„Oheim Koljika, Oheim Koljika, bist du das wirklich? Ich hatte einen fernen verschwommenen Ruf vernommen und bin ihm unter Mühen gefolgt."

Das Feixen von offensichtlicher Verwandtschaft nahm Kullat mit einem halb zornigen, halb erleichterten Gefühl zur Kenntnis. Er hatte seinen Einstieg gefunden, auch wenn ihm nicht klar war, wie er zu diesem Glück gekommen war.

‚Geschenkter Krabbe nicht in Darm schauen.'

‚Das ist ekelig, Nunu! Wie, verdammt, kommen wir zu dem Glück?'

‚Teil von Schatten Hydor, Teil von Glück.'

‚Hydor? Dem Golem?'

‚Nicht Golem, Hüne jung, Hüne Schatten, Schatten brennende Stadt.'

‚Hüne Hydor? Ah, ich glaube, ich verstehe. Der Hüne, der die Deus Ex während der Schlacht von Epsilon Eridani aus dem Kessel gezogen hat?'

‚Nunu nicht wissen von Schlacht bei Epsilon Eridani.'

‚Schon gut, das wird funktionieren müssen. Fünf Zeitenwenden sind eine lange Zeit und das Weltenfeuer eine gute Tarnung. Lass den Regenmacher machen.'

‚Wie soll Nunu Regenmacher machen lassen? Nunu übersetzen von einfach in komplex. Wenn Nunu nicht verstehen, Nunu nicht übersetzen können! Was Regenmacher will sagen?"

‚Kullat gehört dazu. Kullat ist der gewandelte Hydorgol. Und erzähl um Gotteswillen nichts von einem Schatten in der brennenden Stadt, das könnte diese Horde hier in den ganz falschen Hals bekommen.'

‚Das nicht Wahrheit.'

‚Das ist genau so viel Wahrheit wie die Nummer mit den Krabben!'

‚Menschen bemerkt?'

‚Aber hallo! Erzähl nicht zu viel, hör lieber zu und nimm alles an Informationen auf, die du hier kriegen kannst.'

‚Gut, Nunu versucht. Hünen reden sehr viel und komplex alles auf ein Mal.'

„Mein Junges, komm mit, ich muss dich meinen Feuerstellenbrüdern vorstellen. Du hast bestimmt viel zu erzählen! Wo kommst du her? Was hast du all die langen Jahre seit dem Weltenfeuer getrieben? Hast du deine Prüfung zum Golembeschwörer bestanden?"

Kullat geriet gehörig ins Schwitzen, aber die Führerin der Feuerstelle rettete ihn aus der peinlichen Befragung.

„Koljika, du alter Narr! Lass den Jungen erstmal hier ankommen! Er ist ja ganz durcheinander. So viele Fremde und ganz neu in der Horde. Er trägt etwas von dir in sich, aber er scheint mir durch viele Wandlungen gegangen zu sein. Neukünfte darf man nicht hetzen und unter Druck setzen. Sie zerbrechen sonst."

„Ja, Mutter Kochlöffel, du hast recht. Entschuldige, mein Junge. Setz dich erstmal ans Lager. Hast du Hunger? Hast du Durst? Hier, ich habe noch etwas vom letzten Essen übrig."

„Du willst deinen Verwandten in der Horde mit Resten begrüßen? Das kann Mutter Kochlöffel nicht zulassen! He, Jakla, besorg eine Kleinigkeit für unseren Gast, damit er es noch einen Augenblick aushält! Es gibt bald Essen für alle, solange muss er noch ausharren, für ihn gelten die gleichen Regeln wie für alle in der Horde! Und, Koljika, über deine Reste unterhalten wir uns später noch."

Mama Kochlöffel war offenbar jemand, mit dem man sich besser nicht anlegte. Onkelchen Koljika war bei der Erwähnung der späteren Unterhaltung gehörig zusammengezuckt und druckste herum. Mama Kochlöffel hatte ihre Feuerstelle im Griff.

„Noch etwas Geduld, junger Freund. Jakla wird bald wieder da sein. Erzähl in der Zwischenzeit Mama Kochlöffel, was dich gerade jetzt zur Horde gezogen hat."

Imbrifer wollte sich überlegen, was er jetzt darauf antworten sollte, als Nunu ihm ohne Rücksprache zuvorkam. Es war ein diffuser Ausdruck, der aber die Frage in all ihren Komplexitäten beantwortete. Erschöpft, verärgert und verunsichert zugleich. Imbrifer zischte Nunu zu, aber offenbar hatte Nunu genau den richtigen Ton getroffen. Mama Kochlöffels mütterliche Instinkte schienen sich zu rühren. Dieser hinterfotzige Fisch erzählte seine Geschichte als Fisch im Fischtank und erntete dabei einige Lacher auf Kosten des früheren Alofan. Selbst die Wandlung zu Kullat Nunu und ihren Wechsel in die Welt der Hünen umschrieb Nunu so, dass es sich fließend ihn die Legende einfügte. Der verdammte Fisch war ein Naturtalent, was das über den Löffel balbieren anging.

Einige Zeit erzählte Nunu, dann übernahmen andere Hünen das Erzählen von Dönekes. Nunu hatte es geschafft. Der Einzige, der erstaunlich still war, war Onkel Koljika.

„Oheim, was ist los mit dir? Du bist so still. Bekommst du großen Ärger wegen der Reste, die du mit mir teilen wolltest?"

„Nein, schon gut, mein Junge. Jeder hebt sich den einen oder anderen Bissen auf. Mama Kochlöffel muss ab und zu mit der Kelle ein paar Finger platt klopfen. Die Jungs am Lagerfeuer werden sonst übermütig. Tut weh, aber ist nicht so schlimm, Mama lässt meistens die Finger dran."

„Das tut mir leid, das wollte ich nicht."

„Ist nicht deine Schuld. Mein Mund hat geplappert, nicht deiner. Alle sind nervös. Es geht bestimmt bald in die Schlacht, da liegen die Nerven blank."

„Wie, Schlacht? Ich bemerke hier nichts von Kampfvorbereitungen."

„Glaub deinem alten Onkel. Es geht bald auf die Jagd. Wenige und schwache Beute. Die wollen einen vollständigen Tod. Glaub Onkel Koljika. Ich habe sowas schon ein paar Mal erlebt. In den drei dunklen großen Jahren. Die Jungs werden in Wut versetzt, so dass sie kein Erbarmen zeigen. Bei einem großen Gegner machen sie das anders. Es geht um die Führung der Horde oder so ähnlich. Dieser

Ratsherr Farron flickt Anführer Hullon ans Zeug. Und was dieser Ratsherr Omaleui im Schild führt, kann mir auch keiner sagen. Der ist entweder so dumm, wie er tut, oder so schlau, dass er dumm tut. Politik. Von so einem Scheiß krieg ich Kopfschmerzen. Ich brauch was zu rauchen."

Onkel Koljika spuckte aus und stopfte sich etwas Kraut in seine Pfeife. „Politik ist scheiße. Die Fetten balgen sich um noch mehr Futter und die anderen werden dafür in den Dreck getreten. Aber sag das nicht zu laut. Die stellen die Lautesten in die ersten Reihen. Die Verrückten kommen weit nach hinten. Oder stürmen vor."

„Oder stürmen vor?"

„Natürlich! Sonst würde ja keiner glauben, dass die Verrückten verrückt wären."

„Das alles hört sich verrückt an. Mir schwirrt der Kopf."

„Das passiert schon mal, mein Junge. Mein Rat, rauch mit mir etwas Frostgrass und lass dich nicht von der Horde verrückt machen. Das Frostgrass macht deutlich mehr Spaß."

Onkel Koljika kicherte und hielt seinem Neffen Kalmiol die frisch angezündete Pfeife direkt vors Gesicht. Kalmiol hatte keine andere Wahl als etwas von dem Rauch einzuatmen. Kälte durchzuckte Imbrifers Gedanken, aber gleichzeitig wurde sein Geist friedlich, wie von einer schützenden Decke aus Neuschnee überzogen. „Hier, mein Junge, hilf deinem Onkel, die Beweise für Reste verschwinden zu lassen. Keine Beweise, keinen übermäßigen Ärger. Ich erzähl dir noch die wichtigsten Regeln, bevor Mama Kochlöffel zurückkommt. Vor diesem Kraut solltest du dich übrigens hüten. Es macht verrückt im Kopf!"

‚Nunu mag Kraut das macht Nebel. Nunu Hunger auf Krabben, nicht will Reste!'

‚Halt die Klappe und iss, was immer das Zeugs auch sein mag. Krabben gibt es erst wieder, wenn der Job hier erledigt ist.'

‚Dann erledigen Job jetzt.'

‚Das geht erst, wenn ich weiß, was und wie zu erledigen ist.'

Imbrifer und Nunu schreckten auf, als ihnen jemand auf den Arm klopfte. Es war ein abgerissen aussehender Hüne, der noch verwegener als sein Onkel Koljika wirkte.

„Hey, gebt dem verrückten Looluu was ab. Verrückte halten zusammen."

Kalmiol schaute fragend zu Koljika hinüber und der nickte auffordernd.

„Verrückte sitzen auf demselben Wolf. Gib alles weiter. Es gibt eh gleich was für alle."

„Verrückt."

„Ja, nicht wahr?"

„Und was muss ich hier sonst noch so beachten?"

„Jede Menge, mein Junge, jede Menge. Lausche den Geschichten und noch mehr dem Flüstern. Die leisen Worte in den Geschichten sind meistens die wahren Worte. Misstraue den lauten Worten."

56. Küchendienst

Koljika meinte, Mama Kochlöffel hätte einen Narren an Kalmiol gefressen. Kalmiol zweifelte daran, dass er Glück hatte, denn er hatte Küchendienst. Das bedeutete, er durfte im Nahrungslager Kisten und Säcke von einem Haufen auf den anderen und wieder zurückschleppen. Kullat Nunu wusste, dass sie Glück hatten. Er war damit ganz in der Nähe an der Feuerstelle der Ratsherren. Die Unterhaltungen der Herren waren mal lauter und mal leiser, aber der Wind trug die Gespräche zum Lager. Kullat Nunu bekam hier einiges mit, das wohl nicht für seine Ohren oder die Ohren einens der anderen Hünen bestimmt war. Der geschulte Geist des Assassinen nahm Puzzlestein um Puzzlestein auf und langsam fügten sich einzelne Elemente zusammen. Imbrifer würde warten, bis sich die Notwendigkeit ergab, und dann einen günstigen Moment nutzen. Um zu tun, was auch immer dann zu tun sein würde. Im Moment war die Aufgabe, die Zutaten für Mama Kochlöffels Feuerstelle zu suchen und dann zur dorthin zu schaffen. Und nebenbei dem Streit der Ratsherren zu lauschen.

Es ging um Reihenfolgen und wer wann was fragen durfte. Dann vernahm Imbrifer eine Stimme, die er nicht häufig hörte, die aber gehört wurde.

„Ratsherren! Rat Farron warf mir vor, ich würde die Untersuchungen der Kommission verschleppen wollen. Ihr feilscht um Pöstchen und Reihenfolgen, anstatt eurer eigentlichen Aufgabe nachzukommen. Reißt euch zusammen, brecht zu den Mönchen auf und stellt eure verdammten Fragen! Der Wandel der Zeiten ist vorbei, und was immer die Mönche auch dort oben treiben, es wird geschehen sein, wenn die Untersuchungs-kommission nicht bald dort ankommt."

„Ratsherr Hullon, es ist weder Eure noch Ratsherr Farrons Aufgabe zu entscheiden, wann die Kommission aufbricht. Es gibt noch Untersuchungsstrategien zu besprechen."

„Ratsherr Omaleui, Ihr habt recht, Ihr seid der Leiter der Untersuchungskommission. Allerdings bin ich der Herr und Anführer der Horde, deren Essen Ihr esst und an dessen Feuern Ihr lagert. Und ich sage hiermit: Genug gegessen und genug gelagert. Brecht auf. Jetzt. Es gibt für Euch heute keine Speisen an den Feuern mehr und kein Lager. Nehmt mit, was Ihr für drei Tage benötigt."

„Ihr werft uns aus dem Lager, Ratsherr? Das wird im Bericht an den Rat vermerkt werden! Das ist eine Ungeheuerlichkeit sondergleichen!"

„Ebenso, wie sich von Festmahl zu Festmahl zu lagern und die gestellte Aufgabe nicht anzufangen. Ich bin sicher, das wird sich ebenfalls gut in Eurem Bericht an den Rat machen. Ich bin sicher, Ihr werdet danach sicherlich noch für viele weitere anspruchsvolle Aufgaben ausgewählt werden."

„Aber ..."

„Nichts aber! Ich werde nun meine Horde inspizieren. Leutnant, helft der Delegation, ihr Reisegepäck zu schnüren und versorgt sie mit dem Nötigsten für drei Tage. Und sorgt für eine ehrenvolle und standesgemäße Eskorte aus dem Lager und zum Versammlungsort der Mönche. Ich will einen Läufer in zwei Tagen mit einem Bericht der Reise und der Ankunft der Delegation erhalten."

Der Leutnant der Wache schlug die Hacken zusammen und scheuchte seine Männer auf. Die Räte standen immer noch perplex herum.

„Das könnt Ihr nicht machen! Nach den Berichten der Späher sind wir noch drei Tage vom Versammlungsort der Hünen entfernt."

„Ja, und nur noch ein paar Tage vom Wandel der Zeiten! Ihr werdet Tag und Nacht reisen und Euch dennoch sputen müssen. Wollt Ihr, dass ich die Horde in Bewegung setze, bevor Ihr die Chance für Eure Untersuchung hattet? Nutzt Eure Chance. Beraten könnt Ihr Euch noch, wenn Ihr Fakten vom Geschehen vor Ort habt. Brecht in Würde auf, aber brecht auf! Wer noch hier ist, wenn ich von meiner Inspektion zurück bin, den betrachte ich als Teil der kämpfenden Horde. Ich wünsche Euch einen sicheren Weg!"

„Aber ..."

„Meine hohen Herren", unterbrach der Leutnant, „Ihr habt den Anführer vernommen, packt Eure Sachen schnell, wir brechen auf, sobald der Gesang der Vorbereitung verklungen ist. Sänger, fangt an. Es wird eine Reise mit drei Tagesrationen und nur leichtem Gepäck. Wir werden Tag und Nacht marschieren."

Mehr bekam Imbrifer in seinem Versteck nicht mit, denn der laute Gesang übertönte die Gespräche. Und Kullat Nunu hatte wenig Lust, sich von dem gereizt wirkenden Anführer der Horde inspizieren zulassen. Zeit, die herausgesuchten Zutaten zu Mama Kochlöffel zu schleppen.

„Was tust du hier im Warenlager?"

Kullat Nunu zuckte zusammen, einer der Wachleute war herein gestürmt.

„Mama Kochlöffels Zutaten für das Essen aus dem Lager holen, wie sie es mir befohlen hat."

„Du musst neu bei der Horde sein! Mama Kochlöffel hat keine Verfügungsgewalt über das Essenslager. Ich habe jetzt keine Zeit für so einen Blödsinn! Dieses Mal könnte sie ihre dummen Scherze auf Kosten der Neulinge den Hals kosten. Verschwinde, oder das wird dein erster und letzter Tag bei der Horde sein!"

„Aber, aber ... ich habe einen Bewilligungsstab vom Zuteiler Einauge."

Kullat Nunu hielt dem Wachmann seine Hälfte des mit Kerben und Runen versehenen Stocks hin, auf dem die Lieferliste gekennzeichnet worden war.

„Was? Verdammt! Ich habe keine Zeit für dich, der Leutnant lässt mich durch die Gasse laufen, wenn ich den Proviant nicht sofort herbeischaffe."

Der Wachmann überlegte einen Augenblick, dann fasste er einen Entschluss. „Du kommst mit zum Leutnant und trägst den Proviant für die Delegation! Der Leutnant kann dann entscheiden, was er mit dir anstellt!"

„Aber das Essen für die Feuerstelle ..."

„Kein Aber! Oder muss ich dich erst weichklopfen? Noch ein Wort und die gesamte Wache wird dich verprügeln. Der Anführer ist gereizt, ich würde mir dreimal überlegen, ob du gleich mit der Höchststrafe anfangen willst."

„Muss ich viel tragen und wird das lange dauern? Mama Kochlöffel und die Jungs werden das wohl nicht toll finden, wenn es kein Essen gibt."

„Je länger wir hier quatschen, desto länger wird alles dauern. Hier lang."

Bevor Kalmiol sich versah, stapelte der Wachmann einen Sack nach dem anderen auf seine Arme und schubste ihn dann hinaus.

„Sei froh, dass es nur der Proviant für drei Tage ist. Mein Name ist Jaflu und wie heißt du?"

„Kalmiol."

„Gut, Kalmiol, ich leg ein Wort beim Leutnant für dich ein, wenn wir vor Ende der nächsten Strophe beim Trupp sind."

„Danke, hoher Herr."

„Nenn mich noch mal hoher Herr und du kannst das mit dem guten Wort vergessen! Einfach nur Jaflu."

„Ja, Herr Jaflu."

„Neuling!"

*

Der Leutnant war nicht sonderlich erbaut gewesen, dass Wachmann Jaflu Kalmiol mit anschleppte.

„Wer zum Henker ist das, Jaflu?"

„Hab ich im Essenslager aufgegriffen. Sagt, er wäre im Auftrag von Mama Kochlöffel dort und hat mir einen Bewilligungsstab gezeigt."

„Und ist der echt?"

„Der Junge macht einen ganz patenten Eindruck, Leutnant."

„Ich meine den Bewilligungsstab, du Trottel!"

„Weiß ich nicht, Herr Leutnant. Keine Zeit gehabt, das nachzuprüfen, ich wollte den Trupp nicht warten lassen."

„Mal gut selbst gedacht, Wachmann! Lauf zum Verteiler und lass dir die Echtheit des Stabes bestätigen, dann kannst du den Jungen laufen lassen. Und du, Kalmiol, lädst den Proviant in der Zwischenzeit auf die Lasttiere!"

„Aber Mama Kochlöffel ..."

„Die kann das mit dem Anführer klären, wenn sie auf Ärger besteht! Und verlade den Proviant ja ordentlich!"

„Jawohl, hoher Herr Leutnant."

„Hoher Herr Leutnant?" Die Gesichtsfarbe des Leutnants wurde noch etwas gesünder, als sie ohnehin schon war.

„Ist ein Grünschnabel, Leutnant!", warf Wachmann Jaflu ein.

„Was, bist du immer noch hier? Lauf und sieh zu, dass du vor Aufbruch der Eskorte wieder hier bist, sonst lass ich dich als Deserteur bestrafen, oder du teilst dir die Rationen mit deinem neuen Freund, wenn du den Verwalter nicht gefunden haben solltest."

57. Bei der Eskorte

„Junge, Junge, da hast du uns gehörig was eingebrockt!"

Mama Kochlöffel war nicht sonderlich begeistert.

Ihre gesamte Feuerstelle war dazu verdonnert worden, ein provisorisches Versorgungsdepot zwei Stunden vor dem Lager der Mönche zu errichten. Und ihnen war verboten worden, dort eine Feuerstelle einzurichten.

„Das wird eine hässliche Sache werden, glaubt dem alten Koljika."

„Schweig, alter Schwarzmaler. Die anderen sind schon nervös genug, auch ohne dass du den Teufel an die Bäume malst. Wenn du nicht willst, dass ich die große Kelle über dich schwinge, dann halt deinen Rand."

„Tut mir leid, Mama Kochlöffel. Der Wachmann hat mich einfach zu seinem Leutnant geschleppt und von dort aus ging das dann immer weiter."

„Schon gut, Junge. Dann gibt es halt die nächsten Tage viel frische Luft und kaltes Büfett. Wahrscheinlich wird bald jemand von der Eskorte hier auftauchen und Essen für die Delegation anfordern, oder uns zurückschicken, wenn die Mönche genug zu essen für alle haben. Entspannen wir uns also und kauen auf Trockenfleisch herum."

„Pst! Jemand kommt in unsere Richtung."

Ein Melder war ins versteckte Lager gehuscht und schnaufend vor Mama Kochlöffel auf die Knie gegangen.

„Wer, wie viele und von wo?"

„Drei Wachleute und ein Wanderer. Die kommen aus Richtung des Mönchslagers und sind offenbar ziemlich in Eile."

„Sehen wir uns die mal an."

Mutter Kochlöffel erhob sich und scheuchte Kalmiol und Koljika auf. Leise, aber zügig, folgten sie dem Melder zum Wachposten am Rand des Waldstücks, in dem sie ihr provisorisches Lager aufgeschlagen hatten.

Unter einem großen Baum am Rand zur Ebene blieben sie stehen. Oben im Baum hatte sich einer aus Mama Kochlöffels Truppe versteckt und überwachte die Ebene. Zwei weitere hatten sich im Unterholz versteckt. Einer der Männer wandte sich ihnen zu und übermittelte seinen Bericht mit Handzeichen an Mama Kochlöffel. Als Kalmiol fragen wollte, bedeutete ihm Onkel Koljika mit einem Finger auf den Lippen, still zu sein.

Mama Kochlöffel kniff ihre Augen zusammen. Nach einer Weile erhob sie sich.

„Es sind Boten. Dein Freund, Wachmann Jaflu, ist mit dabei. Sie steuern auf uns zu, also kein Grund, sich aus dem Schatten in die pralle Sonne zu bewegen. Warten wir, bis die hier ankommen und uns erzählen, was so vor sich geht."

„Und wenn die doch an uns vorbeilaufen?"

„Werden sie nicht!"

Mama Kochlöffel klopfte einen bestimmten Rhythmus an den nächstgelegenen Baum, bis einer mit dem Arm auf den Wald zeigte und die ganze Gruppe ihr Tempo verlangsamte. Er legte die Hände vor den Mund und stieß einen Kreiserschrei aus. Mama Kochlöffel antwortete mit einem weiteren Klopfen an den Baum. Das Spiel wiederholte sich ein paar Mal, dann endlich trabte die Gruppe auf den Waldrand zu.

Mutter Kochlöffels Gruppe zog sich ein paar Schritte in den Wald zurück, so dass die Gruppe der Reisenden nicht außerhalb des Waldes stehenbleiben musste.

Wachmann Jaflu betrat den Wald als Erstes, gefolgt von einem Mann, der offensichtlich Flohhirte war und den Abschluss bildete, ein Kalmiol unbekannter Wachmann. Es dauerte einen Moment, bis sich die Augen der Reisegruppe an das Dämmerlicht des Waldes gewöhnt hatten.

„Ah, Mama Kochlöffel und der Junge aus dem Lebensmittellager. Was treibt euch denn hierher?"

„Vorgeschobenes Versorgungslager. Ich vermute mal, ihr seid nicht zum Lebensmittel holen hier?"

„Nee, die Mönche sind gut versorgt. Der Anführer wollte gleich einen Bericht, sobald die Delegation dort eingetroffen ist."

„Und wer ist euer Begleiter dort?"

„Keine Ahnung und das geht auch niemanden etwas an. Er hat einen Token vom Anführer, das muss reichen, bis wir im Lager sind. Befehl vom Leutnant."

„Und bei der Delegation ist alles in Ordnung?"

„Ich denke schon. Die Hohen Herren sind fix und alle und haben sich dort gleich ein Quartier zusammen mit der Eskorte geben lassen. Uns beide hat der Leutnant nach dem Gewaltmarsch gleich wieder zurückgejagt. Wir laufen die Strecke heute aber definitiv nicht mehr nonstop zurück."

„Euer Leutnant hat euch den Befehl gegeben, mich so schnell wie möglich zum Anführer zu bringen", mischte sich der Unbekannte in die Unterhaltung ein. Die beiden Wachmänner waren da anderer Ansicht.

„Wir brauchen eine Pause. In Gegensatz zu dir sind wir seit Tagen ohne Schlaf unterwegs. Wir nützen dir nichts, wenn wir unterwegs zusammenbrechen."

Mama Kochlöffel schaute die Gruppe an und fasste einen Entschluss. „Ich habe ausgeruhte und kampferfahrene Männer, die der Horde seit Jahren treu dienen. Wenn der Bote des Anführers einverstanden ist, können wir die Eskorte zum Hauptlager stellen und sofort aufbrechen."

„Hm, in Ordnung."

„Vergesst das! Der Leutnant hat ausdrücklich befohlen, dass wir den Boten nicht aus den Augen lassen."

„Gut, das ist eure Entscheidung. Aber war da nicht was mit einer Frist, bis zu der ihr im Lager zurück sein müsst?"

„Verdammt, aber niemand hat gesagt, das Leben wäre einfach."

„Und wenn wir Sänften bauen und Lasttiere für den Transport nehmen?", fragte Kalmiol. „Dann könnten sich die Wachleute für einen halben Tag oder so ausruhen und dann weiterlaufen."

„Sänften bauen? Mann, der Grünschnabel ist ja noch verrückter als deine normale Truppe", ereiferte sich Wachmann Jaflu.

„Das wird alles nicht nötig sein. Es geht um die Botschaft für den Anführer, nicht um den Boten. Ich bin berechtigt, die Befehle des Leutnants außer Kraft zu setzen. Mama Kochlöffel, gehen wir und tauschen die Token, dann kann alles seinen Gang gehen. Habt ihr einen Boten, der ein Rätsel sicher zum Ziel bringen kann?"

„Der alte Koljika ist mein bester Rätselbringer." Mama Kochlöffel deutete auf Koljika, was der unbekannte Bote nicht sonderlich gut aufnahm.

„Er sieht aus, als ob er nach einer Stunde Lauf tot umfallen würde."

„Das ist doch alles ein großer Haufen Flohscheiße! Die Befehle des Leutnants sind ..." Weiter kam Wachmann Jaflu nicht. Koljika hatte in einer kaum wahrnehmbaren Bewegung sowohl Jaflu als auch den anderen Wachmann ausgeknockt.

„Es kann von Vorteil sein, wenn der Eindruck täuscht. Übergib mir das Rätsel, ich bin bereit."

Onkel Koljika und der Unbekannte legten ihre Köpfe aneinander und ein kurzer Funke sprang zwischen ihnen über. Beide wankten einen kurzen Moment, dann hatten sie sich wieder im Griff. Der Unbekannte drehte sich zu den beiden am Boden liegenden Wachleuten um und wandte sich wieder Mutter Kochlöffel zu.

„Weckt die beiden Trottel in ein paar Stunden und lasst sie dann zum Hauptlager weiterziehen. Ich mache mich auf den Weg zurück zu den Mönchen, mit etwas Glück ist mein Verschwinden dort niemandem aufgefallen. Seht zu, dass die Botschaft schnellstmöglich zum Anführer gelangt. Er erwartet sie schon dringend, dringender jedenfalls als die Nachricht, dass die Delegation angekommen ist. Die Mönche werden Tatsachen geschaffen haben, bevor sie die Delegation überhaupt offiziell empfangen werden. Die Zeit drängt. Und nun gehabt euch wohl."

Mit diesen Worten war der Unbekannte ebenso schnell aus dem Wald gehuscht, wie sich Onkel Koljika vorhin zu den Wachmännern bewegt hatte. Kalmiol schaute ihm sinnend nach, wie er über die Lichtung zurück zum Ort der Mönche eilte.

„Komm, Kalmiol, wir haben einen langen Weg vor uns. Der Anführer wartet nicht gerne."

„Ich, Onkel?"

„Natürlich, was gibt es Besseres, als mit seinem Neffen zu reisen? Wir haben uns sehr lange nicht gesehen, ich möchte alles erfahren, was dir in den langen Zeiten zwischen den Zeitenwenden widerfahren ist."

Kalmiol war sich nicht sicher, ob er sich freuen oder sorgen sollte. Imbrifer wusste, das war die Gelegenheit. Näher würde er dem Anführer der Horde nicht kommen.

„Schaffst du die Strecke, Onkel Koljika? Du bist nicht mehr der Jüngste."

„Bengel, dir werde ich zeigen, wem als Erstes die Puste ausgeht."

58. Atempause

Ratsherr Omaleui von der Gilde der leisen Künste verfluchte den Tag, an dem er sich auf den Vorschlag eingelassen hatte, die Delegation des Rates anzuführen. Nicht dass er hätte ablehnen können. In einem Punkt war er mit Ratsherr Hullon von der Horde der Erneuerung einer Meinung: Ratsherr Farron war ein Hitzkopf und ein Brandstifter. Seine persönliche Meinung über beide behielt Omaleui tunlichst für sich. Pest und Cholera. Beide zündelten für ihr Leben gerne und was Hullon wirklich im Schilde führte, war im Heerlager der Horde nur zu deutlich geworden. Er würde ein Gemetzel anzetteln. Omaleui musste zum Guardian und ihn warnen.

Die Mönche spielten auf Zeit. Der Verwalter hatte sie willkommen geheißen, verköstigt, gut untergebracht und dann offenbar vergessen. Die Delegation war nach dem Gewaltmarsch erschöpft gewesen und hatte sich geschlossen zur Ruhe zurückgezogen. Omaleui hatte sich immer in einer Verfassung gehalten, die einem Ratsherrn sonst nicht nachgesagt wurde. Der Gewaltmarsch war für ihn nicht anstrengender als die Expeditionen gewesen, die er unternahm, wenn er dem Rat entkommen konnte.

Es war seiner Karriere im Rat nicht zuträglich gewesen, aber es gab im Leben Wichtigeres als sinnlose Wortgefechte um Nichtigkeiten zu führen. Die leisen Künste führten ebensogut zum Ziel. Viele Parteien im Rat hielten ihn für einen Narren, den sie zu ihrem Vorteil lenken konnten. Und wenn das nicht klappte, dann war wohl eine andere Partei geschickter gewesen. Nicht immer war der gerade Weg der Beste.

Unruhe erfüllte Omaleui. Es war ihm nicht verborgen geblieben, dass zwei Wachmänner ihrer Eskorte in Begleitung eines der Flohhirten verschwunden waren. Der Leutnant hatte das zu verbergen versucht, aber man wurde kein Meister der leisen Künste, wenn man nicht auf kleinste Nuancen achtete. Es gab also Spione der Horde bei den Mönchen. Spione, von denen Ratsherr Hullon dem Rat nichts enthüllt hatte.

Ein leises Klopfen ließ Omaleui aus seinen Gedanken aufschrecken. Jemand war an der Tür. Leise, um seine erschöpft schlafenden Mitreisenden nicht zu wecken, bewegte sich der Ratsherr zur Tür und öffnete.

Es war einer der Mönche. Jung, aber für sein Alter sehr kräftig und mit einer festen Bestimmtheit, die an einen Guardian des Ordens der Kontinuität denken ließ.

„Ratsherr Omaleui? Entschuldigt, ich wollte Euch nicht wecken, sondern nur nachsehen, ob Ihr etwas benötigt."

„Wir sind gut versorgt, Bruder, aber es gibt da tatsächlich etwas, das Ihr für mich tun könntet. In jungen Jahren, vor der Weltenkatastrophe, bin ich Eurem Bruder Guardian ein paar Mal begegnet. Ich würde mit ihm gerne um der alten Zeiten willen ein Wort wechseln, ohne dass es gleich offiziell wird."

„Ich bedaure, aber Bruder Guardian ist noch im Konklave. Eine Störung dort ist nicht möglich. Aber ich werde Bruder Guardian Euren Wunsch unverzüglich ausrichten, sobald es das Konklave erlaubt. Möge der Segen der Kontinuität auf Euch ruhen."

„Die Kontinuität ist ewig und der Orden wacht, auch wenn sich alles wandeln mag."

Omaleui hatte recht, der junge Mönch war kurz zusammengezuckt. Er kannte die Losung der Guardians. Es waren nicht die Worte selbst, es war mehr die Art, wie sie gesprochen und betont wurden.

„Der Guardian gab mir bei unserem letzten Zusammentreffen ein Rätsel auf. Es mag närrisch klingen, aber nach über fünf Zeitenwenden sollte man meinen, es käme auf einen Augenblick nicht an, aber ‚Reh, Floh und Stein - was ist schwer, was ist leicht? Erschlage den Stein mit Floh und Reh' ..."

„Vergebt mir, Ratsherr. Ich kann Euch in dieser Angelegenheit nicht weiterhelfen. Wenn Euch trotz Eurer Erschöpfung Unrast plagen sollte, kann ich Euch einen lindernden Tee zubereiten lassen."

„Vielleicht würde ein Bad meinen überanstrengten Leib entspannen und dem Geist erlauben, zur Ruhe zu kommen."

„Ich werde mich erkundigen, was möglich ist, Hoher Herr Rat. Bitte geduldet Euch, bis man Euch benachrichtigt. Entschuldigt mich nun, ich werde sehen, was ich für Euch tun kann."

Ratsherr Omaleui schaute dem davoneilenden Mönch nach. Ein kurzer Blick in die Kammer versicherte ihm, dass alle schliefen. Er würde vielleicht ein paar Erklärungen abgeben müssen, aber einen Besuch des Nessariums würde ihm niemand ernsthaft verwehren können. Besonders, da er es wirklich aufzusuchen gedachte.

Die Mönche hatten keine Zeit verloren. In kürzester Zeit hatten sie eine Klosteranlage errichtet, die ihren Zweck erfüllen würde. Selbst kleineren Gruppen von Angreifern würde die Anlage standhalten. Aber niemals einem Angriff der Horde. Was eine Horde einnehmen konnte, hatte er selbst beim Fall der Ratskammer erlebt. Ohne die Anwesenheit des Golems wäre sie überrannt und womöglich alle getötet worden. Ratsherr Hullon war nicht der Füllvater und die Horde war nicht mehr so kampfgestählt wie zu Zeiten des Füllvaters, aber dennoch, fürchtete Omaleui, würde der frisch gegründete Orden der Kontinuität dem Ansturm nicht lange standhalten. Der Orden hatte seine stärkste Waffe verloren, seine Unsichtbarkeit.

Die Gänge waren ruhig, die Mönche hatten sich wohl schon zur Ruhe gebettet. Kurz vor den Nessarium bemerkte Omaleui, wie der Mönch, der sich nach ihrem Befinden erkundet hatte, im Schatten eines Bogens verschwand. Der Ratsherr schlich sich leise näher heran und konnte ein paar leise Gesprächsfetzen mithören.

„... Ratsherr Omaleui ist wach und wünscht ein Bad? Was würdet Ihr vorschlagen, mein Sohn?"

„Es ist spät in der Nacht. Ich würde dem Ratsherrn einen entspannenden Tee bringen. Fast alle Brüder haben sich schon zur Ruhe gebettet und jetzt ein Bad vorbereiten zu lassen würde einiges an Aufsehen erregen."

„So, so. Nun, dann bereitet zwei Becher Tee und bringt sie hierher."

„Hierher? Aber ..."

„Und tut einen kräftigen Schuss von meinem guten Brand in den Tee. Euren Tee solltet ihr allerdings mit etwas weniger Brand trinken. Ihr seid noch jung, überlasst die Laster den älteren."

„Sehr wohl, Guardian."

Nachdem der junge Mönch sich auf den Weg gemacht hatte, bewegte sich Ratsherr Omaleui leise, aber nicht heimlich in den Schatten unter dem Bogen.

„Brand im Dienst? Ihr seid auf Eure alten Tage doch nicht etwa entspannter geworden, Vater Guardian?"

„Das Alter bringt viele Dinge mit sich, Ratsherr. Unruhige Nächte, einsame Spaziergänge, während andere schon schlafen."

„So ist es. Allerdings wäre mir nach dem Gewaltmarsch, auf den Ratsherr Hullon die Delegation geschickt hat, ein Bad zur Entspannung lieber. Es waren zwei Nächte und ein Tag vom Heerlager der Horde bis hierher. Man wurde im Heerlager etwas ungeduldig, die Stimmung schien mir etwas gereizt."

„Hier seid Ihr in einem Hort der Ruhe, Ratsherr. Wir sind gerade dabei, einen Ort der Kontemplation und Ruhe nach fast fünf Zeitenwenden der endlosen Pilgerreise zu errichten. Verzeiht, wenn es hier noch etwas hektisch und aufgeregt zugehen mag. Ah, da kommt ja unser Tee. Habt Dank, Bruder Makmoi, Ihr könnt Euch nun zurückziehen. Ich werde unseren hohen Gast persönlich zu seinem Quartier zurückbegleiten."

„Ja, Vater Guardian. Ich wünsche Euch eine gute Nachtruhe."

Der junge Mönch stellte das Tablett mit dem Tee und ein paar Nascherein auf das breite Geländer des Bogens und verschwand in den Schatten.

„Sehr dienstbeflissen, Euer junger Schüler."

„Ihr habt Euer Auge für Details nicht verloren, Ratsherr. Natürlich wird er in der Nähe bleiben und wachen. Eure Delegation ist um zwei Mitglieder kleiner geworden."

„Anführer Hullon wünschte einen schnellen Bericht unserer Ankunft, vermute ich einmal. Der Leutnant der Eskorte hat das nicht mit mir besprochen."

„Mit einem anderen Mitglied Eurer Delegation?"

„Nein, nicht offiziell. Sie schienen mir aber einen Einheimischen als Führer gewonnen zu haben."

„Wir wollen doch nicht, dass sich die Boten des Anführers in der Gegend verlaufen. Aber trinken wir den Tee, bevor er kalt wird. Wenn Ihr mögt, könntet Ihr mir erläutern, was uns die Ehre des unerwarteten Besuches einer Delegation des Rats verschafft."

„Nun, ich möchte der offiziellen Erklärung nicht vorgreifen, aber Euer Ruf hallte weit und jeder Hüne mit einer feineren Sensibilität vernahm ihn. Einige Fraktionen des Rates sind neugierig, andere auch besorgt."

„Besorgt? Ah, ich verstehe."

Schweigend nippten beide an ihrem Tee. Der Guardian entkorkte ein kleineres Gefäß, das ebenfalls auf dem Geländer abgestellt worden war. Ein leicht ätherischer Geruch strömte aus der Flasche. Der Guardian deutete auf den Becher des Ratherrn und schaute ihn fragend an. Als dieser zustimmend nickte, goss der Guardian einen großzügigen Schuss in beide Becher. „Ein Tropfen noch aus alten Zeiten. Ein Relikt, so wie wir beide es sind. Was fürchtet der Rat?"

„Der Rat entsandte eine Delegation. Einige Fraktionen malen allerdings düstere Bilder von der Rückkehr zu alten Zeiten."

„Die Zeiten vor der Katastrophe waren keine schlechten Zeiten. Den Hünen ging es gut, wir waren eine hochstehende Zivilisation mit weitreichenden Verbindungen zu hochstehenden und mächtigen Völkern und Verbündeten in der Kontinuität. Seit zwei Zeitaltern schreitet die Restauration der Hünenzivilisation voran."

„Wie bei allen Restaurationen, ist noch alles frisch und das Erreichte ist fragil. Ein weiterer Stein mag Dinge ins Rollen und mühsam Aufgebautes zum Einsturz bringen."

„Ich verstehe, was Ihr meint. Aber seid beruhigt, dieser Rückzugsort einiger Mönche dient der Ruhe und Kontemplation."

„Ich glaube Euch natürlich, aber einige Fraktionen des Rates würden sich beruhigter fühlen, wenn die Delegation des Rates Eure Unternehmungen ... in Augenschein nehmen dürfte."

„Die Delegation des Rates ist uns willkommen. Wir werden unsere inneren Angelegenheiten natürlich unter uns regeln, aber wir sind für einen Dialog offen."

„Einige Mitglieder der Delegation werden eine etwas andere Wortwahl treffen."

„Junge Mitglieder des Rates, begierig darauf, sich einen Namen zu erwerben?"

„Es gibt Orden und Bruderschaften, die eher den lauteren Künsten zuzurechnen sind."

„Natürlich, und ich vermute, aus genau diesem Grund hat man Euch mit der Leitung der Delegation beauftragt?"

„Ich sehe mich als Moderator und väterlichen Ratgeber. Und natürlich werde ich einem ehrlichen Dialog und dem regen Interesse der Delegationsmitglieder nicht im Wege stehen."

„Hm. Von solchen Dingen versteht ein einfacher Mönch wenig. Heben wir uns diese Dinge für die offizielle Begrüßung der Delegation auf. Erzählt mir lieber, wie es Euch seit unserem letzten Zusammentreffen ergangen ist."

„Gerne, wenn Ihr mir nachschenkt."

„Gastfreundschaft ist eine der Tugenden unserer Gemeinschaft."

Mit diesen Worten öffnete der Guardian die Flasche und gab einen weiteren großzügigen Schuss in den Becher des Ratsherrn und dann in seinen.

59. Es wird offiziell

Ratsherr Omaleui war gar nicht gut zu Gemüte. Ihm brummte der Schädel und sein Magen behielt das karge Frühstück nur mit Mühe bei sich. Er hatte lange mit dem Guardian geredet und viele Dinge erfahren, aber wohl auch mehr preisgegeben, als er hätte tun sollen. Die durchwachte und durchzechte Nacht forderte nun ihren Tribut.

Die Delegation des Rates stand dem Guardian und einigen seiner Mitbrüder gegenüber. Alle anderen Mitglieder der Ratsdelegation sahen ebenfalls aus, als ob sie die Nacht durchgemacht hätten, obwohl sie ausgeruht hätten sein müssen. Es stand etwas Phlegmatisches und Leidendes auf den meisten Gesichtern, selbst Ratsherr Farron sah nicht so aus, als ob er Streit suchen würde. Und das war ein wahrhaft seltener Moment für die Zeit, seit der junge Ratsherr Mitglied des gemeinsamen Rates geworden war. Der Guardian dagegen verbreitete seine übliche Aura zwischen weisem Wohlwollen und unbeugsamer Stärke. Es war auch der Guardian, der als Erster das Wort über das allgemeine leise Gemurmel erhob.

„Hochgeehrte Gäste, geschätzte Ratsmitglieder und Brüder im Geiste der Kontinuität, die Brüder des geweihten Klosters vom mahnenden Zeichen heißen euch herzlich willkommen. Es ist eine große Ehre, dass der Rat aller Hünen eine solch große Delegation zur Teilnahme an der Weihe entsandt hat."

Omaleui hatte zwar Kopfschmerzen, aber so schnell kam der Guardian nicht aus der Affäre.

„Geehrter Bruder Guardian, geehrte Mönche, als Leiter der Ratsdelegation danke ich Euch für den herzlichen Empfang, muss Euch aber darüber unterrichten, dass der Rat nicht informiert war, zu einer Einweihung geladen worden zu sein. Vielmehr dient unser Besuch dazu, den Rat mit validierten Informationen zu versehen, um zu entscheiden, was in dieser Kumulation des Zeitenwechsels zu unternehmen ist.

Der Rat hält den Orden der Kontinuität für eine solch bedeutende Angelegenheit für alle Hünen, dass er es für selbstverständlich hält, seine Aufgaben gegenüber allen Hünen mit größter Sorgfalt und Gewissenhaftigkeit zu versehen. Seit der großen Katastrophe des Weltenbrandes hat der Rat alle Angelegenheiten bezüglich der Kontinuität behandelt und entschieden. Eine Neugründung des Ordens der Kontinuität würde sicherlich ebenfalls eine Aufgabe sein, die der Rat weise und vorausschauend behandeln sollte, stimmt Ihr mir da nicht zu, geehrter Guardian?"

„Natürlich, geehrter Herr Rat. Eine Neugründung wäre eine Sache, an der viele weise Parteien der Hünen beteiligt sein sollten. Aber Ihr mögt mir zustimmen, dass es jedem Hünen zusteht, sich in der Gemeinschaft der seinen, eine sichere Senke zu schaffen, um sich etwas von den Fährnissen der Welt zu erholen. Nichts anderes haben wir hier errichtet, einen kleinen stillen Ort des Rückzugs und der Kontemplation.

Einen Ort der Ruhe und Rast für müde Wanderer auf ihrem Weg. Seien es einfache Hünen, müde Brüder nach ihrer endlosen Pilgerreise, oder hochehrenwerte Mitglieder des Rates.

Aber Eure Worte sprechen von Weisheit und Verantwortung für alle Hünen. Und so werden wir, die Brüder des Klosters vom mahnenden Zeichen, alles in unserer Macht Stehende tun, um die Delegation des Rates in ihrem Bestreben nach Erkenntnis und Klarheit zu unterstützen. Natürlich auch gerne, falls es um Angelegenheiten der Kontinuität geht. Der Orden der Kontinuität verfügt über die Erfahrung abertausender erfolgreich bewältigter Zeitenwechsel."

„Dem Rat bereiten die Abertausende erfolgreich bewältigter Zeitenwechsel in der Geschichte keinerlei Sorgen. Sorge und Eingriff seitens des Rates erfordern mehr die Dinge, die die Hünen nicht erfolgreich im Sinne aller Hünen bewältigten. Wenn einzelne Hünen oder Gemeinschaften von Hünen Anleitung zur Besserung benötigen, ist es weise und ratsam, sich an eine höhere Instanz zu wenden. Wie in letzter Instanz dem gemeinsamen Rat der Hünen."

„Oder dem Rat der Kontinuität."

„Dem Rat der Kontinuität?"

Ratsherr Omaleui war verwirrt und auch die Mitglieder seiner Delegation merkten, dass diese Begrüßung eine Wendung nahm, die sie nicht einordnen konnten. Omaleui hörte durch das angeschwollene Gemurmel das typische laute Einatmen von Ratsherr Farron, bevor dieser einen seiner flamboyanten Ausbrüche bekam. Der Guardian setzte nach, bevor einer aus der Delegation des Rates die entstandene Pause brechen konnte.

„Ich gebe Euch recht, innere Angelegenheiten sollten als innere Angelegenheiten behandelt werden. Und bevor man den Rat anruft, ist es guter Brauch, einen Vermittler in der Angelegenheit zu befragen."

„Der Schritt von einem Vermittler wäre immer noch, herauszufinden, ob es überhaupt eines Vermittlers bedarf und ob überhaupt eine zu schlichtende Unstimmigkeit besteht."

„Finden wir das gemeinsam, als Brüder im Sinne der Kontinuität, heraus."

Dieser Moment der friedlichen Harmonie wurde jäh von einer gefürchteten Stimme unterbrochen.

„Was beim Hydorgol geht hier vor sich? Mir fehlt die Kraft für einen Aufschrei aufgrund dieser undurchsichtigen Vorkommnisse in diesem Kloster. Etwas oder jemand an diesem Ort hat mich meiner Kraft und Schärfe beraubt. Das ist keine Sache, die ununtersucht gelassen werden kann, so wahr ich Mitglied des Rates bin. Was in diesen Mauern verursacht den Abzug von Kraft und Willen? Etwas an dieser Hospitalität stimmt nicht."

Mit den letzten Worten hatte Ratsherr Farron zu seiner alten Schärfe zurückgefunden und auch die Lethargie der anderen Mitglieder des Rates schwand. In Omaleuis Kopf dagegen verstärkte sich der stechende Kopfschmerz. Die Wände der Empfangshalle rückten etwas zurück und wurden in der Wahrnehmung schärfer und härter.

Der Guardian hatte eine Antwort darauf. „Dieser Ort ist neu, junger Ratsherr, und bedarf noch der Festigung durch gemeinsames Träumen. Erst sehr alte Senken tragen sich ohne neuerliche Imagination. Ihr habt während Eurer Ruhephase wohl unbewusst den

Ort, der Euch Schutz und Ruhe gewährte, gestärkt. Frische Bauten können sehr viel Kraft entziehen und wir danken Euch für Euren selbstlosen und ehrbaren Beitrag."

„Was? Das ist ... mir fehlen die Worte."

Der Einwurf des Guardians hatte Ratsherr Farron den Wind aus den Segeln genommen. Die Untersuchungs-kommission entwickelte sich mehr und mehr zur Farce. Ihre Anwesenheit trug zur Legitimation dieses neu entstandenen Klosters der Kontinuität bei, anstatt dem Rat die Möglichkeit zu geben, das Für und Wider zu beurteilen.

„Nun, es scheint mir, dass wir für Eure Gastfreundschaft einen über das Übliche hinausgehenden Beitrag erstattet haben. Betrachtet das als Geschenk des Rats und zeigt uns dafür im Austausch, woran wir hier, ob beabsichtigt oder unbeabsichtigt, mitgewirkt haben."

„Gerne, Ratsherr Omaleui."

„Einen Moment mal, ob das jetzt ein Geschenk war oder nicht, sollte der Rat gemeinsam entscheiden. Oder seid Ihr da anderer Meinung werter Herr Kollege?", widersprach Farron.

„Wenn etwas nicht als es selbst zurückgegeben werden kann, hat es wenig Sinn, über Gegebenes zu debattieren", erwiderte Omaleui. „Nutzen wir unsere Energie für die Aufgabe, für die wir hierher entsandt worden sind. Ihr selbst habt mich für das Amt des Leiters dieser Delegation vorgeschlagen, vertraut also Euren eigenen Rat, werter Kollege. Ebenso werde ich auf Euren Rat vertrauen, wenn die Zeit für eine weitere Beratung gekommen ist. Etwas Bewegung dürfte helfen, die von Euch bemängelte Trägheit abzuschütteln."

„Nun denn, wenn die anderen Mitglieder des Rates nichts einzuwenden haben ..."

Eine kurze gemurmelte Diskussion wurde von Klinjas dem Alten mit einem Zusammenklatschen der Hände und einem Fluch entschieden. „Verdammt, wir sind die letzten Tage sehr viel mehr gerannt, ein kleiner Spaziergang wird uns schon nicht umbringen. Schauen wir uns das an, das zu schauen wir gesandt worden sind."

„Aye, wenn Ihr uns nachher mit den Klagen über Eure wunden Füße verschont", frotzelte eine Stimme aus den hinteren Reihen.

Klinja der Alte ließ das nicht auf sich sitzen.

„Aye, und wenn Ihr Euch Eure Füße endlich mal wieder wascht."

Ratsherr Omaleui hörte sich das kollegiale Gefrotzel eine Weile an, dann klatschte er seine Hände zusammen.

„Gut, ich denke, wir können das als Zustimmung der gesamten Delegation werten. Nach Euch, Bruder Guardian, wir vertrauen auf eine vollständige Führung, die uns in die Lage versetzt, dem Rat eine fundierte Betrachtung dieses Ortes abzuliefern."

„Natürlich, Ratsherr, ich würde vorschlagen, die Führung im Balnea zu beginnen, um die Gesundheit der Delegation zu fördern."

„Verschieben wir den Besuch des Balneas auf den letzten Punkt Eurer Liste. Erst die Arbeit, dann die Erholung."

„Das Betreten des Konvents sollte nur von den Fährnissen der Welt gereinigt erfolgen."

„Ich bin mir sicher, die Mitglieder des Rates werden reinlich genug für den Konvent sein."

„Das Kloster vom mahnenden Zeichen ist nicht so groß, es sollte genug Zeit für alles bleiben, auch wenn der Besuch des Balneas länger als üblich ausfallen sollte. Aber Ihr habt natürlich recht, verlegen wir den Besuch des Balneas auf den letzten Punkt der Besichtigungstour durch die klösterlichen Räume. Folgt mir denn, hohe Herren."

60. Auf dem Weg

Ratsherr Hullon hatte genug gehört. Mama Kochlöffels Bote hatte die Nachricht seines Spions sicher zu ihm getragen. Die Mönche hatten Fakten geschaffen. Und das schneller, als er befürchtet hatte.

Wenn er jetzt nicht angriff, würde er keine weitere Gelegenheit mehr dazu bekommen. Die Horde war bereit. Der Spion hatte ihn mit einer ausführlichen Beschreibung der Gegebenheiten vor Ort versehen. Alles, was ihm jetzt noch fehlte, war die offizielle Legitimation.

Während Hullon darüber nachgrübelte, ließ ihn ein Geräusch hinter ihn aufschrecken. Jemand hatte sich fast unbemerkt an ihn herangeschlichen.

„Was kann ich für Euch tun?"

„Die Frage ist nicht, was Ihr für mich tun könnt, Ratsherr, sondern was Ihr für die Horde tun könnt, Anführer."

„Was beim Hydor ..."

Ratsherr Hullon hatte es noch geschafft, sich zu dem Eindringling umzudrehen, dann ließ ihn ein stechender Schmerz in seiner Brust verstummen. Etwas lief warm, feucht und klebrig über seinen Körper. Es war Blut. Viel Blut, und es war offenbar sein eigenes. Schwäche griff nach ihm. Er würde sterben, das wurde ihm bewusst. Seine Lungen füllten sich ebenfalls mit Blut, sein verzweifelter Schrei ging in einem blutigen Blubbern unter. Seine Sicht schwand, er sah den Angreifer nur als Schemen, der kurz ein scharfes Bild abgab, bevor die Sinne sich wieder trübten.

„Ihr habt zu lange gezögert, fremde Mächte haben das Schicksal der Hünen an sich gerissen. Aber verzweifelt nicht, Anführer Hullon. Die Horde wird diese feige Tat in Eurem Sinne beantworten."

Hullon meinte, diese Stimme zu kennen. Er hatte sie erst vor kurzem vernommen. Aber woher? Dann ein kurzer Moment der Klarheit: Es war der Bote.

Mit letzter, verzweifelter Kraft griff sich Hullon den nächstbesten Gegenstand, dessen er habhaft werden konnte, und schlug auf den

Angreifer ein. Dieser wich in einer schnellen fließenden Bewegung zurück. „Nicht doch, Anführer. Es würde den Falschen treffen und alles wieder zunichtemachen."

Hullons letzter Zorn suchte sich ein neues Ziel. Er nutzte den Platz, den der ausweichende Angreifer geschaffen hatte, und schleuderte den Gegenstand auf ein Ziel, das sich vielleicht noch lohnte: den großen Gong in seinem Zelt.

Ein tiefer durchdringender Ton erfüllte die Luft und trug seinen letzten Willen mit sich. Hullons Sinne schwanden in dem Gedanken, noch eine letzte Sache erfolgreich zu Ende gebracht zu haben. Die Horde war jetzt alarmiert.

*

Kalmiol zuckte zusammen, als plötzlich ein dröhnender Gong ertönte. Onkel Koljika hatte ihn hinter dem Zelt des Anführers warten lassen. Bevor Kalmiol sich ganz umgedreht hatte, sah er einen blutigen Schatten auf sich zustürmen und spürte einen Schlag gegen seinen Kopf. Etwas in seinem Kopf barst und die Welt verschwand in einem roten Schleier.

Der Schleier blieb, ebenso wie das Dröhnen des Gongs. Kalmiol hörte Koljika etwas sagen, konnte aber nicht verstehen, was er sagte. Weitere Schläge hagelten auf ihn ein und er fühlte, wie er hochgerissen und dann schließlich an eine andere Stelle geschleift wurde. Fragen prasselten auf ihn ein und jemand schrie laut vor Schmerz. Es war er selbst.

Was sie wollten, drang nicht durch seinen Geist. Er hörte Worte wie Mörder und Verräter. Gedungener Auftragsmörder. Und seinen Namen wollten sie.

War er ein Mörder? War Kalmiol ein Mörder? Nein, Kalmiol war unschuldig, aber der Name hinter Kalmiol war ein Assassine. „Ja", schrie Kalmiol, „Alofan Haragieri ist die bluttrinkende Geißel von Lotus."

Die Stimmen verlangten den Grund für die Tat. Immer und immer wieder. Gab es einen Grund? Kalmiol wusste keinen. Alofan der Assassine tötete nur aus einem Grund. Ein Assassine tötete, wenn er einen Auftrag bekam. Mehr als das Wort Auftrag bekam Kalmiol nicht mehr heraus. Sein Körper versagte. Die Sinne schwanden, Schmerz holte ihn für einen kurzen Moment wieder zurück. Sie riefen:

„Schuldig. Er ist schuldig, tötet ihn!"

Dann eine letzte Stimme, es war Onkel Koljika. Leise, ganz, leise sprach er direkt in sein Ohr.

„Verzeih mir, Neffe, du warst zur falschen Zeit am falschen Ort. Die Sache ist schiefgegangen. Dein Leiden wird ein schnelles Ende finden."

Dann hörte er Onkel Koljika schreien und ein berstender Schlag brachte die Dunkelheit. Der Schmerz verebbte und machte dann neuem Schmerz Platz. Da waren wieder Stimmen. Dieses Mal klangen sie besorgt, nicht wütend. Er war auf der anderen Seite. Als er die Augen aufschlug, lag er zerschlagen und blutend am Ufer eines kleinen Weihers. Kalmiol war tot. Imbrifer lebte. Die weiten Lande der Hünen lagen hinter ihm. Die Herrin des Landes würde sich um ihn kümmern. Imbrifer dämmerte in schönere Träume weg.

*

Die Horde marschierte. Onkel Koljika hatte den Auftrag des Spions erfolgreich ausgeführt. Der Preis dafür schmerzte ihn etwas. Um den Anführer trauerte Koljika nicht sonderlich, aber um seinen vermeintlichen Neffen war es fast schade. Es musste wirklich ein Teil von seinem Neffen Hydor dem Vermessenen in ihm sein, aber das Fremde war dann doch übermächtig gewesen. Es war fremd. Ein Teil von einem Golem, ein Teil von einem Jäger und einen Teil von etwas Fremdem. Etwas bekannt Fremdes. Nicht greifbar, flüchtig. Ein Hauch von etwas, das nicht in diese Welt gehörte.

Etwas Böses, das aus einer anderen Welt herübergeschwappt war. Etwas, das nach Weltenfeuer roch.

Verursacher!

Koljika schnaubte auf und fing sich damit Seitenblicke derjenigen ein, die direkt neben ihm marschierten. Es waren nicht die Leute seiner Feuerstelle, aber es waren Brüder und Schwestern aus der Horde. Er ballte seine Hand zur Faust und schüttelte sie. Den Atem sparte er sich, ebenso wie alle anderen der Horde, für das Laufen. Seine Nachbarn werteten diese Geste als eine grimmige Ermunterung und stimmten mit ein. Koljika erhöhte den Rhythmus seiner Bewegungen und dieser Rhythmus breitete sich in der Horde aus. Die Schritte aller beschleunigten sich und ihre Füße fanden einen gemeinsamen Rhythmus. Ein großes Jahr war seit der letzten großen Schlacht vergangen, aber die Horde funktionierte noch. Als seine Gedanken in diese Zeit abdrifteten, mischte sich Sorge in seine Überlegungen. Die letzte große Schlacht an der großen Mauer des Meisterrates hatten sie gewonnen, um letztendlich doch zu scheitern. Egal, was ihr damaliger Anführer Füllvater oder seine Marionette des letzten großen Jahres gesagt haben mochten. Der Anteil der Horden-Mitglieder an der Delegation der Ankläger war verschwindend klein gewesen. Koljika war sich sicher, dass es keine große Vergeltung gegeben haben konnte. Die Mumien der Kontinuität würden alles mit ihrem Staub erstickt haben.

Koljika erhöhte den Rhythmus abermals, dieses Mal durften sie nicht wieder zu spät an dem Ort erscheinen, an dem die Dinge ihren Lauf nahmen. Koljika fühlte, wie die Horde auf ihrem Weg war und ihren Rhythmus hielt. Als er sicher war, dass dieser Rhythmus Bestand hatte, klinkte er sich aus und eilte durch die Reihen dem Ziel entgegen. Mama Kochlöffel erwartete seinen Bericht.

61. Bericht

„Nun sag schon, was geht da vor sich?" Eine Stimme aus dem Off holte ihn sehr langsam in die Realität zurück. Realität? Er war sich nicht sicher, ob diese Realität realer war als die vorhergehende.

„Ich, nein wir, sind gestorben. Wir wurden befragt, gefoltert und dann getötet."

„Was? Und warum? Was hast du auf die Fragen geantwortet?"

„Sie sagten, wir hätten den Anführer getötet. Und sie fragten, wer wir wirklich wären. Ich weiß nicht, was genau wir geantwortet haben, Nunu hat für uns beide gesprochen. Ich habe ihm versucht zu helfen, aber Schmerz und Tod verwirrten unsere Sinne. Aber ich hatte das Gefühl, sie wollten kein Wissen, sie wollten nur das hören, was sie annahmen."

„Gehen wir noch mal einen Schritt zurück. Wie viele Finger siehst du?"

„Finger? Nunu sieht festgewachsene Würmer an Stumpf. Drei ausgestreckte und zwei zusammengekrümmte. Imbrifer sagt, Würmer sind Finger. Kullat versteht und lässt Imbrifer sprechen."

„Gut. Also nochmal: was genau ist passiert?"

„Bei der Horde gab es einen Putsch. Der alte Anführer wurde ermordet und nun ist der Mob auf dem Weg zum Kloster, um Rache für die Ermordung ihres Anführers zunehmen."

„Das sind keine guten Nachrichten."

„Nein, und es wird noch schlimmer. Der Mörder hat herausgefunden, dass wir unsere Finger mit im Spiel haben. Die Jagd auf die Verursacher ist eröffnet."

„Auf die Verursacher?"

„Ja, so nennen die Hünen die Menschen. Die Zerstörung des Artefakts im Gasriesen von Epsilon Eridani hat offenbar den Weltenbrand hier verursacht. Und somit ist die Jagd auf uns eröffnet."

„Das sind schlimmere Nachrichten, als du ahnst. Wir haben uns in den vergangen fünf großen Jahren aus jedem Ärger herausgehalten. Einem frontalen Angriff der Hünen wird das Konglomerat nicht standhalten. Wie weit ist die Horde noch vom Kloster der Kontinuität entfernt?"

„Sie sollte jeden Moment dort eintreffen. Es bleibt keine Zeit mehr, was immer ihr tun wollt, tut es jetzt."

Imbrifers Geist hatte sich nach dem Ausbruch geklärt und er erkannte jetzt, wer ihm gegenübersaß. Es waren Olywn und Ida von Querlitzenfall, der Weise Fu Chinquam Lee und der ehemalige Botschafter der Wächter Quintum Karilow. Und eine weitere Person. Er selbst, die orginale Alofan Instanz. Und er selbst ergriff nun das Wort.

„Wir müssen jetzt handeln. Die große Chance steht unmittelbar bevor und wir werden keine weitere auf einen Durchbruch in unsere Welt erhalten. Besonders nicht, wenn die Horde Jagd auf uns macht. Die Würfel sind gefallen. Jetzt oder nie."

„Wir können nicht alles sinnlos auf eine Karte setzen, insbesondere, wenn wir uns nicht sicher sein können, dass der Übergang in die Herkunftswelt auch gelingt. Nicht einmal der Kontinuität ist es gelungen, den Übergang zwischen den Welten wieder zu errichten. Und wir werden keinen zweiten Versuch bekommen, wenn der Erste fehlschlagen sollte. Warten wir ab, ob es den Mönchen der Kontinuität gelingt, den Übergang wiederherzustellen. Falls ja, können wir den Übergang ebenfalls nutzen."

„Wenn das Kloster vor dem Wandel der Zeiten fällt, ist diese Option hinfällig."

„Ja, aber wir werden dann noch da sein und können einen anderen Weg zurück suchen."

„Ich für meinen Teil bin es leid zu warten. Versuchen wir es jetzt, die Gelegenheit wird nicht wiederkommen. Wer wagt, kann gewinnen, wer nicht wagt, hat schon verloren."

„Verschone uns mit deinen Plattitüden. Wir können das Leben der uns Anvertrauten nicht leichtfertig verspielen."

Ida hatte sich auf die Seite von Olywn geschlagen, während der Weise Fu und der ehemalige Botschafter der Wächter noch schwiegen. Dann schließlich ergriff der Weise Fu das Wort.

„Wir können noch lange diskutieren und werden doch keinen Konsens erzielen. Ebenso wenig können wir alle Bewohner des Konglomerates abstimmen lassen. Der Wandel der Zeiten steht unmittelbar bevor. Entsenden wir Kullat Nunu ein weiteres Mal in die weiten Lande und dieses Mal zum Kloster der Kontinuität. Er wird dort in Erfahrung bringen, wie es um die Mönche und ihre Bemühungen steht. Mit diesem Wissen werden wir eine fundierte Entscheidung über das weitere Vorgehen treffen können. Alles andere wären bloß Schüsse ins Blaue."

„Gut, entsenden wir Kullat Nunu und gehen wir mit dem Konglomerat auf Abstand zur Horde." Der Botschafter stimmte Fu zu. Oylwn und Ida nickten ebenfalls. Nur der Original-Alofan war nicht überzeugt.

„Ihr verschleppt die nötigen Schritte. Wieder und wieder. Aber bevor wir die Telepräsenz erneut entsenden: Was gibt es sonst noch über die Horde zu berichten, Imbrifer?"

Imbrifer ging einen Moment in sich und verfasste ein aussagekräftiges Statement.

„Jemand zieht dort im Hintergrund die Fäden. Es gibt einen Spion im Kloster und dieser Spion hat die Ermordung des Anführers der Horde befohlen. Der Täter ist ein Verwandter von Hydor dem Vermessenen und weiß damit einiges über den gefangenen Hünen im Inneren des Konglomerats. Das Risiko ist also hoch. Aber auf der anderen Seite scheint der alte Guardian des Klosters eine Kraft zu sein, mit der man rechnen muss. Und dieser Hüne war in den vergangenen fünf Zeitenwenden nicht untätig. Das Kloster ist in kürzester Zeit entstanden und es gibt dort mehr Mönche als die meisten Beteiligten für möglich gehalten haben. Es wird einen Angriff der Horde geben, aber das Kloster wird nicht kampflos fallen."

„Gut, dann geh und sei dort unsere Augen und Ohren. Ich stimme der Projektion der Telepräsenz zu."

Der andere Alofan hatte seinen Widerstand gegen die anderen im Flottenrat aufgegeben, allerdings forderte er nun seinen Preis.

„Ich werde auch mitgehen. Ich beantrage einen vollständigen Merge mit meinem Außendienstklon."

„Das ist zu gefährlich! Dadurch könnte all unser Wissen in die Hände des Feindes gelangen." Der Botschafter der Wächter widersprach vehement.

„Der Außendienstklon muss schnell und richtig handeln können. Ohne den Merge wird ihm das Wissen dafür fehlen."

„Die große Chance steht bevor. Wir werden einen Ausweichplan erstellen und alle direkt und indirekt verbunden Fakten und Details aus Alofan tilgen. Aus dem Außendienstklon und aus dem inneren Alofan. Seid ihr damit einverstanden? Es wird dann eine Mission sein, bei der es um alles oder nichts geht."

„Natürlich. Beginnen wir, die große Chance wartet nicht."

62. Auf den Mauern

Imbrifer erwachte auf einer Wehrmauer. Diese Mauer war bei seinem letzten Besuch im neu errichteten Kloster der Kontinuität noch nicht da gewesen, ebenso wenig wie alle anderen Gebäude des Klosters. Die Hünen hatten aus dem Nichts eine Anlage erschaffen, die in der realen Welt der Menschen jahrzehntelange Bauarbeiten erfordert hätte.

„Beeindruckend, nicht wahr?"

Imbrifer schaute sich um und blickte in das Gesicht des Zwerges. Imbrifer saß mit dem Rücken an eine der Zinnen gelehnt und so musste er aufschauen, um in das Gesicht des Zwerges zu blicken. Vage, nicht greifbare Bilder zuckten in Imbrifers Geist auf und ließen ihn sein Gegenüber misstrauisch anblicken.

„Das alles geht hier nicht mit rechten Dingen zu, oder?"

„Das tut es meistens auch nicht in der Welt, die du als real bezeichnen würdest. Die Welt der Hünen ist so real oder irreal, wie sie nur sein kann. Es gibt in der Welt der Hünen keinen Unterschied zwischen innerer oder äußerer Welt. Gedanken sind hier real in einer Welt, in der Reales nicht mehr Substanz hat, als Wolken im Himmel haben."

„Wir befinden uns also in einem Wolkenschloss?"

„Sprich für dich selbst, Herr Imbrifer, meine Welt hat ihre eigenen Regeln. Und man hat dich nicht entsandt, um mit mir zu plaudern."

„Weswegen sonst?"

„Du kennst deinen Auftrag nicht?"

Imbrifer überlegte kurz und nickte dann bestimmt. „Nichts Konkretes, aber ich verstehe, was du meinst. Ich soll mich hier umsehen und mir meine eigene Meinung bilden."

„Dann solltest du damit anfangen. Die Horde steht vor den Mauern und sammelt sich zum Angriff. Die Mönche haben sich in das Konklave zurückgezogen und die Mauern ihrem Guardian und seinen Helfen überlassen. Zudem tickt die Uhr, der Wandel der Zeiten hat begonnen. Die Würfel sind geworfen. Wie sie fallen, kann nur in dem kurzen Augenblick der großen Chance beeinflusst werden."

„Gut, ich habe verstanden, die Zeit drängt. Eine Frage drängt sich mir auf: Was tust du hier? Welche Rolle spielst du in diesem Spiel?"

„Eine gute Frage und wie alle guten Fragen enthält sie den Kern ihrer Lösung bereits. Mein Name ist Zwerg Vamana und ich schubse gerne Dinge an, damit sie in die richtige Richtung rollen."

„Aber dennoch hältst du mich durch deine Anwesenheit davon ab, meine Aufgabe zu erfüllen?"

„Wüsstest du deine Aufgaben denn ohne meine Anwesenheit? Oder würdest du jetzt durch das Kloster irren und deine Aufgabe suchen?"

„Vielleicht Letzteres, vielleicht aber würde ich meiner Aufgabe jetzt bereits nachgehen. Es bestehen beide Möglichkeiten. Oder alle gleichzeitig, wenn dies die Welt der Möglichkeiten ist und der Wandel der Zeiten bereits begonnen hat. Ist diese Erkenntnis der Sinn deines Hierseins?"

„Möglicherweise, möglicherweise nicht. Wir sehen uns auf der anderen Seite."

Der Zwerg trat einen Schritt zurück in die Lücke zwischen den Zinnen. Und war verschwunden. Imbrifer rappelte sich auf und versuchte den Zwerg noch zu erreichen. Sein Körper rächte sich für die schnelle Bewegung mit Schwindel und er musste sich an der Zinne abstützen. Einen Moment die Augen geschlossen haltend und tief durchatmend, verharrte er an der Zinne. Es ertönte kein Schrei eines in die Tiefe Stürzenden. Es gab Rufe und Schreie, aber die kamen offenbar aus größerer Tiefe und passten zu einem zornigen Mob, der sich anschickte, die Mauern zu erstürmen. Imbrifers Blick klärte sich und er blickte durch die Lücke zwischen den Zinnen. Keine Spuren von einem über die Mauern gesprungenen Zwerg. Er war wie durch Magie verschwunden. Imbrifer war also wieder auf sich alleine gestellt. Keine Ablenkung mehr und keine Ausrede, sich seinem Auftrag nicht zuzuwenden.

Unter ihm bahnte sich eine Belagerung an. Soweit das Auge blicken konnte, rückten Hünen um Hünen in der Ebene vor und formierten sich zu Angriffsreihen. Imbrifer war kein Experte für Kriegsführung unter den Hünen, aber es würde wohl noch eine Weile dauern, bis sich das den Horizont verdunkelnde Heer zu ordentlichen Reihen aufgestellt haben mochte. Zeit, um sich anzusehen, was die Verteidiger zu bieten hatten.

Der Wehrgang, auf dem er sich befand, war leer, aber er konnte hören, wie sich eine Gruppe von Hünen auf seine Position zu bewegte. Zeit, diese Stelle zu räumen und sich zu verdrücken, bevor er womöglich unangenehme Fragen zu beantworten hatte. Eine in das Innere der Mauer führende Rinne sah nach einem gangbaren Weg aus. Der Pfad war nicht übermäßig weit, aber für ihn gut begehbar. Der Weg war zu schmal, um eine Gefahr zu bieten, hier einem Hünen zu begegnen. Imbrifer rutschte die Rinne in der Mauer herab. Die Reise endete in einem Tunnel, der sanfter abfallend verlief. Offenbar hatten die Baumeister ihm einen unbeabsichtigten Gefallen getan. Lange würde er in diesen Tunneln aber nicht herumirren können. Hier würde er wohl keine Antworten finden. Er musste weiter. Weiter an einen Ort, der Antworten geben würde.

Als sein Atem sich beruhigte, lauschte Imbrifer in die Stille und er hörte, was er zu hören gehofft hatte. Leiser Gesang würde ihn an den Ort führen, an den sich die Mönche zurückgezogen hatten. Das Getrappel der Verteidiger überzeugte ihn davon, dass der Guardian den Horden eine Weile Widerstand leisten würde. Die Mauern waren hoch und machten einen soliden Eindruck. Er folgte dem leisen Gesang.

Imbrifer musste an Gangbiegungen und Verzweigungen öfter stehenbleiben und eine Weile lauschen, bis er die Richtung wiedergefunden hatte, aus der der Gesang kam. Sehr langsam wurde der Gesang lauter und es ließen sich einzelne Wörter verstehen. Die nächste Gangbiegung brachte ihn seinem Ziel näher. Die Rinne hatte ihn zu einem halboffenen Aquädukt geführt.

Nachdem sich seine Augen von der Dunkelheit des Tunnels an die Helligkeit der freien Fläche gewöhnt hatte, erkannte er einen steinernen Hohlweg, dessen Stufen zu einem Berg zu führen schienen. Die Baumeister hatten offenbar einen Schleichweg durch den Wald zu einem festen Stieg ausgebaut. Imbrifer kannte das Ziel dieses Weges. Es war der Platz, an dem er diese Welt das erste Mal betreten hatte. Geduckt durcheilte Imbrifer die offene Wasserleitung und kämpfte sich dann die für Nichthünen zu hohen Treppenstufen den Berg empor.

Der Gesang wurde mit jeder Stufe etwas lauter und erreichte seinen Höhepunkt, als sich Imbrifer kurz vor seinem Ziel befand, und verstummte dann plötzlich.

Die plötzliche Stille war beängstigend. Imbrifer verdoppelte seine Anstrengungen, die Treppenstufen hinauf zum Ende der Treppe zu kommen. Ihn beschlich das nagende Gefühl, etwas verpasst zu haben. Ein großer Moment war ohne ihn vergangen. Enttäuscht und erschöpft blieb er stehen und setzte sich auf eine der Stufen und ließ die Beine baumeln. Schweiß trat aus seinen Poren und hinterließ feuchte Stellen auf den trockenen Steinen, die gleich drauf wie durch Zauberhand verschwanden. Was wäre, wenn er doch nicht zu spät wäre, sondern genau passend? Was wäre, wenn er sich selbst unnötig Grenzen setzen und Beschränkungen auferlegen würde? Wäre es nicht einen Versuch wert? Es war der Moment der Zeitenwende und der Augenblick der Großen Chance. Imbrifer schnellte hoch und sprang die Stufen empor, bis er auf der Mauer stand. Dort war eine ebene Rampe und keine Stufen behinderten sein Vorankommen. Imbrifer eilte den glatten Weg immer schneller hinauf. Seine Schritte waren weit und ausladend, verwischten zu einer einzigen Bewegung. Er flog förmlich den Berg hinauf.

Oben würde ihn der Wandel der Zeiten erwarten. Mit jedem Schritt, den Imbrifer den Berg hinaufeilte, schwand das Gefühl des Verlustes und er wurde sicherer und gewisser, etwas Wichtiges noch zu erreichen.

Als er endlich die Ebene am Ende der Rampe erreicht hatte, war die Luft wieder vom Gesang der Mönche und einem eigenartigen Glühen in der Mitte des Platzes erfüllt. Eine omnipräsente Gestalt und ein Wesen, das etwas in seinem Inneren rührte, waren gerade dabei zu verschwinden. Ein Name bahnte sich unaufhaltsam seinen Weg aus dem Unwissen in seinem Inneren seinen Weg nach draußen.

„Linia! Ich bin hier! Linia. Geh nicht weg! Ich bin es, Alofan!"

Schlagartig kehrte Stille ein und er konnte fühlen, wie die Mönche ihn ob der Störung feindselig beäugten. Einer der Hünen, der größte von allen, mahnte zur Konzentration und das Glühen stabilisierte sich wieder.

Die kleinere Gestalt hielt die übermächtig erscheinende Gestalt ab, sich abzuwenden. Es gab offenbar einen kurzen stummen Disput und dieser wurde mit einem gewisperten Dialog entschieden:

„Er ist es. Alofan, mein Mann. Wir sind hier richtig. Wir müssen nachsehen."

„Es ist nicht richtig hier."

„Es ist für mich richtig genug."

„Gut, so sei es. Nehmen wir diese Welt, auch wenn die Dimensionen sich biegen. Ich setze den Anker."

Ein gewaltiger Schlag erschütterte den Platz, den Berg und anscheinend die ganze Welt. Das Glühen zog sich zu einem Blitz zusammen und zerschmetterte den steinernen Boden. Der makellose Steinboden zerbarst an der Stelle, an der der Blitz in den Boden gefahren war und Rauch und Nebel breiteten sich wallend von dieser Stelle aus. Es dauerte eine geraume Weile, bis der stetige Wind auf der Ebene den Rauch verweht hatte. An der Stelle, wo vorher nur ein glatter, ebener Steinboden gewesen war, befand sich nun ein tiefer, in Stein eingefasster Quelltopf, der einen steten Wasserstrom von sich gab. Das Wasser lief über und quoll gleichmäßig in alle Richtungen über den Platz. Dem Wasser entstiegen dann zwei durchnässte Gestalten, ein Hüne, dessen Präsenz das Wasser förmlich verdampfen ließ, und eine Menschenfrau, die offenbar vom kalten Wasser fror. Der neu angekommene Hüne überblickte die Situation und formte mit seinen Händen eine Rinne in dem Steinboden, der das Wasser zum Rand der Schlucht lenkte und dann in einem feinen Wasserfall in die Tiefe stürzen ließ.

„Mein Werk hier ist fürs Erste beendet. Der Anker ist wieder errichtet. Alles Weitere überlasse ich dem Orden der Kontinuität. Ich gehe nun und werde rasten."

Der große Hüne, der die Mönche zur Ruhe ermahnt hatte, trat dem Golem in den Weg.

„Geehrter Golem Hydors. Es befinden sich Angreifer auf den Weg hierher und wollen diesen Ort wieder einreißen, kaum dass er entstanden ist. Ihr müsst uns gegen die Horde der Erneuerung beistehen!"

„Die Horde der Erneuerung? Nein, das muss ich nicht. Inquisitor Fraan-Linia, waltet Eures Amtes und nehmt Euch dieser Sache an. Ich werde ruhen, bis mich eine wirkliche Aufgabe erwartet. Ich bin des Reisens müde."

Die kleinere Gestalt nickte und nahm den verdutzten Imbrifer am Arm und schritt auf die Treppe zu, die den Berg hinab führte.

„Kaum angekommen, ruft die Pflicht. Begleitet mich, Herr Regenbringer, und berichtet mir, was Euch in den vergangen fünf Zeiten davon abgehalten hat, Euer Versprechen zu halten und nach Hause zu kommen."

„Es verging nicht ein Tag, an dem es nicht mein ganzes Bestreben war, den Weg nach Hause zu finden. Aber verschieben wir diesen Punkt für einen kurzen Augenblick. Der Feind steht vor den Mauern und begehrt diesen neu geschaffenen Weg zurück nach Hause einzureißen. Die Reihen und Formationen der Angreifer müssen mittlerweile geschlossen sein und der Angriff kann jeden Augenblick beginnen."

„Also offenbar höchste Zeit, ein Wort der Macht zu sprechen. Alles Weitere sehen wir später. Die Fortsetzung wird folgen."

Der Wandel der Zeiten war vorüber und gemessenen Schrittes gingen Inquisitorin und Imbrifer die nun passenden Stufen den Berg hinab.

Ende - Fortsetzung folgt …

Falls der Roman gefallen hat, würde sich der Autor über Feedback in Form eines Kommentars oder gar einer Rezension sehr freuen.

Die Webseite des Autors findet sich unter

www.hydorgol.de

In der Hydorgol-Reihe sind erschienen, bzw. in Vorbereitung:

1. Hydorgol – Der Alpha Centauri Aufstand

2. Hydorgol – Inquisition

3. Hydorgol – Die Hünenwelt – Exil

4. Hydorgol – Die Hünenwelt – Flucht

5. Hydorgol – Die Hünenwelt – Erwachen

Rezensionszettel Hydorgol / Amazon / Goodreads / Lovelybooks

Datum	Autor	Titel	
Punkte	***** Ein Roman für die Insel **** Das war gut *** Das war ok ** Na ja ... eher nicht * NEIN! Das ist Müll		
Inhalt	Worum geht es in diesem Roman?		
Vorgänger			
	War der Roman in sich stimmig?		
	War es spannend/immersiv?		
	Ist mir was Besonderes aufgefallen?		
	Gab es Dinge zum nachdenken?		
	Erzeugte es Emotionen in mir? Freude, Trauer, Wut usw.		
Bewertung abgeschickt?	https://www.amazon.de, https://www.goodreads.com/, https://buchshop.bod.de/, ttps://www.lovelybooks.de/		